Rainer Kottke, Jahrgang 1969, lebt im Landkreis Leer in Ost-friesland. WEM EHRE GEBÜHRT ist sein zweites Buch.

Rainer Kottke

WEM EHRE GEBÜHRT

Kriminalroman

Bibliografische Information der Deutschen Nationalbibliothek:
Die Deutsche Nationalbibliothek verzeichnet diese Publikation in
der Deutschen Nationalbibliografie; detaillierte bibliografische
Daten sind im Internet über http://dnb.dnb.de abrufbar.

Umschlag-Cover: tatlin.net -
unter Verwendung eines Fotos von: Andreas Hundt
Korrektorat: Doris Eichhorn-Zeller, perfekte-texte-coburg.de

Herstellung und Verlag: BoD – Books on Demand, Norderstedt

ISBN: 978-3-7528-1635-8

»Schmeckt's?« Der Kommissar starrte an Wilhelm vorbei auf Doris und das Mettwurstbrötchen in ihrer Hand.[*]

Es roch nach Frühstück im Wagen.

»Wenn der Clown mit Kotzen fertig ist, bringt ihr den in die Georgstraße zum Verhör.«

Wilhelm nickte. Er sah in den Rückspiegel. Ecki King stand tief vornübergebeugt im Gras am Rande des Parkplatzes.

Der Kommissar drehte sich wortlos um und ging zurück zum Wrack des Wohnmobils. Noch immer pulten sie an der Leiche herum.

»Noch Kaffee?«

Wilhelm nickte.

Geräuschvoll quälte sich der Motor des Fensterhebers.

»Neues Auto wär nich' übel.«

»Nee, wär schon gut.«

[*] Die im Folgenden geschilderten Handlungen und Personen sind frei erfunden. Ähnlichkeiten mit lebenden oder verstorbenen Personen wären zufällig und nicht beabsichtigt.

1.

Nach der überschwänglichen Lobhudelei des ARD-Literaturpapstes an einem späten Sonntagabend hatte es für »Das fünfte Wort des Bundes« kein Halten mehr gegeben. Die Verkaufszahlen des Romans waren durch die Decke gesprungen. Der kleine Verlag, durch den Redakteur der Sendung vorgewarnt, war dennoch vom Erfolg des Titels übermannt worden und schnell an seine Grenzen gestoßen. Zehn Tage nach der Ausstrahlung des Kulturmagazins war der atemberaubende Bibelthriller in die Spiegel-Bestsellerliste eingestiegen. Unangefochten war das Buch des pensionierten Gymnasiallehrers auf die Poleposition gestürmt, um dort zwölf Wochen lang brillant zu strahlen.

Im Schweif dieser kometenhaften literarischen Erscheinung begann sich auch der Verfasser des Werks, J. W. Nikesch, zunehmend satt und selbstbewusst zu inszenieren. Aus dem fahrigen, oft belächelten Heimatdichter in den zerknitterten, altmodischen Anzügen war ein Star geworden, den die Region fast unterwürfig mit allerlei Huldigungen zu feiern verstand.

Ein halbes Jahr später hatte der Rummel um den Autor aus der ostfriesischen Provinz noch immer nicht nachgelassen. Ganz im Gegenteil: In der Vorwoche hatte ein Nachrichtenmagazin von Plänen Hollywoods berichtet, den rasanten wie tiefgründigen Stoff nächstes Jahr in die Kinos zu bringen. Die Ostfriesen-Zeitung hatte daraufhin in der Stadt Passanten befragt, welchen Schauspieler sie für die Rolle des Moses besetzen würden. Bis auf den Deutschen, der so unangenehm durch die Nase sprach, hatte Walter Hundertmark nicht einen der im Artikel vorgeschlagenen Namen gekannt.

Das Café im dritten Stock des Leeraner Modetempels Göttberg war bereits um zwanzig vor acht gut gefüllt. Die Nikesch-Lesung war die erste offizielle Veranstaltung in den neu eingerichteten Räumen. Die Zahl der Sitzplätze war für das Event aufgestockt worden. Trotzdem gab es an der Abendkasse keine Karten. Der Termin war seit Wochen ausverkauft.

Hundertmark verfolgte das Spektakel aus einer dunklen Ecke heraus. Der Geschäftsführer des Modehauses, eine stattliche Erscheinung Anfang sechzig, war heute Abend mit sich im Reinen. Allerdings ärgerte es ihn, den kugelförmigen Security-Mann bezahlen zu müssen, der am Eingang des Cafés gelangweilt Posten stand und sich ungeniert zum wiederholten Male die Hoden kratzte. Das Göttberg hatte schließlich einen Hausdetektiv, der für derlei Aufgaben hätte bereitstehen sollen. Hundertmark wandte den Blick vom peinlichen Türsteher ab.

Jonas Buskohl und Constanze waren zur selben Zeit unterwegs in Frankreich. Seit drei Monaten waren der Privatdetektiv und Hundertmarks Tochter ein Paar.

Jo hatte sich im Frühjahr selbstständig gemacht und im Sommer mit der Detektei hinterm Göttberg das alte Gerätehäuschen des früheren Eigentümers bezogen. Der Rechtsform nach arbeitete der Ermittler auf eigene Rechnung. Faktisch jedoch war das Göttberg Jos mit Abstand wichtigster Kunde. Die meiste Zeit der Woche patrouillierte der Detektiv folglich durch die verschiedenen Abteilungen in Hundertmarks Modeimperium.

Vor wenigen Wochen erst waren Jo und Constanze frisch verliebt für ein romantisches Wochenende nach Paris gefahren. Nun schon wieder Frankreich. Diesmal war die Reise dienstlich. Ein Fall! Ein Auftrag von angeblich außerordentlicher Wichtigkeit.

Hundertmark schmunzelte. Er mochte Jo, den er seit dessen Kindheit kannte, und er freute sich, dass Jo und Constanze zusammengefunden hatten. Wer aber um Himmels willen Jo Ermittlungen von außerordentlicher Wichtigkeit anvertraut hatte, konnte nicht bei Trost sein. Er hielt Jos Detektei-Gründung für eine kindische und dazu gefährliche fixe Idee. Schließlich hatte gleich Jos erster Fall mit einem mehrtägigen Boxenstopp des Detektivs im Klinikum geendet.

Walter Hundertmark hatte seiner Tochter eine Freude machen wollen, da der neue deutsche Literaturheld Constanzes ehemaliger Lehrer war. Ungenutzt zerknitterte die Eintrittskarte in seiner Hosentasche.

Das Café war inzwischen rappelvoll.

Es war Samstagabend. Die Leeraner Innenstadt war dicht bevölkert. Bei Temperaturen knapp über null nutzten die Leute das Midnight-Shopping für den Kauf der nächsten Winterklamotten. Auch im Göttberg herrschte Hochbetrieb.

Der ursprüngliche Plan, zusammen mit seiner Tochter die Lesung zu genießen, hatte sich also erledigt. *Genießen?*, dachte Hundertmark. Die Wahrheit war, er hatte überhaupt nichts übrig für blutrünstige Thriller. Ohne Constanze an seiner Seite beabsichtigte er darum, nach seiner Ansprache das Café unauffällig zu verlassen und sich mit der kauflustigen Kundschaft treiben zu lassen.

Derart in Gedanken vertieft, bemerkte Hundertmark die unscheinbare Frau nicht, die plötzlich an seiner Seite stand.

Er erschrak, als sie ihn ansprach. »Hallo, Walter. Lang nicht gesehen.«

Fünf Jahre oder sogar mehr waren seit ihrer letzten und überaus unerfreulichen Begegnung vergangen.

Während einer Podiumsdiskussion hatten sie bis aufs Blut die Schwerter gekreuzt. Er, der Chef von damals schon über 150 Mitarbeitern, und Petra Gerjets, Buchhändlerin und Kinderbuchverlegerin, die, wenn es eng wurde, stundenweise ihre Tochter oder Enkelin zur Aushilfe in ihren kleinen Laden bat. Dabei hatte Hundertmark in grauer Vorzeit lange für die zierliche Frau geschwärmt, die in ausnahmslos allen Dingen des politischen und gesellschaftlichen Lebens eine andere Meinung vertrat als er. Das war in ihrer Jugend so gewesen und hatte sich bis zum Streit um den geplanten Bau eines 40 000 Quadratmeter großen Einkaufszentrums in der Innenstadt nicht geändert.

Wie Moschusochsen waren sie aufeinander losgegangen, um sich am Ende vor dreihundert Zuschauern im Theater an der Blinke persönlich weit unter Niveau zu beleidigen. Ein grauenhafter Abend, an den Hundertmark nur äußerst ungern erinnert wurde.

»Petra«, nuschelte er also verlegen, »du hier?«

»In der Höhle des Löwen?«, ergänzte sie seinen Satz mit einem charmanten Lächeln, wie er erleichtert registrierte. Dann aber verzog sie das Gesicht. »Den Weg in meine kleine Buchhandlung kennt unser Starautor ja leider nicht mehr.«

»Es tut mir so unendlich leid wegen damals«, erklärte Hundertmark, der über die gemeinsame alte Wunde nicht stillschweigend hinweggehen wollte.

»Das ist ja nun schon eine Weile her«, antwortete Gerjets und legte ihre Hand auf Hundertmarks Arm. »Dem Göttberg geht's offensichtlich auch ohne das Center besser denn je. Und ihren Lesestoff kaufen die Leute weiter im Marigold und nicht in der Schmalspurfiliale einer dieser Ketten.« Sie reichte ihm die Hand. »Walter, ist wohl an der Zeit, dass wir das Kriegsbeil begraben«. Gerjets sprach unaufgeregt und mit warmherzigem Tonfall.

Die Auseinandersetzung um die Pläne zur Ansiedlung einer exorbitanten Shoppingmall am Ostende der lang gestreckten Fußgängerzone war damals komplett eskaliert. Drohbriefe und beschmierte Geschäftsfassaden waren über Wochen zur alltäglichen Routine geworden. Der Riss, der euphorische Center-Aktivisten und unversöhnliche Gegner trennte, ging quer durch die Leeraner Kaufmannschaft, durch die Parteien, Vereine und Familien. Wut und stärker noch Frustration mündeten schließlich im desaströsen Ergebnis der damals anstehenden Bürgermeisterwahl. Der Amtsinhaber verlor knapp. Bei einer Wahlbeteiligung von unter fünfunddreißig Prozent wurde ein parteiloser Kandidat, der ungeniert rechtsradikale Ansichten vertrat, zum neuen Verwaltungschef gewählt. Ein Vorgang, der im gesamten Bundesland für Aufsehen gesorgt und den bereits vorher schwer angenervten Hamburger Investor endgültig in die Flucht geschlagen hatte.

Walter zog den Bauch ein und beugte sich vor in der Absicht, die Jugendfreundin zu umarmen. Von einem großen inneren Ballast befreit, seufzte er: »Du glaubst nicht, wie erleichtert ich bin.«

»Ähm, ja«, stammelte Gerjets, von solcherart Gefühlsaufwallung überrascht, und trat einen Schritt zurück. »Ich glaub, du wirst da vorn gebraucht.« Sie blickte Richtung Podium.

Der hagere Schnösel, der sich Hundertmark am Nachmittag als Nikeschs Manager vorgestellt und allerlei Anweisungen zu Bestuhlung und Catering erteilt hatte, signalisierte dem Göttberg-Chef mit affektiertem Gehabe, nach vorn ans Mikrofon zu kommen.

»Ich bin gleich zurück!« Hundertmark strahlte und begann sich einen Weg durch die dicht gedrängt sitzenden Leseratten zu bahnen.

Tatsächlich fasste sich Hundertmark erstaunlich kurz. Er bedankte sich beim Publikum fürs Kommen, beließ es bei einem kleinen Eigenlob dafür, das Göttberg mit der Café-Eröffnung weiter aufgewertet zu haben, und kam dann zur Ankündigung des hochgeschätzten Gastes.

Schräg hinter dem Podium öffnete sich unter dem grün beleuchteten Notausgangshinweis eine Tür und der Autor trat herein. Das Publikum stand auf und empfing Joachim Wolfdietrich Nikesch mit stehenden Ovationen. Ehemalige Schüler und Kollegen, Freunde der regionalen Dichtkunst, neu gewonnene Krimifans, Jung und Alt, waren gekommen, um den Oberstudienrat im Ruhestand, der so unerwartet als Bestsellerautor reüssiert hatte, mit Bravorufen zu feiern. Nach einer Lesung vor geladenen Honoratioren im Forum der Sparkasse war dies Nikeschs erster öffentlicher Auftritt in Leer seit dem Erscheinen von Das fünfte Wort.

Am Eingang hatte der Türsteher plötzlich damit zu tun, neugierige Kunden des Kaufhauses zurückzudrängen.

Petra Gerjets war nicht an ihren Platz gegangen, sondern wartete hinten im Café an einem zum sonstigen Interieur unpassenden Plastikstehtisch auf die Rückkehr

Hundertmarks. Eine Serviererin hatte ihr einen Cappuccino gebracht. Amüsiert verfolgte sie, wie Hundertmark sich zum zweiten Mal durch die Menge kämpfte. Viele der Zuschauer reckten ihre Handys über den Kopf und filmten Nikesch, der vorn stumm und weise lächelte, der die Hände vor der Brust zusammenlegte und sich mehrfach verbeugte, bevor er an einem schweren, antiken Tisch Platz nahm. Ein abgerissen aussehender Fotograf mit einer kostbar aussehenden Kamera vor der Brust stellte sich neben Gerjets auf die Zehenspitzen. An seinen Lippenbewegungen erkannte sie, dass er versuchte, das Publikum zu zählen.

»Wieso kommt der Nikesch nicht mehr zu dir in den Laden?« Hundertmarks Gesicht hatte eine beängstigend tiefrote Farbe angenommen. Er wischte sich mit dem Ärmel seines Sakkos den Schweiß von der Stirn. Nach dem beschwerlichen Hin und Her verspürte er keine Lust mehr, das Thema Centerstreit noch mal aufzugreifen. Es war warm im Café und die Luft begann, stickig zu werden.

»Du solltest abnehmen, Walter«, sagte seine alte Flamme und klang nicht wirklich fürsorglich. »Kennst du Nikesch eigentlich persönlich?«, fragte sie anschließend.

»Hab ihn einmal beim Elternsprechtag getroffen«, antwortete er, »mehr nicht. Die Veranstaltung heute Abend lief alles über seinen Verlag.«

»Der hat sich sehr verändert. Ist total abgehoben.«

»Er hat Constanze im Abitur geprüft«, fiel Hundertmark ein.

Das Publikum hatte sich inzwischen gesetzt. Nikesch erzählte eine Anekdote. Sein Vortrag war kühl und reserviert. Dennoch hatte er das Publikum von Anfang an im Griff. Die Pointe traf sicher ins Schwarze.

Lachen und Beifall. Nikesch kündigte an, zunächst zwei ältere Texte zu lesen, bevor er schließlich zum Fünften Wort käme.

»Früher kam der jede Woche ein-, zweimal ins Marigold. In seinen staubigen, schlecht sitzenden Karoanzügen. Hätte man ihm auf die Schulter geklopft, wär er augenblicklich in einer Wolke von Tafelkreide verschwunden.«

»Kann das sein, dass du böse auf Nikesch bist?«, schlussfolgerte Hundertmark.

»Der war zwanzig Jahre Stammkunde in meiner Buchhandlung«, ereiferte sich die kleine Frau. »Hat unzählige Lesungen bei mir besucht. Immer wieder auch selber gelesen. Wenn ich an seine alle paar Jahre aufgewärmten Auswanderer-Episoden denk! Das hat doch irgendwann keinen Hund mehr hinterm Ofen hervorgelockt. Wenn fünfzehn Leute da waren, dann war das super. Die Hälfte davon Schüler, die sich für 'ne bessere Note lieb Kind machen mussten.«

Hundertmark schwante, dass das Minuten zuvor notdürftig gekittete Verhältnis zur alten Freundin aufgrund des glänzenden Auftritts des Autors in seinem Modehaus neuerlich bedroht war.

»Und jetzt wollte er bei dir keine Lesung mehr machen?«, fragte er etwas zögerlich, um umso resoluter anzufügen: »So ein Arsch!«

»Nicht mal eine Autogrammstunde! Er ist für mich überhaupt nicht mehr zu sprechen! Hat sogar eine neue Telefonnummer!« Petra Gerjets hatte sich endgültig in Rage geredet.

»Ist der Roman denn wirklich so gut?«, stellte Hundertmark eine Frage, die er sogleich bereute.

»Hast du das Buch denn nicht gelesen?« Sie sah ihn erstaunt an.

»Nee, noch nicht. Weißt du, ich hab's zu Hause, hatte aber noch keine Zeit dazu«, redete sich der Kaufhauspatron heraus.

Sie blickten beide nach vorn. Mitten im Satz hatte Nikesch abgebrochen. Eine schlanke Frau im langen Wintermantel, in hohen Stiefeletten und mit auffälliger blonder Perücke war vors Podium getreten.

Sie schrie Nikesch an: »Du mieses, dreckiges Dreckschwein!«

Simultan holte sie mit dem rechten Arm Schwung, auf dessen Hand sie einen geöffneten Tortenkarton balancierte. Die Kalorienbomben klatschten in Nikeschs Gesicht.

Als ob es ihre Bestimmung gewesen sei, dem Schicksal der Menschenattrappen in Autocrashtests ähnlich, gaben die Sahneteile widerstandslos ihre Form auf, matschten auseinander in kleinere Fragmente, die sich teils in Nikeschs neuerdings nackenlangem Haar verfingen, teils wie winzige Dachlawinen an seinem Anzug herunterpurzelten.

Im Göttberg-Café war es mucksmäuschenstill.

Nikesch wischte sich Sahnecreme aus den Augen. Er stand auf und verschwand, ohne ein Wort zu sagen, in derselben Tür, durch die er gekommen war und die nicht nur ein Notausgang war, sondern auch zu den Sozialräumen der Mitarbeiter führte.

Dann brach der Tumult los. Der Agent des Schriftstellers kreischte mit hoher Fistelstimme: »Polizei! Polizei!«

Das anfänglich verhaltene Tuscheln des Publikums verwandelte sich in Sekunden zu einem lautstarken Grollen. Hundertmark spähte nach dem Türsteher, der aufgeregt in ein Walkie-Talkie sprach. Verblüfft fragte er sich, mit wem in drei Teufels Namen der Mann da funkte, da er doch nur diesen einen Mitarbeiter der Sicherheitsfirma angeheuert hatte.

»Ich geh dann mal«, sagte Petra Gerjets fröhlich.

Hundertmark wählte auf dem Handy die 110.

»Man soll bekanntlich gehen, wenn's am schönsten ist«, fügte die emotional sichtlich berauschte Buchhändlerin an, klopfte Hundertmark gegen den Oberarm, drehte sich um und tänzelte davon.

»Wo ist die Frau geblieben?«, brüllte Hundertmark wütend dem Security-Hampel zu, nachdem er seinen Notruf abgesetzt hatte.

Doch auch die unbekannte Tortenwerferin war bereits gegangen.

2.

In Belgien, jenem kleinen Land
Fristet manch ein Huhn
Ein Dasein scheußlich
Auf die Autobahn verbannt.
Auf jeder Reis' treff ich das Federvieh
Am Asphalt, im Kargen scharren, picken
Dann und wann uns Reisenden
Lässig auch zunicken.

Zerfetzte Lkw-Reifen säumten den Straßenrand. Die Fahrbahn war rissig und voller Schlaglöcher. Firmenkomplexe huschten vorbei, bettelten mit meterhohen Slogans um Aufmerksamkeit. Grelle Bilder von Konfekt, Keksen und Champignons leuchteten in der Dämmerung wie Kinoleinwände. Selten erlaubten unverbaute Passagen den freien Blick ins Land. Aufgetaucht wie aus dem Nichts verlief ein Bahndamm eine Weile parallel und war genauso plötzlich wieder verschwunden. Die wenigen kunstvollen Graffiti an den Lärmschutzwänden waren mit lustlosem Gekritzel übersprüht. Niemand hielt sich ans Tempolimit.

Nachdem Jo und Constanze Gent passiert hatten, mussten sie die Südeuropa-Route verlassen. Trotz der deprimierenden belgischen Autobahn war ihnen der wie an der Schnur gezogene Weg nach Paris in bester Erinnerung. Diesmal aber kamen sie nicht als Touristen. Die französische Metropole würden sie nicht einmal streifen. Sie mussten Richtung Norden drehen, um schließlich ab Ostende westwärts dem Küstenverlauf zu folgen. Hinter der französischen Grenze würden sie bei Calais den Ärmelkanal erreichen und die Côte d'Opale bis Berck-sur-Mer runterfahren. Dort hatte Jo in einem teuren Hotel zwei Übernachtungen reserviert.

Constanze legte Stift und Block zurück vor sich auf die Ablage und sah Jo mit erwartungsvollem Blick an.

Jo lachte. »Da hast du jetzt zwanzig Minuten dran gesessen?«

Constanze zog die Augenbrauen zusammen. »Sag bloß nichts Falsches!«

»Ich doch nich'! Nie!«, zwinkerte er schelmisch. »Find ich wirklich gut, dein Gedicht. Ganz ehrlich.«

Jo und Constanze hatten im Spätsommer auf dem Weg nach Paris einen Trupp Hühner passiert. Seelenruhig waren die Tiere auf dem Randstreifen ihrem Tagwerk nachgegangen. Ein Kuriosum, das sich erstaunlicherweise am Nachmittag und ihrer Meinung nach an anderer Stelle der belgischen Autobahn wiederholt hatte.

Constanze beugte sich vor, griff nach dem Block, riss das Blatt mit dem Hühnergedicht ab und knüllte das Papier zusammen.

»Eh, nein! Ich will das behalten«, protestierte Jo energisch.

»Ach!«, schnaubte Constanze, stopfte den halbherzig glatt gestrichenen Schmierzettel dann aber doch hinter die knarzende Klappe des Handschuhfachs.

Jo hatte den betagten Citroën Jumpy für dreitausend Euro erstanden. Nachdem er seinen vorherigen Wagen, einen sportlichen Japaner, in einer Verfolgungsjagd geschrottet hatte, war der Citroën eine Umstellung gewesen. Der Unfall mit anschließendem Krankenhausaufenthalt steckte Jo ein Vierteljahr später noch immer in den Knochen. Die Freude am schnellen Fahren war dahin. Dass sie den Kleinbus außerdem für Gigs der Jonas

Buskohl Band nutzen konnten, hatte am Ende den Ausschlag gegeben, den klobigen Diesel zu kaufen. Vom idealen Auto für den Beruf des Privatdetektivs schien der Jumpy weit entfernt.

Der eigentliche Grenzübergang war in der Dunkelheit fast nicht auszumachen. Im Licht der Scheinwerfer hieß sie ein kleines blaues »France«-Schild« unspektakulär willkommen. Die darauf folgende große Tafel mit den geltenden Geschwindigkeitsbeschränkungen war dagegen nicht zu übersehen.

»Et voilà! Le retour de la Constance«, kicherte Jos Freundin auf dem Beifahrersitz übermütig.

Sie rutschte mit Po und Oberkörper dicht an den Detektiv heran und küsste ihn auf die Wange, stemmte sich leicht aus dem Sitz und raffte den langen Jeansrock bis ein Stück weit über die Knie. Behutsam griff Constanze nach Jos rechter Hand, zog sie sanft fort vom Lenkrad und legte sie auf ihr Bein. Seine Finger begannen sofort auf fröhlicher Wanderschaft den breiten Spitzenabschluss der halterlosen Strümpfe und das seidige Terrain darüber zu ertasten.

»C'est bien, monsieur?«

Jos breites Grinsen wäre am Tag Antwort genug gewesen, blieb Constanze im nachtschwarzen Fahrzeuginnern aber verborgen. Stattdessen grunzte er im Stil eines kettenrauchenden Chanteurs ein kehliges, tiefes »Ah, oui!«, womit ein Gutteil des noch vorhandenen Wortschatzes von vier Jahren Französischunterricht hervorgebracht war.

»Womit habe ich denn das verdient?«, flötete Jo und konnte auch auf Deutsch das Begehren in seiner Stimme nicht verbergen. Er setzte an, einen Lkw zu überholen, ließ die Hand aber weiter sinnesfroh über Constanzes Oberschenkel gleiten.

»Auch wenn wir einen Auftrag haben, können wir trotzdem das Wochenende ein bisschen für uns nutzen, oder nicht?«, erwiderte seine Freundin und gab ihm erneut einen Kuss auf die Wange.

Seit dem Sommer waren Jo und Constanze ein Paar. Allerdings wohnten die beiden noch nicht zusammen. Für den Musiker war es in den letzten Jahren gang und gäbe gewesen, nächtelang zu üben, im Heimstudio Ideen festzuhalten oder auch unter der Woche mit anderen Unentwegten der Kleinstadt ein bisschen Nachtleben einzuhauchen. Die Gründung der Detektei hatte das Selbstbild des Zweiunddreißigjährigen vom rastlosen Nachtfalken zunächst sogar verstärkt. Dann aber hatte er Hundertmarks lukrativen Auftrag erhalten, den *ruchlosen* Banditen im Göttberg das Handwerk zu legen. Die Detektei hatte plötzlich Gewinn gemacht. Constanze und er waren ein Paar geworden.

Jo hatte angefangen, sich zu verändern. Den neuen Alltag charakterisierte vor allem, dass das Wort »Tag« tatsächlich nach langer Zeit wieder die Spanne zwischen Sonnenauf- und -untergang beschrieb.

Mit derlei organisierter Lebensführung hatte die zwei Jahre jüngere Constanze weniger Probleme. Zum Entsetzen der Eltern hatte sie nach dem Abschluss ihres Betriebswirtschaftsstudiums einen Secondhandladen eröffnet. Das war vor vier Jahren gewesen. Ihr »Best Look – Second Hand« lag in der Fußgängerzone ausgerechnet dem pompösen Modehaus ihres Vaters schräg gegenüber. Das hatte sich allerdings rein zufällig so ergeben. Das Geschäft mit den gebrauchten Klamotten war hart, Constanze kam trotzdem über die Runden.

Die Beziehung der beiden Verliebten befand sich zweifelsfrei in einer Phase zunehmender Festigung, was nach den Startschwierigkeiten im Sommer durchaus hätte anders verlaufen können.

Constanze lachte Jo an. »Außerdem kann ich doch nicht zulassen, dass du weit weg vom heimischen WLAN Entzugserscheinungen bekommst.« Sie griff nach der Hand auf ihrem Oberschenkel, schob sie ein bisschen weiter und stöhnte übertrieben auf. »Mein armer Jo! Zwei lange Tage in der Fremde, ganz ohne deine Pornos.«

Die Porno-Sache war zu einem Running Gag geworden. Seit Mittwoch zog Constanze den Detektiv damit auf, dass der neue Kunde am Telefon gestelzt erklärt hatte, Jo sei ihm als »Experte für Pornografie im Internet« empfohlen worden.

Zugegebenermaßen hatte man über Jos letzten Fall in der regionalen Presse lesen können, dass es um Online-Dating gegangen war. In der Tat hatte ein explizites Video am Rande eine gewisse Rolle gespielt. Der springende Punkt aber, so Jo, war doch wohl der, dass Jonas Buskohl, also er, im Sommer sein Leben aufs Spiel gesetzt hatte, um ein Mädchen aus den Fängen eines psychopathischen Mörders zu befreien. Er wollte nicht als Experte für Schweinkram im Internet empfohlen werden!

Im stockdunklen Wagen, mit der Hand auf der warmen, weichen Haut ihres Schenkels, fand Jo die Neckerei der Freundin an diesem Abend aber absolut erträglich.

»Entzugserscheinungen sind 'ne ernste Sache«, brummte er und scherte nach dem Überholen wieder ein.

*

Drei Tage zuvor …

Anfang November hatten im Göttberg die letzten Vorbereitungen für das Weihnachtsgeschäft begonnen. Walter Hundertmark litt darunter, die festliche Ware aufgrund hemmungslosen Diebstahls schon jetzt vor dem geistigen Auge schwinden zu sehen. Darum hatte der Kaufhaus-Chef das freundliche Angebot seines Detektivs sofort dankbar angenommen. An diesem Nachmittag sollte Jo nicht durch die Abteilungen schleichen, sondern sich um den nötigen Austausch der abgängigen Festplatten in den DVR-Geräten des Überwachungssystems kümmern. Für Jo war diese willkommene Abwechslung eine prima Gelegenheit, auf Kosten des Göttbergs seine Fertigkeiten aufzufrischen. Regulär wartete nämlich eine spezialisierte Firma die Sicherheitstechnik im Göttberg.

Obwohl sich die beiden Festplatten auch vor Ort hätten ersetzen lassen, hatte Jo es sich nicht nehmen lassen, die Videorekorder umständlich auszubauen und hinunter in sein Büro zu schaffen. In dem kleinen Refugium, das er sich im ehemaligen Gerätehaus auf der Rückseite des Göttbergs geschaffen hatte, war Jo gegen die ständigen Kontrollen Hundertmarks weitgehend gefeit. Ein außerplanmäßiger Besuch der Freundin zu einem Kaffee in deren Laden erschien darum heute Nachmittag außerdem in greifbare Nähe gerückt.

Bei dem Gedanken, Hundertmark wüsste, dass das Göttberg videotechnisch den Kriminellen schon zwei Stunden schutzlos ausgeliefert war, konnte sich Jo ein Lächeln nicht verkneifen. Entspannt saß der Ermittler am Rechner, um Ersatz für zwei defekte Kameras zu bestellen, als kurz vor halb vier das Telefon klingelte.

Der Mann am anderen Ende der Leitung stellte sich mit penibel akzentuierter Aussprache als Rechtsanwalt Dr. Herbert Mennige vor. Dem Namen nach kannte er Mennige, der seine berufliche Tätigkeit offiziell vor Jahren beendet hatte. Mennige musste auf die achtzig zugehen.

»Was kann ich für Sie tun?«, fragte Jo.

»Für mich nichts«, erwiderte der Anwalt blasiert. »Sie können nichts für mich tun. Ich möchte Sie aber bitten, heute Abend mit mir einen lieben Freund zu besuchen. Sie sind uns als Experte für …«, Mennige räusperte sich und holte tief Luft, »als ein Experte für Internetpornografie empfohlen worden.«

Nun rang Jo um Atem.

»Dieser Freund braucht dringend Ihre Hilfe. Vorausgesetzt, Sie behandeln die Angelegenheit strikt vertraulich.«

Der Detektiv spürte, wie sein gut gemeinter Respekt vor dem alten Herren augenblicklich schwand. Er dachte in eine naheliegende, aber völlig falsche Richtung.

»Hören Sie«, formulierte Jo bewusst neunmalklug, »sicher kann Ihnen ein Computerexperte bei Ihrem Problem helfen, wenn Sie einen Virus haben oder der Rechner eingefroren ist. Das muss Ihnen gar nicht peinlich sein. Diese Leute haben da regelmäßig mit zu tun. Ich aber bin Privatdetektiv und definitiv bin ich kein Experte für Pornografie im Internet, der sich um den Schmuddelkram Ihres angeblichen Freundes kümmert!«

Jo überlegte, ob seine Abfuhr zu hart rübergekommen war, und fügte in einem milderen Ton hinzu: »Vielleicht kenne ich jemanden, der Ihnen helfen kann. Vorausgesetzt, es geht um nichts Illegales!« Jo dachte dabei an seinen Freund und Musikerkollegen Sven, der beruflich mit Computern zu tun hatte.

»Halten Sie den Mund!«, herrschte Mennige ihn fuchtig an, »mein Freund möchte Sie bitten, nach Frankreich zu reisen und dort eine bestimmte Person aufzusuchen. Haben Sie Interesse? Es ist wirklich dringend!«

»Oh, okay! Ja, ich verstehe«, druckste Jo herum, dem seine ruppige, falsche Verdächtigung nun peinlich war. »Ich dachte, also Sie sprachen gerade von Pornografie. Moment, also eigentlich verstehe ich es doch noch nicht.«

»Ich hole Sie heute Abend um sieben ab. Pünktlich!«, sagte Mennige und legte auf.

Wie im Krimi, dachte Jo, den das schräge Telefonat komplett ratlos zurückgelassen hatte. Er schloss sein Häuschen ab und nahm den Weg über den Kundenparkplatz außen ums Modehaus herum. Ein kalter Wind wirbelte den Nieselregen unangenehm um die Ecken.

Vielleicht wusste Constanze mehr über Mennige?

Der Parkplatz des Göttbergs war noch halb gefüllt, als dreieinhalb Stunden später, auf die Minute um neunzehn Uhr, ein Mercedes-Oldtimer langsam durch die Reihen fuhr und vor der Detektei hielt. Jo stieg ein und hatte das Gefühl, in seinem Sitz bis aufs Pflaster hinab einzusinken. Sie redeten während der kurzen Fahrt nur wenige Worte. Mennige steuerte den Daimler durch die Leeraner Oststadt, auswärts über die Bremer Straße, bis er unweit der Stadtgrenze ins vornehme Logaer Viertel abbog. Sie passierten das Evenburg-Schloss und hielten einige Minuten später vor einem ausgesprochen respektablen Einfamilienhaus auf einem dicht bewachsenen Grundstück.

Noch bevor sie die Eingangsstufen erreicht hatten, öffnete ihnen ein sportlicher Typ Ende fünfzig, graue Schläfen, die dunkle, mit Schnitzereien versehene Holztür. Jo suchte nach einem Namen, konnte aber nirgendwo ein Schild entdecken.

»Bitte, kommen Sie doch herein!«, sagte der Mann, trat zur Seite und ließ sie ins Haus. »Es freut mich, dass Sie meiner Einladung gefolgt sind, Herr Buskohl.«

Mennige machte keine Anstalten, sie einander vorzustellen.

»Nicht übel, die Hütte«, nuschelte Jo.

Hinter ihnen schloss ihr Gastgeber ab, wandte sich dann dem Detektiv zu und lächelte. »Entschuldigen Sie die Unhöflichkeit. Mein Name ist Karl Johann Siefken.« Er reichte Jo die Hand zu einem festen Händedruck. »Lassen Sie uns doch ins Arbeitszimmer gehen.«

Jo folgte Siefken durch den mit allerlei Altertümern dekorierten Flur. Der Hausherr erläuterte unterwegs die Herkunft einiger besonderer Stücke. Mennige trottete stumm hintendrein. Angekommen im Arbeitszimmer, stellte Siefken drei Whiskygläser auf den Schreibtisch und schenkte ganz selbstverständlich allen ein. Mennige setzte sich in einen Ledersessel und gab Jo ein Zeichen, sich ebenfalls zu setzen. Siefken hob sein Glas und prostete den beiden zu.

Der Detektiv nippte nur an seinem Getränk. »Ihr Anwalt hat mir erklärt, Sie möchten mich beauftragen, jemanden für Sie ausfindig zu machen?«, kam Jo nun ungeduldig selbst zur Sache.

»Mennige ist eher ein Freund als mein Advokat«, antwortete Siefken und prostete dem alten Herren ein zweites Mal zu. »Sie brauchen auch niemanden ausfindig zu machen. Ich habe nämlich eine Adresse der bestimmten Person. Sie müssten allerdings nach Nordfrankreich fahren. In die Region um Calais, genauer gesagt.«

»Um wem handelt es sich bei dieser Person?« Die Geheimnistuerei der beiden Männer begann Jo auf den Sack zu gehen. »Und was wollen Sie von dieser Person überhaupt?«

Siefken überging die Fragen des Ermittlers. »Ich habe nicht die Zeit, die kleine Reise selbst zu machen. Auch weiß ich nicht, ob eine Begegnung mit mir erwünscht wäre.«

»Von wem erwünscht?«, hakte Jo sofort und etwas patzig nach.

»Von seinem Schwiegersohn!«, mischte sich Mennige ein, stellte das in zwei Zügen geleerte Whiskyglas zurück auf den Schreibtisch und gab Siefken ein Zeichen, ihm nachzuschenken. Jo sah den greisen Anwalt an und überlegte, ob es nicht besser sei, zurück in die Stadt auf Menniges Sänfte zu verzichten.

Siefken trat hinter den Schreibtisch, öffnete eine Schublade und holte drei großformatige Fotos hervor. Er reichte Jo die offensichtlich selbst ausgedruckten Bilder.

»Er muss aufhören, dieses Zeug ins Internet zu stellen«, erklärte Mennige, erhob sich aus seinem Sessel und schenkte selbst nach.

Jo betrachte die Schwarz-Weiß-Aufnahmen. Es waren Bilder eines jungen Paares. Der Mann dürr wie Pinocchio, die Frau eine wohlgerundete Schönheit. Beide vollständig nackt, eng umschlungen sich auf dem Laken rekelnd. Die Fotos hatten keine professionelle Qualität, waren etwas unscharf und schlecht ausgeleuchtet. Dennoch konnte man das Material als ästhetisch bezeichnen.

»Das ist Ihr Schwiegersohn?«, fragte Jo.

»Und meine Tochter«, gab Siefken kühl zurück. Dabei sah er durchs Fenster in den Garten, der im vorderen Bereich von kleinen, historisch anmutenden Lampen spärlich erhellt wurde.

»Finde ich jetzt nicht so schlimm«, äußerte Jo vorsichtig.

»Leider gibt es mehr davon. Viel mehr. Auch solche, die an Deutlichkeit nichts vermissen lassen.« Wie schon am Telefon wirkte Mennige nicht mehr so gewandt, wenn das Thema Sex war. Verkrampft starrte der Anwalt auf das Glas in seiner Hand.

Siefken blickte immer noch ins Halbdunkel hinaus. »Ich bin nicht prüde, Herr Buskohl. Es hat auch nichts mit meiner Generation zu tun, die etwa das Internet nicht versteht. Aber es sind mehrere Serien absolut expliziter Fotos. Ich will nicht drum herum reden. Der Großteil dieser Bilder ist zweifellos pornografisch. Ich lasse aber verdammt noch mal nicht zu, dass das Ansehen meiner Tochter auf diese Weise in den Schmutz gezogen wird!« Beim letzten Satz war Siefken laut geworden. Er drehte sich um, ging zurück zum Schreibtisch und auch er goss sich das Glas abermals halb voll.

Mennige erläuterte: »Ich habe Kontakt zur Kanzlei meines Neffen in Hamburg aufgenommen. Die verfügen über die internationalen Verbindungen, um das Technische zu regeln. Also die Löschung der Bilder von den sogenannten Server-Computern, die sich weiß Gott wo auf dieser Welt befinden …«

Siefken schnitt ihm das Wort ab. »Das nützt aber alles nichts, wenn Philip die Fotos wieder neu ins Internet stellt. Darum brauchen wir Sie. Fahren Sie hin und machen Sie ihm das klar. Wenn er Geld braucht, können wir das regeln.« Die Vitalität, mit der Siefken seine Gäste an der Haustür empfangen hatte, war dahin. Erschöpft ließ er sich in den letzten freien Sessel sinken.

»Wie heißt die Internetseite, auf der die Fotos veröffentlicht wurden?«, erkundigte sich Jo und bereute sogleich seine Frage.

»Das müssen Sie nicht wissen!«, blaffte Mennige ihn unwirsch an. »Wir erwarten selbstverständlich, dass Sie eine Verschwiegenheitserklärung unterschreiben.«

»Auf der Seite des Metropolitan Museums war's nicht«, ätzte Siefken sarkastisch.

Jo fiel ein anderer Gedanke ein. Er griente verlegen. »Was hält denn eigentlich Ihre Tochter von der Sache? Hat Sie sich vielleicht von Philip getrennt und er rächt sich jetzt auf diese Weise?«

Mennige warf Jo einen wütenden Blick zu.

»Meine Tochter ist tot«, murmelte Siefken, »Hodgkin-Lymphom.«

Bestürzt setzte der Detektiv dazu an, dem Vater sein Beileid auszudrücken. Er stammelte drei, vier Wörter, verschluckte den Satz auf halber Strecke aber endgültig. Jo räusperte sich. »Lymphdrüsenkrebs?«, fragte er dann und drehte das Papier in seiner Hand, sodass die bedruckten Seiten nach unten zeigten.

»Ja.«

Sie schwiegen eine Weile, bis Siefken sich überwand und über seine Tochter zu sprechen begann: »Wir konnten uns das finanziell leisten. Beruflich kürzertreten, um für sie da zu sein. Meine Frau, Philip und ich. Marika hat gekämpft. War zuversichtlich, stark.« Siefken machte eine Pause, dann fiel ihm Jos Frage wieder ein. »Wir hatten nie Streit, nicht ein einziges Mal. Philip hätte sein Leben für Marika gegeben. Nein, da gibt's nichts zu rächen. Der hat den Verstand verloren!«

Mennige entging nicht, dass Siefken immer tiefer in den Sessel sank, und er riss das Gespräch an sich. »Philip ist freischaffender Grafiker. Wir wissen allerdings nicht, ob er das jetzt noch macht. Philips Mutter ist dement, fortgeschrittener Pflegefall. Sie lebt in Emden in einer entsprechenden Einrichtung. Von der Heimleitung haben wir die Adresse in Erfahrung gebracht. In Berck-sur-Mer, in Frankreich. Liegt ganz oben am Ärmelkanal. Aber auch das Heim hat schon lange keinen Kontakt mehr zu ihm. Es muss wirklich jemand hinfahren. Je früher, desto besser!«

»Ich könnte am Wochenende«, sagte Jo, dessen Entschluss, den Auftrag anzunehmen, feststand.

»Mit etwas Englisch werden Sie wohl durchkommen. Es ist nicht weit hinter der belgisch-französischen Grenze. Sie erhalten von uns eine großzügige Reisekasse. Abgerechnet wird, wenn Sie zurück sind.« Der greise Rechtsanwalt stand auf und deutete zur Tür. »Ich bringe Sie raus. Es macht Ihnen sicher nichts aus, ein Taxi zu nehmen. Ich möchte noch hierbleiben. Erwarten Sie morgen gegen Mittag meinen Anruf.«

Mit einem dumpfen Schlag fiel die schwere Haustür hinter ihm ins Schloss. Jo atmete tief durch. Ein Hochgefühl bahnte sich einen Weg. Am Wochenende hieß es also: *Auf nach Frankreich!*

Trotz des nasskalten Wetters entschied der Detektiv, den Rückweg in die Stadt zu Fuß zu gehen. Die Informationen zu seinem neuen Auftrag warteten darauf, gedanklich sortiert zu werden.

3.

Die Atmosphäre des melancholischen Sonntags drang
ungefiltert in den Wintergarten ein. Der November hatte noch einmal die Sonne hervorgekramt. Nieselregen
und Nebel, ständige Begleiter der letzten Tage, waren
verschwunden und kein Windhauch war erkennbar.
Weihevoll breite sich der parkähnliche Garten vor Walter Hundertmarks müden Blicken aus. Es war später
Vormittag.

Walter war sich nicht sicher, ob ihn die andächtige
Ruhe draußen wie drinnen entspannen oder deprimieren
sollte. Agnes samt Posaune war zur Kirche. Seine Gattin
hatte ihn ausschlafen lassen und bevor sie gegangen war,
den restlichen Kaffee in eine Thermoskanne umgefüllt.
Lustlos kaute er auf einem trockenen Aufbackbrötchen
herum und sah einem Fischreiher zu, der statuenhaft am
Rande des Gartenteichs stand.

Als nach Mitternacht, Abteilung für Abteilung, die
Lichter erloschen waren, hatte kein Angestellter des Modehauses noch einen Zweifel gehabt. Das Shopping-E-
vent war rekordverdächtig verlaufen. Euphorisch hatte
der Nachwuchs mit lauter Musik, Sekt und Bier die Per-
sonalräume okkupiert, während sich die Alten, fertig mit
der Welt, mit schmerzenden Füßen und Rücken stumm
nach Hause geschleppt hatten. Hundertmark war zu diesem Zeitpunkt längst darüber informiert gewesen, dass
es erstens im Café ohnehin keine Überwachungskamera
gab und es zweitens aus unbekanntem technischen

Grund keinerlei Aufzeichnung von irgendeiner Kamera im Göttberg gab.

Das Haar in der Suppe war die geplatzte Lesung. Umsatz hin, Umsatz her, beim Geschäftsführer war keine Feierlaune aufgekommen.

Der Fischreiher breitete die Flügel aus, nahm Schwung und hob schwerfällig ab. Es war derselbe Augenblick, in dem das Telefon zu klingeln begann. Gern wäre Hundertmark in diesem Moment jener Vogel gewesen. Er hatte den Anruf erwartet.

Hundertmark schlurfte vom Wintergarten hinüber ins Wohnzimmer. Er stellte sich vor, wie das einsame Redaktionswürstchen seinen Sonntagsdienst in den verwaisten Büros der Ostfriesen-Zeitung angetreten hatte. Wie es den Rechner hochgefahren und dann die E-Mail des Kollegen zum gestrigen Vorfall im Göttberg gelesen hatte. Die Fotos im Anhang studiert. Wie es daraufhin den freien Mitarbeiter, der Zeuge des unerhörten Eklats geworden war, eilig angerufen hatte. Weggeschmissen vor Lachen hatten sich die beiden Journalisten, die Bäuche hatten sie sich gehalten, köstliche, gemeine Wortspiele mit Schlagzeilenpotenzial ersonnen. Schließlich, hellwach und wieder beherrscht, mit schmerzendem Zwerchfell, hatte der OZ-Sonntagsdienst, der plötzlich kein armes Würstchen mehr war, sondern jemand mit einer 1-a-Story, noch einmal zum Hörer gegriffen und dann die Nummer des Göttberg-Chefs gewählt. *Seine, Hundertmarks, beschissene private Nummer!*

Walter ließ sich Zeit auf dem Weg zum Telefon, doch dem hartnäckigen Störenfried fehlte es offensichtlich nicht an Ausdauer.

Im Laufe des Tages beschloss er, mindestens seinen Eintrag aus dem Telefonbuch streichen zu lassen, eventuell sogar eine neue und geheime Nummer bei der Telekom zu beantragen.

Am frühen Nachmittag rief tatsächlich der Redakteur der Ostfriesen-Zeitung an, außerdem noch eine lieblich säuselnde Frau, die sich Hundertmark als BILD-Reporterin vorstellte, sowie gegen Abend ein Mitarbeiter des NDR-Fernsehens. Letzterer erkundigte sich nach einer Drehgenehmigung für das Göttberg.

Jener erste Anrufer an diesem Tag war jedoch kein Journalist, sondern Frederick Düll, dessen Stimme aufgrund einer hinzugetretenen Heiserkeit noch unerträglicher schrillte als am Vorabend. Wie Messerstiche drangen dessen Vorwürfe variantenreich vorgetragen auf Hundertmark ein. Hundertmark erfuhr von Düll obendrein, dass Nikesch am Abend die Notaufnahme des Klinikums aufgesucht hatte, da der Autor eine Verletzung am linken Ohr nicht hatte ausschließen können.

»Ich sage Ihnen das klipp und klar, Herr Hundertmark. Ich habe Joachim davon abgeraten, vorschnell auf ein Schmerzensgeld zu verzichten. Sie laden den neuen Star der deutschen Literaturszene in Ihr Kaufhaus ein und können kein adäquates Sicherheitskonzept vorweisen. Grob fahrlässig und nicht entschuldbar, muss ich da leider Gottes attestieren. Nachsicht für so viel Dilettantismus haben Sie beileibe nicht verdient. Vom emotionalen Schaden, den Joachim erlitten hat, möchte ich heute noch gar nicht reden. Sie können froh, froh, froh sein, dass Joachim die Zähne zusammenbeißt und keinen der nächsten Termine absagen will.«

Hundertmark leistete zunächst keine Gegenwehr. Es ärgerte ihn aber, sich nicht im persönlichen Gespräch für den unglücklichen Verlauf des Abends bei Nikesch entschuldigen zu können. Düll hatte ihm zu verstehen gegeben, dass der Dichter für ihn nicht mehr zu sprechen sei. Eine angemessene Entschuldigung habe außerdem sehr wohl öffentlich zu erfolgen.

»Was hat denn die Polizei gesagt?«, erkundigte sich Nikeschs Manager, nachdem er mit dem groben Anschiss fertig war.

»Sie können in der Angelegenheit offiziell zwar keine Sonderkommission ins Leben rufen, aber eine Ebene tiefer wollen sie drei oder vier ihrer besten Leute für den Fall abstellen«, erklärte Hundertmark, der sich am Vorabend mit den herbeigerufenen Beamten unterhalten hatte. Es langte ihm jetzt.

»Ja, das ist gut. Sehr gut. Das wird Joachim freuen, dass die Polizei den Anschlag ernst nimmt«, erwiderte Frederick Düll.

»Das war ein Scherz, Sie Dumpfbeutel!«, fuhr Hundertmark das Männchen am anderen Ende der Leitung scharf an, worauf Düll hysterisch eine Missfallensäußerung fiepte, die akustisch unmöglich zu verstehen war. Hundertmark überging das und sprach lautstark weiter: »Die Polizei hat meine Anzeige aufgenommen. Sollten wir den Namen der Tortenwerferin in Erfahrung bringen, wird man sich dort weiter darum kümmern. Und wenn nicht, dann verläuft die Kacke schlicht im Sande!«

Frederick Düll wollte sich noch einmal in Rage reden, doch Hundertmark legte auf und stapfte zu seinem Frühstück zurück.

Etwa zwanzig Minuten später rief Düll ein zweites Mal an. Noch mal kehrte er heraus, wie außerordentlich großzügig Nikesch sei, auf ein Schmerzensgeld zu verzichten, und erklärte dann überraschend, der Autor habe wegen der schlechten Publicity kein Interesse an einer polizeilichen Verfolgung der Angelegenheit. Jedoch sei der in Köln in einem Maßatelier gefertigte Anzug aufgrund der Sahnecreme-Anschmutzung ruiniert, wofür Nikesch dem Göttberg dreitausendfünfhundert Euro in Rechnung zu stellen beabsichtigte. Hierfür bat Düll im Namen des Autors freundlichst um Verständnis.

*

Eine vierspurige Straße und hohe Häuser bestimmten das Bild der Strandpromenade von Berck-sur-Mer. Aufgemalte Markierungen wiesen die äußeren Fahrbahnen durchgängig als Parkplätze aus, für die es außerhalb der Saison offensichtlich wenig Bedarf gab. Ein Fußweg, etwa vier Meter breit, aus eingefärbtem Asphalt verlief parallel der Straße. Eine niedrige Mauer und eine steil abfallende Uferbefestigung aus Stein und Beton trennten Promenade und Sandstrand. Alle paar hundert Meter führten Treppen hinunter ans Meer. Mitte November bot die weite, unbelebte Szenerie einen tristen Anblick.

Jo und Constanze waren zeitig wieder auf den Beinen gewesen. Sie waren übereingekommen, nach dem Frühstück einen Spaziergang am Wasser zu unternehmen und sich erst gegen Mittag auf den Weg zu machen. Sie hatten nicht die Absicht, Siefkens Schwiegersohn am Sonntagmorgen aus dem Bett zu klingeln.

Vom Hotel aus waren es nur wenige Minuten, bis sie im nassen Sand vor dem einlullenden Wellenschlag des Ärmelkanals standen. In einiger Entfernung führte eine Frau zwei Hunde aus. Ansonsten waren sie allein. Sie wandten sich nach links und liefen eine Weile, bis der Strand schmaler wurde und bald darauf massive Buhnen das Weitergehen unmöglich machten. Sie setzten ihren Spaziergang auf einem befestigten Weg unterhalb der Dünen fort, der schließlich auf dem Gelände eines kleinen Freizeithafens endete. Vor ihnen breitete sich unüberwindbar die weite, versandete Mündung des Flusses Authie aus.

»Glaubst du, dass Siefken selber die Bilder seiner Tochter im Internet gefunden hat?«, kam Constanze während des Rückwegs auf ihren Auftrag zu sprechen.

»Er und Mennige waren nicht gerade auskunftsfreudig, was solche Details angeht«, erinnerte sich Jo und begann, laut zu überlegen: »Wenn ich als Kumpel oder etwa als Angestellter deines Vaters schweinische Fotos von dir im Internet entdecken würde, so rein theoretisch, meine ich. Ich würde meinem Chef diesen Fund ganz bestimmt nich' unter die Nase reiben. Andererseits, die Vorstellung, Siefken stößt bei einer Online-Recherche mit geöffneter Hose auf Bilder der eigenen Tochter …«

»Wow, das ist echt widerlich!«, unterbrach ihn Constanze.

»Mich interessiert aber viel mehr«, fuhr Jo fort, »warum sein Schwiegersohn die Fotos ins Internet hochgeladen hat. Möglicherweise hat Siefken gelogen und so harmonisch, wie er es dargestellt hat, war das Familienleben doch nich'. Das würde unseren Auftrag sicherlich schwieriger machen.«

Constanze hatte einen anderen Vorschlag: »Vielleicht will er sie präsentieren! Du hast doch geschwärmt, dass sie so hübsch ist …«

»Sah nicht schlecht aus, habe ich gesagt«, entgegnete Jo abwiegelnd.

»Es gibt ja so Schweine«, spann Constanze den Faden weiter, »die meinen, dass die Frau ihr Besitz ist. Wenn er sie so zur Schau stellt, vergewaltigt er sie gewissermaßen posthum. Man kann ja davon ausgehen, dass sie dem bestimmt nicht zugestimmt hätte.«

»Präsentieren?«, wiederholte Jo skeptisch. »Was hat er davon? Jedenfalls, je komplizierter seine Beweggründe sind, desto weniger zugänglich wird er sein, sobald wir ihm erklären, dass er damit aufhören muss. Ehrlich, ich hoffe, Philip ist einfach nur ein selten dämlicher Idiot, der nicht damit gerechnet hat, dass die Sexfotos irgendwann auch daheim in Ostfriesland Furore machen. Dem das alles nun furchtbar peinlich ist und der aufrichtig dankbar ist, dass sein Schwiegervater uns und kein Rollkommando geschickt hat. Verdient hätte er's ja.«

»Hoffentlich liegst du richtig.« Constanze hatte Bedenken. »Wenn er uns komisch kommt, sollten wir ihm schon sehr unmissverständlich …«

»In die Eier treten?«

»… klarmachen, dass das heftige Konsequenzen haben wird!«, beendete sie den angefangenen Satz.

Wieder am Hotel, hatte keiner der beiden noch Lust, die Gegend weiter zu erkunden. Die schmalen Gassen in die historische Innenstadt wirkten zweifelsohne einladend. Der kalte Seewind hatte ihnen aber zugesetzt. Irgendwo unterwegs war ihre Lockerheit auf der Strecke geblieben. Eine diffuse Angespanntheit hatte Jo und Constanze ergriffen. Sie gingen zurück aufs Zimmer, um sich aufzuwärmen.

Um kurz nach elf griff sich Jo die schmale Mappe mit den Unterlagen zum Fall. Darin waren seine Notizen, ein Stadtplanausschnitt und die drei Fotos aus dem Internet, die Mennige und Siefken ihm überlassen hatten. Dann machten sie sich auf den Weg. Sie nahmen den Wagen, denn ihr Ziel lag ein Stück weit außerhalb des Stadtzentrums.

Die Straßen waren wie ausgestorben. Auch ohne das Navi fand Jo den Weg in die Rue des Mouettes auf Anhieb. Philips Adresse gehörte zu einem schmutzig weißen, etwa achtzig Meter langen, vierstöckigen Wohnblock. Den Charme eines maritimen Badeorts mit 150-jähriger Tradition suchte man hier vergebens. Der Detektiv steuerte den einzigen freien Parkplatz an.

Als Jo und Constanze glaubten, den richtigen der insgesamt vier Hauseingänge identifiziert zu haben, sahen sie sich mit einer bunten Auswahl von Briefkästen und Türklingeln konfrontiert. Teilweise fehlten Namen, teilweise waren sie überklebt, durchgestrichen,

dazwischengezwängt, unleserlich geschrieben, vom Regen abgewaschen oder von der Sonne verblichen. Philips Namen fanden sie nicht. Sie teilten sich auf und überprüften zusätzlich sämtliche Namensschilder an den drei anderen Eingängen. Vom Gesuchten aber keine Spur.

Constanze schlug vor, bei den Bewohnern des mutmaßlich richtigen Gebäudeabschnitts zu klingeln. Sie hatte damit keinerlei Berührungsängste, vielmehr freute sich Jos Freundin über die nicht alltägliche Gelegenheit, ihre profunden Kenntnisse der Landessprache unter Beweis stellen zu können.

Nachdem Constanze im Parterre ergebnislos mit fünf Bewohnern gesprochen hatte, an einer Tür war ihnen nicht aufgemacht worden, geriet die Stimmung der Ermittler allmählich auf Talfahrt. Sie stiegen frustriert die Stufen in den ersten Stock hinauf. Die zweite Tür, an der sie es probierten, öffnete eine kleine Frau Anfang zwanzig. Sie hatte ein Kind auf dem Arm, hörte Constanzes Ausführungen dennoch geduldig zu.

Die zierliche Französin strahlte. »Oui!« Sie erinnerte sich an Philip, »l'allemand qui habitait ici!«

Jo lauschte konzentriert. Ein paar Sätze und Halbsätze des Gesprächs konnte er verstehen. Es reichte, damit der Ermittler bereits halbwegs im Bilde war.

Als die junge Mutter in ihrer Wohnung verschwand, die Tür jedoch angelehnt ließ, fasste Constanze triumphierend zusammen: »Sie sagt, vor einem Jahr, am Tag, als sie hier eingezogen ist, da war die Wohnung nur halb ausgeräumt. Es gab einen lauten Streit zwischen Hausverwalter und dem betrunkenen deutschen Vormieter. An den Namen des Deutschen kann sie sich aber nicht erinnern. Der stand auch nicht an der Tür und auch nicht unten an Klingel oder Briefkasten. Sie erinnert sich aber, dass der Deutsche nach Fort-Mahon-Plage gezogen ist. Sie fand das seltsam damals. Denn da gibt es überhaupt nichts im Winter, sagt sie, und weit draußen, ab vom Schuss ist es außerdem. Letzten Endes hat sich Philip offenbar mit ihrem damaligen Umzugsunternehmer geeinigt, dass der seinen Kram nach Feierabend noch dorthin fahren sollte.«

»Ich hab die ganze Zeit Bedenken gehabt, dass das Gespräch mit Philip eskalieren könnte«, sagte Jo, »dass wir diesen Blödmann unter der Adresse nicht mehr antreffen könnten, da habe ich überhaupt nicht dran gedacht.« Jo war kurz ratlos. »Wir brauchen einen neuen Plan.«

»Vor allem, der ist schon vor einem Jahr hier ausgezogen! Was geben die uns so eine alte Kackadresse!«, schnaubte Constanze.

Die Frau kam ohne ihr Kind zurück an die Tür und zeigte ihnen die Rechnung einer Firma »Vermeersch Déménageur«.

»Sie schlägt vor, Herrn Vermeersch, den Umzugsunternehmer, zu kontaktieren. Vielleicht erinnert der sich, wohin in Fort-Mahon er die Möbel gebracht hat«, erläuterte Constanze, als sie mit ihrem Handy den Rechnungskopf mit der Geschäftsadresse in Montreuil abfotografierte.

Die junge Frau nahm ihr lächelnd das Smartphone aus der Hand und wählte die oben auf dem Papier fett gedruckte Telefonnummer. Sie ließ es lange klingeln, aber es nahm niemand ab. Mit einem Achselzucken gab sie das Handy zurück.

Im Citroën Jumpy begann Constanze, erst Fort-Mahon-Plage und dann Montreuil zu googeln. Jo fertigte unterdessen handschriftlich eine ausführliche Gesprächsnotiz an.

»Oh, gibt mehrere Montreuils«, murmelte Constanze.

»Wie groß ist eigentlich Fort-Mahon-Plage?«, wollte Jo wissen.

»Ist ein Seebad mit tausendzweihundert Einwohnern. Vielleicht 'ne halbe Stunde Fahrzeit«, antwortete die Freundin, ohne von ihrem Handy aufzusehen.

»So klein ist das also auch wieder nicht«, stöhnte Jo. »Wir könnten auf blauen Dunst hinfahren. Dann hätten wir noch ungefähr vier Stunden, bis es dunkel wird. Vielleicht besitzt Philip noch immer ein in Deutschland zugelassenes Auto, das irgendwo an der Straße steht. Vielleicht gibt's ein paar Geschäfte, die auch außerhalb der Saison an einem Sonntag aufhaben. Einen Kiosk oder einen Imbiss, vielleicht eine Tankstelle? Irgendwas, wo wir nach ihm fragen können. Ein Deutscher, der da fest wohnt, der wird doch sicher dem einen oder anderen Einheimischen aufgefallen sein.«

Constanze packte ihr Handy weg und nahm das Navigationsgerät, das über Nacht von der Windschutzscheibe gefallen war, aus der Ablage.

»Nö, wir fahren nach Montreuil!«, erklärte sie forsch. »Vertrau mir!«

Jo sah sie grimmig an und wartete auf eine Begründung.

Doch Constanze lachte nur. »Schalt mal die Zündung ein, damit ich die Route programmieren kann.«

Jo ließ den Wagen an und wischte mit einem Tuch die beschlagene Windschutzscheibe trocken. »Aber schön, dass wir drüber gesprochen haben«, tat er säuerlich sein Missfallen darüber kund, dass sie dabei war, ihn zu übergehen.

Constanze bereitete es Vergnügen, den Freund noch auf die Folter zu spannen. Sie schwärmte begeistert: »Montreuil-sur-Mer ist eine bedeutende Sehenswürdigkeit. Von der mittelalterlichen Stadtmauer hat man einen wunderbaren Ausblick ins Tal. Und eine historische Festung, die wir besichtigen können, gibt's da auch!« Sie pappte das Navi zurück an die Scheibe und änderte nun den Tonfall: »Ich hab gerad' auch diese Umzugsfirma gegoogelt. Das ist ein kleines Familienunternehmen. Wenn die am Sonntag nicht ans Telefon gehen, heißt das nicht zwangsläufig, dass da niemand zu Hause ist. Die Nummer auf der Rechnung mag auch zu einem separaten Geschäftsanschluss gehören und darum geht keiner ran. Es ist doch so, wenn wir da jemanden antreffen, dann haben wir eine echte Chance auf Philips neue Adresse. Das ist doch viel besser, als ohne Plan im kalten Wind durch die Straßen eines leeren Badeorts zu stromern.«

Jo antwortete nicht. Er wusste, dass sie recht hatte, und fuhr los.

Montreuil-sur-Mer war umgeben von einer Landschaft mit sanften Hügeln. Irreführenderweise lag die Stadt keineswegs an der Küste, sondern fünfzehn Kilometer landeinwärts, worauf Jo während der Fahrt mäkelig herumgeritten hatte. Er war immer noch knatschig darüber gewesen, dass Constanze offenbar aufgrund der besseren Sprachkenntnisse das Kommando ihrer Mission übernommen hatte.

Gegen halb zwei hatten sie Montreuil erreicht.

Constanze nahm erneut das Smartphone zu Hilfe und rief mit dem Gerät Googles Kartendienst auf. Es dauerte nicht lange, bis sie gefunden hatte, was sie suchte. Sie hielt Jo das Telefon vor die Nase. Mittig auf dem Handydisplay in einer winzigen Landkarte, notiert neben einer noch viel winzigeren Sprechblase, stand der Name Vermeersch. Jo prägte sich den Verlauf der im Kartenausschnitt eingezeichneten Straßen ein.

Sie ließen den Jumpy auf dem großen Marktplatz am Ortseingang zurück und machten sich zu Fuß auf den Weg. Eine abgefahrene, an den Rändern tief versackte Kopfsteinpflasterstraße führte zwischen windschiefen Häusern wie aus einem Drei-Musketiere-Film hinauf in den Ort. Sie hielten kurz an einer Friterie und bestellten zwei Pommes auf die Hand, die sie unterwegs im Gehen aßen.

Nach einer fast rechtwinkligen Biegung der Straße standen Jo und Constanze schließlich vor einer mit einem eisernen Gitter verschlossenen Toreinfahrt. Der Aufschrift auf dem verwitterten Schild neben dem Tor konnten sie entnehmen, dass sie richtig waren. Durch die rostigen Stäbe sah man von der Straße in einen unaufgeräumten Hof. Zwischen allerhand Gerümpel und Unrat thronte ein frisch gewaschener, mittelgroßer Umzugs-LKW.

Jo zog an einem Eisengestänge, woraufhin im Innenhof eine Glocke durchdringend tönte. Langsam trottete eine Dogge ans Tor, um die beiden Deutschen zu beschnuppern. Jemand rief nach dem Tier, eine schnarrende Jungenstimme, doch war kein Mensch zu sehen. Jo und Constanze hatten den Namen des schwerfälligen Vierbeiners nicht verstanden, der Hund seinerseits hörte phlegmatisch darüber hinweg und glotzte die beiden Ermittler aus verquollenen Augen an.

Sie warteten eine Weile, bis Constanze ungeduldig mit kräftiger Stimme auf Französisch eine Begrüßung in den Hof rief. Das zeigte Wirkung und ein etwa vierzehnjähriger Schlaks tauchte zwischen den Krempelbergen auf. Der dürre Junge war unsicher und hielt lieber Sicherheitsabstand zu den Fremden.

Jos Freundin erklärte freundlich, dass sie gekommen waren, um Herrn Vermeersch zu sprechen.

Nach kurzem Zögern antwortete der Junge. Seine Eltern seien erst am Abend wieder zu Hause. »Kommen Sie aus Deutschland?«, fragte er dann mit kräftigem Akzent. Neugierig traute er sich schließlich doch ans Tor heran.

»Oh! Du sprichst ja deutsch«, freute sich Constanze und wollte ihm schon die Hand reichen, als der faltige Köter unvermittelt bedrohlich zu knurren begann.

»Ich lerne in der Schule«, antwortete der Junge.

»Wir möchten eine Information von deinem Vater«, mischte sich Jo ins Gespräch ein. Der Detektiv sprach betont langsam.

»Meine Eltern machen eine Besuch bei meiner Schwester in Amiens«, führte der Sohn des Umzugsunternehmers dagegen recht flüssig aus.

Constanze sah Jo an. »Vielleicht können wir seinen Papa anrufen?«

Jo nickte und wandte sich erneut dem Jungen zu. »Wir suchen nämlich einen Deutschen. Der hat vor einem Jahr in Berck gewohnt. Dein Vater soll den Umzug für ihn gemacht haben.«

Constanze ergänzte: »Un déménagement, ein Umzug, nach Fort-Mahon-Plage, letztes Jahr im November.«

»Er ist tot«, krächzte Vermeersch junior und verzog dabei verlegen den Mund.

»Tot? Wer ist tot?«, polterte Jo ungehalten in der vagen Hoffnung, das Ganze sei nur ein Verständigungsproblem.

Der Junge aber wiederholte und präzisierte: »Der Deutsche! Er ist tot!«

»Nun mal langsam«, ging Constanze dazwischen, »der Deutsche, dem dein Vater beim Umzug geholfen hat, der ist tot?«

»Ja!« Der Junge suchte nach einer Vokabel und sprach dann auf Französisch weiter. Dabei umschlang er mit beiden Armen seine Schultern und machte übertriebene Zitterbewegungen.

»Er ist erfroren?« Constanzes Stimme überschlug sich.

»Oui, erfroren!«, antwortete der Junge begeistert darüber, dass sie ihn verstanden hatte. »Man hat das gelesen in der Zeitung.«

Jo war baff. So hatte er sich den Trip nach Frankreich nicht vorgestellt.

Constanze stellte dem Jungen noch ein paar Fragen, aber der wusste nicht mehr, als dass der Deutsche, den sein Vater nach Fort-Mahon gefahren hatte, dort einige Wochen später unweit des Orts erfroren war.

Der Detektiv reichte dem Jungen seine Karte und erklärte, dass sie in Berck in einem Hotel eingecheckt hatten und am Montagnachmittag zurück nach Deutschland müssten. Der Junge versicherte ihm, dass sein Vater die Ermittler am Abend nach der Rückkehr aus Amiens sofort kontaktieren würde.

»Musst du Siefken nicht anrufen?«, durchbrach Constanze das anfängliche Schweigen im Auto.

»Jetzt am Sonntagnachmittag?«, brummte Jo. »Nee, ich weiß nich'. Siefken ist schon verdammt sauer auf seinen Schwiegersohn. Aber wer weiß, wie deren Verhältnis früher mal war. Ich will da nich' pietätlos rüberkommen. Lieber warte ich bis Dienstagmorgen, um das zunächst mit Mennige zu besprechen. Außerdem müssen wir erst mal abwarten, ob uns der Vermeersch was Konkreteres erzählen kann. So ist das noch ein bisschen sehr dünn.«

»Wenn wir die Anschrift von ihm kriegen, sollten wir morgen trotzdem noch nach Fort-Mahon fahren«, schlug Constanze vor.

Am frühen Abend durchstreiften Jo und Constanze ziellos die Stadt, bis sie eine Pizzeria fanden, die einladend aussah.

Als sie gegen halb neun wieder auf dem Zimmer waren, rief Hundertmark an. Die Verbindung war schlecht. Constanze kam kaum zu Wort. Sie sprach bereits laut und musste dennoch ihre wenigen Sätze wiederholen. Während des Gesprächs klingelte auch Jos Handy. Die beiden wechselten Blicke und tauschten eilig die Telefone. Jo telefonierte mit dem aufgebrachten Vater seiner Freundin weiter, während Constanze das andere Gespräch annahm und mit dem Telefon im Bad verschwand. Wieder mussten ihre guten französischen Sprachkenntnisse herhalten, doch der Anrufer bot nicht, wie sie erwartet hatten, der Umzugsunternehmer

Vermeersch, sondern ein Beamter der örtlichen Gendarmerie.

4.

Die Distanz zwischen Berck-sur-Mer und der kleinen Nachbargemeinde Fort-Mahon-Plage betrug Luftlinie einen etwa fünfzehnminütigen Möwenflug. Wem weder Fliegen noch Schwimmen in die Wiege gelegt war, musste die Distanz zwischen den beiden Seebädern durch weiträumiges Umfahren der trichterförmigen Bucht des Flusses Authie überwinden. Jo und Constanze benötigten hierfür rund dreißig Minuten.

Sie waren in Fort-Mahon am Strandaufgang am Ende der Avenue de la Plage verabredet. Luc Blondeel, der Polizeibeamte, mit dem Constanze am Vorabend telefoniert hatte, hatte im Frühjahr freiwillig die Aufgabe übernommen, Philips letzte Lebenswochen zu rekonstruieren. Vor Ort wollte er den Besuchern aus Deutschland die Ergebnisse seiner Recherche erläutern. Außerdem gab es einen Karton mit den wenigen Habseligkeiten, die Philip hinterlassen hatte, den der Polizist bei dieser Gelegenheit loswerden wollte.

Constanze hatte Blondeel am Telefon erklärt, dass sie auf Bitte des Schwiegervaters nach Philip suchten. Den eigentlichen Hintergrund ihrer Ermittlungen, die kompromittierenden Fotos im Internet, hatte sie verschwiegen. Die Situation hatte sich durch den Tod des Gesuchten ohnehin gänzlich verändert.

Die lange, schnurgerade aufs Meer zulaufende Avenue de la Plage wurde von einer Vielzahl enger, marode wirkender Gassen gekreuzt. Ein Gewirr vorsintflutlicher

Überlandleitungen zog sich dort, abseits des zentralen Prachtboulevards, durch den ganzen Ort.

Luc Blondeel wartete auf einem kleinen Platz, der eingefasst von einer niedrigen Mauer in einem sanften Bogen balkonartig über die Dünen hinausragte und das Ende der Straße markierte. Blondeel war etwa Ende zwanzig, ein bisschen jünger als Jo und Constanze. Nachdem sie sich herzlich begrüßt hatten, schlug der sympathische Polizist vor, Jos Kleinbus in einer Seitenstraße abzustellen und gemeinsam im Renault der Gendarmerie weiterzufahren.

Unterwegs zu der Adresse, wohin Vermeersch ein Jahr zuvor den bescheidenen Hausrat des Deutschen transportiert hatte, wollte Blondeel mehr über Philip erfahren. Sein Interesse an dessen Schicksal war persönlicher Natur. Er hatte keinesfalls vor, seinem archivierten Bericht noch etwas hinzuzufügen.

So gut es ging, fasste Constanze auf Französisch zusammen, was Jo von Mennige erfahren hatte. Philip und Marika, die schon in der Schulzeit ein Paar gewesen waren, hatten trotz oder gerade wegen Marikas Krebsdiagnose geheiratet. Sie war wenige Tage vor ihrem vierundzwanzigsten Geburtstag gestorben. Einige Wochen nach der Beerdigung hatte Philip die gemeinsame Wohnung aufgelöst. Seitdem hatte er als verschwunden gegolten, bis sein Schwiegervater vor Kurzem an die Adresse in Berck-sur-Mer gelangt war.

»Wieso ausgerechnet Nordfrankreich?«, übersetzte Constanze eine umständlich formulierte Frage Blondeels in verkürzter Form.

»Philip und Marika hatten wenig Geld. Sie war Studentin, er als Grafiker neu im Beruf. Sie haben zwei- oder dreimal ihren Urlaub hier verbracht, bevor sie krank wurde. Das muss ihm viel bedeutet haben«, gab

Jo wieder, was Mennige als den Grund Philips, nach Frankreich zu ziehen, gemutmaßt hatte.

Constanze übersetzte noch, als Blondeel in eine besonders holprige Straße einbog und nach etwa fünfzig Metern zwischen zwei alten Stadtvillen auf einen unbefestigten Vorplatz fuhr. Der Renault quälte sich durch den Dünensand. Sie stiegen aus und standen vor einem in zweiter Baureihe stehenden eierschalenfarbenen Haus. Es gab zwei Ferienwohnungen parterre und zwei im oberen Stockwerk, die links und rechts über hölzerne Außentreppen zu erreichen waren. Fenster und Türen waren mit fliederfarbig lackierten Läden verschlossen. Das Haus war jetzt außerhalb der Saison unbewohnt.

Blondeel zeigte auf die Wohnung oben rechts.

Dort hatte Philip bis zu seinem Hinauswurf Mitte Januar gehaust. Der Eigentümer, der im vierzig Kilometer entfernten Abbeville lebte, hatte Blondeel gegenüber angegeben, dass der Deutsche ihm glaubhaft versichert habe, aufgrund seiner angegriffenen Gesundheit zurück nach Deutschland zu wollen. Die Wohnung sei vermüllt und nach nur zwei Monaten renovierungsbedürftig gewesen. Säckeweise hätten Getränkeflaschen, Dosen und anderer Müll aus der Wohnung entsorgt werden müssen. Die vereinbarte Miete war Philip zudem schuldig geblieben.

Jo machte einige Fotos aus unterschiedlichen Perspektiven und bat anschließend Constanze zu übersetzen: »Hat Philip vielleicht irgendwelche Gegenstände von Wert zurückgelassen? Fernseher, Computer, Laptop?«

Das sei ihm nicht bekannt, antwortete der Polizist Constanze. Philip habe lediglich einige seiner Möbel unter einer zu dünnen Folie unzureichend geschützt auf dem überdachten Balkon gelagert. Diese waren vom Eigentümer zusammen mit dem Müll entsorgt worden.

Blondeel öffnete den Kofferraum des Polizeiwagens und holte einen augenscheinlich federleichten Karton heraus, den er Jo mit den Worten »c'est tout!« überreichte.

Der Polizist empfahl, die Fahrt nun fortzusetzen.

Unterwegs drehte sich Constanze auf dem Beifahrersitz um und sah Jo zu, der Philips kümmerlichen Nachlass Seite für Seite sorgfältig durchsah.

»Ein paar Zeitschriften, ein paar unbeschriebene Ansichtskarten, einige Briefe, ein dünner Stoß Fotos, sein Personalausweis. Aber kein Handy, kein Fotoapparat, kein Portemonnaie, rein gar nichts, was einen materiellen Wert hätte«, beschrieb Jo mit zugeschnürtem Hals den Inhalt des Kartons.

»Was sind das für Briefe?«, fragte Constanze leise.

»Ich schau noch. Private Briefe, nichts Behördliches. Es gibt keine Umschläge dazu, sind alles lose Blätter, wild durcheinander.«

Jo war im Begriff, die auf der Rückbank schon beiseite gelegten Briefe nach vorn zu reichen, als Blondeel bremste und in die Zuwegung des am Ortsrand gelegenen Friedhofs einfuhr.

Sie stiegen aus, der Polizist sprach mit einer alten Frau und gab ihnen dann ein Zeichen, ihm zu folgen.

Jo machte zwei Fotos des mit einer dezenten Nummer versehenen, schmucklosen Grabs.

»Haben die denn die deutschen Behörden nicht informiert?« Jo wunderte sich, nicht schon früher auf diesen Gedanken gekommen zu sein.

»Hab ich ihn schon gefragt«, antwortete Constanze, »klar, natürlich haben sie das, hat er gesagt.« Sie nickte in

Richtung Blondeel, der in einiger Entfernung eine Zigarette rauchte.

Zurück im Polizeiwagen, fuhren sie noch etwa einen Kilometer auswärts, bis die Straße an einem großen Parkplatz endete. Von einem erhöhten Aussichtspunkt blickten sie über das weite Ästuar des an sich kleinen Flusses Authie, der unweit von hier ins Meer mündete.

Irgendwo in dieser verbuschten, von Gräben durchzogenen Landschaft war der Deutsche Anfang Februar gestorben. Ein Jäger hatte Philips Leiche einige Wochen später in einem von Jugendlichen aus zusammengetragenen Strandgut gezimmerten Unterschlupf gefunden.

Luc Blondeel war sich nicht sicher, ob er die richtige Stelle in einem der vielen kleinen Gehölze wiederfinden würde. Der Beamte ließ sich seine Bedenken aber nicht anmerken, gab den deutschen Ermittlern das Zeichen, ihm zu folgen, und ging ihnen entschlossen auf einem schmalen Pfad voraus.

*

Lüders' Redaktionsbüro war ein Museum der politischen Achtzigerjahre. Euphorisch hatte der Zeitungsmacher Sven von Exponat zu Exponat geführt. Kunstvolle Protestplakate, Demoaufrufe und Anti-Atomkraft-Banner, Flugzettel, Buttons, Foto-Collagen, ein gerahmter Ausweis der Freien Republik Wendland. Zu jedem seiner Erinnerungsstücke hielt der Journalist eine sorgfältig einstudierte Anekdote bereit.

Sven war ein geduldiger Mensch. Dennoch, Ricky Lüders nervte gewaltig. Der sechzigjährige Herausgeber des Leeraner Anzeigenblatts »Sonntags-Gericht« hatte zweifellos kurz zuvor gekifft. Kompliziert wurde der Auftrag noch dazu, weil Jos Musikerkollege auf den erklärten prinzipiellen Widerwillen Lüders' stieß, dem »kapitalistischen Schweinepriester Hundertmark« auch nur den kleinsten Gefallen zu tun.

»Ob ich was geraucht habe?«, griente Lüders und ließ sich plump auf seinen Bürostuhl fallen. »Junge, ist Montag heute! Sonntags immer, montags meistens!«

Der Bassist der Jonas Buskohl Band rang sich ein zustimmendes Lächeln ab, denn er glaubte fest an die Kunst der Diplomatie.

Sven Wilhelm war ein Jahr jünger als Jo. Die Freunde hatten bereits während der Schulzeit kurzzeitig zusammen Musik gemacht, sich dann aber bis zu Svens Einstieg in die Jonas Buskohl Band aus den Augen verloren. Sven arbeitete als Netzwerktechniker in einem mittelständischen Verpackungsunternehmen. Sven war keineswegs ein Computer-Nerd, dennoch war er als Retter in der Not regelmäßig zur Stelle, sobald jemand in seinem Umfeld mit Bits und Bytes in den Nahkampf geriet. Seit Gründung der Detektei Buskohl unterstützte er folglich ganz selbstverständlich den Musikerkollegen, wenn dessen Ermittlungen aufgrund der mageren IT-Kenntnisse des Detektivs zu stocken drohten.

Als Sven am Morgen den Rechner in der Firma gestartet und Jos Mail geöffnet hatte, war die Bitte des Freundes darin eine willkommene Überraschung gewesen. Zur Abwechslung drehte es sich nicht um einen faden Bildschirmjob. Sven war sofort Feuer und Flamme gewesen.

In seiner Mail schrieb Jo, dass Walter Hundertmark den Ermittler beauftragt hatte, Name und Adresse der Frau ausfindig zu machen, deren zielsicherer Tortenwurf die Nikesch-Lesung im Göttberg-Café so abrupt beendet hatte.

Sven hatte bereits beim Frühstück in seinem E-Paper von dem Eklat am Wochenende gelesen. Die Schlagzeile des Tages lautete: »Anschlag auf Bestsellerautor«, Unterzeile: »Sahneschnitten beenden Dichterlesung – Täterin entkommt«. Ein riesiges Foto zeigte Svens ehemaligen Deutschlehrer in Großaufnahme, wie dieser maniert mit einem Taschentuch Tortenbrocken vom Revers seines Anzugs absammelte. Der spektakuläre Aufmacher hatte rund zwei Drittel der Titelseite eingenommen.

Der Bassist hatte weiterhin aus Jos Mitteilung erfahren, dass der Geschäftsführer des Göttbergs seinem Hausdetektiv eine indirekte Mitschuld an der Misere anlastete. Sven verstand nur so viel, dass die Vorwürfe etwas mit defekten Kameras zu tun hatten. Jo berichtete, er habe daraufhin als Zeichen guten Willens Hundertmark versprochen, dem Süßspeiseüberfall oberste Priorität einzuräumen, sobald er und Constanze aus Frankreich zurück seien.

Am Ende der Mail hatte der Freund schließlich angefragt, ob es Sven möglich sei, noch am Montag die Redaktionen von Ostfriesen-Zeitung und Sonntags-Gericht aufzusuchen. Sven sollte sich nach deren Bildmaterial vom Abend der Lesung erkundigen und wenn möglich die Daten kopieren. Der Detektiv wollte sicherstellen, dass die aus Sicht der Nachrichtenmacher wertlosen Fotos, wie überzählige Aufnahmen des Publikums oder unscharfe Bilder, nicht vorschnell ins digitale Nichts gelöscht würden.

Sven hatte am Nachmittag früher Schluss gemacht und war zunächst nach Logabirum ins Verlagshaus der OZ gefahren. Auf offene Arme war er nicht gestoßen. Hartnäckig hatte er verschiedene Leute beknien müssen, bis

man ihm schließlich die Nummer der Mitarbeiterin gegeben hatte, die Sonnabendabend vor Ort im Göttberg
gewesen war. Er hatte von unterwegs mehrfach versucht, die Frau anzurufen, sie aber nicht erreicht. Er
ahnte, dass ihre Vorgesetzten sie zwischenzeitlich in-
struieren würden, ihm nicht zu helfen.

Nach einer halben Stunde Fahrt und Parkplatzsuche
im Feierabendverkehr stand Sven in den Redaktionsräu-
men des Sonntags-Gerichts in der Bergmannstraße. Alles war kleiner hier, viel kleiner. Im Vergleich zu den
dünkelhaften OZ-Redakteuren war Ricky Lüders außerdem eine ganz andere Nummer.

»In jeder Ausgabe Ihrer Zeitung ist das Göttberg
mit mindestens einer ganzseitigen Anzeige vertreten«,
präsentierte Sven schmissig ein weiteres überzeugungs-
kräftiges Argument. »Da könnte man ja schon mal gefäl-
lig sein!«

Sven hatte eben zwei Vorträge über sich ergehen
lassen. Zunächst hatte Lüders über Hundertmarks an-
gebliche Förderung maßlosen Konsumverhaltens do-
ziert. Nächtliche Einkaufs-Events und ständige Sonn-
tagsöffnungen waren Lüders merklich zuwider. Danach
hatte er den Faden fortgesponnen, ein neues Fass aufgemacht, und dem Modehaus-Chef detailreich unterstellt,
mittels eines ausbeuterischen Personalwesens seine Angestellten quasi zu versklaven.

»Diese Anzeigen erscheinen im Sonntags-Gericht,
damit die Arbeitsplätze von fast 200 Frauen und Männern im Göttberg gesichert sind, und nicht, damit ein
zügelloser Kapitalist endlos expandiert!«, schnauzte Lüders den Bassisten an.

Um dem Alt-Revoluzzer zu zeigen, dass er nicht ge-
willt war, klein beizugeben, zog Sven unverdrossen seine

Jacke aus und machte es sich auf der Besuchercouch bequem.

»Hast du den Scheiß-Roman gelesen?«, fragte ihn Lüders und wechselte so das Thema.

»Nee, also, bis jetzt noch nicht«, antwortete Sven und stellte sich auf den nächsten Exkurs ein.

»Diese Scheiß-Entgrenzung der Gewalt ist doch zum Kotzen!«, ereiferte sich der Chefredakteur nun über Nikeschs Bestseller. »Ich mein, da macht so einer vierzig Jahre brav seinen Job, bringt seinen Schülern täglich neu Goethe, Punkt und Komma bei und schreibt dann so ein Drecksbuch, in dem Kinder gefoltert und massakriert werden.«

»Ich dachte, in dem Buch geht's um Moses und seine Gebote«, unterbrach Sven zaghaft Lüders' Redeschwall. Der Hype um Nikesch und dessen Thriller war ziemlich an ihm vorbeigegangen.

»Schmeiß das Buch weg, wenn du es schon gekauft hast!« Sein Gegenüber am Schreibtisch kam nun richtig in Rage. »Weißt du, was nach den ganzen Tabubrüchen kommt? Die vollständige Infantilisierung der Gesellschaft kommt dann! Die Auflösung des verbindlichen Erlebnishorizonts kommt dann!« Lüders schlug mit der flachen Hand auf den Tisch. »Alles wird vollständig entgrenzt und künstlich sein. Sex, Gewalt. Alles abstrakt, alles entfremdet, alles nur noch billiger Effekt.«

Sven wurde nun doch mulmig zumute.

»Virtuelle Realität!«, schrie Lüders wie von Sinnen, sprang von seinem Drehstuhl auf und verließ schwankend das Büro.

Sven atmete eine Minute durch, holte dann sein Handy hervor und versuchte ein weiteres Mal, die freie Mitarbeiterin der Ostfriesen-Zeitung zu erreichen. Diesmal hielt er es für angebracht, ihr auf die Mailbox zu sprechen.

Als Ricky Lüders nach einigen Minuten zurückkam, sagte er zunächst kein Wort. Seine grauen Haare waren nass und eine Strähne klebte im Gesicht. Er setzte sich erneut an den Schreibtisch, zog eine Schublade auf und holte eine Nikon hervor. Er öffnete die Kamera und entnahm die Speicherkarte.

»Warum kommt Jo nicht selbst?«, fragte er dann.

Sven hatte Mühe, ihn zu verstehen, da Lüders nun sehr leise sprach. »Der is' noch in Frankreich«, erwiderte Sven, »kommt heute Nacht zurück. Hatte da in einem Vermisstenfall zu tun.«

Kurz spannte der erfahrene Journalist seinen Körper an, doch schon eine Sekunde später erlosch die entfachte Neugier wie die Glut eines herabfallenden Funkens.

»Ich hab euch letztes Jahr beim Kneipenfestival gesehen. Hat mir gut gefallen«, machte Lüders stattdessen ein müdes Kompliment.

»Oh, das ist toll«, erwiderte Sven, »Freitag in einer Woche spielen wir übrigens im Blues Club in Rhauderfehn.«

»Habt ihr nicht mal 'ne Platte gemacht?«

»Na, aber hör mal! Zwei im Studio und eine live!«

Lüders beugte sich vor und legte die Speicherkarte auf die äußerste Ecke der Schreibtischplatte. »Ich hab mir die Fotos auf den Rechner überspielt. Kannst du so mitnehmen«, erklärte er. »Ich denke, da ist drauf, wonach ihr sucht.«

Sven nahm die Speicherkarte an sich.

»Wäre die Story des Jahres fürs Sonntags-Gericht gewesen, wenn die Scheiß-Lesung schon am Freitag gewesen wäre«, deutete Lüders einen Grund an, warum er so aus der Spur war.

»Wie lange sind Sie noch hier?«, wollte Sven plötzlich wissen und wunderte sich über das eigene Engagement. Er hatte mit einem Sinneswandel des Journalisten, was die Rausgabe der Fotos anging, nicht mehr gerechnet. Ein Dankeschön schien ihm darum angebracht.

»Bin um acht im Saloniki verabredet«, stöhnte Lüders wenig begeistert, schloss die Schublade mit der Kamera und kramte aus einer anderen seine Rauchwaren hervor. »Ich werde hier noch ein bisschen entspannen.«

Sven sah auf die Uhr. »Jetzt is' es halb sechs. Ich bin in dreißig Minuten wieder hier und bring Ihnen noch unsere neue CD vorbei.« In der Tür drehte er sich noch einmal um. »Wie sieht's mit 'nem Band-T-Shirt aus? Größe M?«

Lüders machte ein unmissverständliches Tiergeräusch.

»Okay, wollte nur gefragt haben. Bis gleich also.«

Der Probenraum in einem in die Jahre gekommenen Gewerbegebiet lag mit dem Auto zehn Minuten von der Bergmannstraße entfernt. Vor der Tür traf Sven zu seiner Überraschung auf ihren Drummer. Habbo machte einen kaum weniger desolaten Eindruck als Ricky Lüders eine Viertelstunde zuvor.

»Was machst du denn hier? Hast du geheult?«, erkundigte sich der Bassist, denn die Augen des Schlagzeugers waren unübersehbar gerötet.

Habbo gab sich instinktiv Mühe, die peinliche Situation zu überspielen. »Simon ist drinnen und trommelt ein bisschen.«

Sven lächelte aufmunternd. »Ja, ist doch gut. Der wird bestimmt mal ein ganz Großer bei dem Lehrer!« Er boxte Habbo freundschaftlich gegen die Schulter. »Ich will nur schnell ein paar CDs rausholen. Muss auch gleich wieder weg.«

Der Schlagzeuger drehte das Gesicht beiseite und schniefte laut. »Sven, ich hör auf mit der Band! Ich kann das einfach nicht mehr! Sie nimmt mir die Kinder auch noch am Wochenende weg!« Habbo vermied weiterhin Blickkontakt, offenbar liefen ihm Tränen über die Wangen. Er wischte sich mit der Hand durchs Gesicht. »Kannst du das bitte Jo sagen? Dass ich aussteige?«

»Was redest du denn für einen Müll?«, herrschte Sven den Trommler an. Er konnte es nicht fassen. Zwei solch anstrengende Gespräche hintereinander weg waren selbst ihm zu viel.

»Ich hab Mist gebaut!«, schluchzte Habbo, »ich sollte Simon um halb drei von der Schule abholen und zu ihr bringen. Er wollt aber erst mal zu McDonald`s und dann quengelte er die ganze Zeit, dass ich ihn so lang nicht mehr mit in den Ü-Raum genommen hab.«

Er holte sein Telefon aus der Jackentasche, tippte auf dem Display herum und hielt Sven eine Textnachricht vors Gesicht. Marlies, die den Schlagzeuger im September vor die Tür gesetzt hatte und die Scheidung wollte, drohte, wegen Simons Ausbleiben die Polizei anzurufen. Ihr Ultimatum war seit einer Stunde abgelaufen.

»Ach was, das macht die nicht!«, tat Sven zuversichtlich kund, obwohl ihm in der Vergangenheit stets ein Schauer über den Rücken gelaufen war, wenn Habbo statt zu trommeln von seiner Frau berichtet hatte.

Sie gingen hinein.

Habbos achtjährige Lendenfrucht trommelte einen treibenden Doublebass-Rhythmus, lachte und zeigte zur Begrüßung, ohne das Spiel dabei zu unterbrechen, grinsend mit einem der Sticks in die Richtung der durch die Tür hereinkommenden Erwachsenen.

»Hammer, ist der cool«, brüllte Sven.

Habbo trat ans Schlagzeug, nahm seinem Sohn die Trommelstöcke aus der Hand und wandte sich wieder dem Bassisten zu. »Was mach ich denn jetzt?«

»Simon ausliefern!«, antwortete Sven. »'tschuldigung, abliefern, mein ich. Würd ich zumindest dringend empfehlen.« Sven ging rüber in die Sitzecke des Ü-Raums und nahm einen schmalen Stoß CDs aus einem Regal.

Der Knirps begann zu nörgeln, weil er weiterspielen wollte. Habbo aber warf dem Jungen dessen Jacke zu und forderte ihn energisch auf, zum Auto vorzugehen.

Sven reichte Habbo eine Flasche Mineralwasser aus dem rostigen Kühlschrank. »Nimm die mal mit und mach dir draußen das Gesicht frisch. Du siehst speziell um die Augen 'rum echt nicht gut aus. Glaub mir, 'ne kalte Gesichtsdusche wirkt da Wunder!«

Habbo kommentierte das nicht weiter, sondern ließ sich mit einem jämmerlichen Seufzer aufs Sofa fallen. Er drehte Sven den Rücken zu und begann, mit einer Hand tief in der Innentasche seines Ledermantels zu wühlen. Es war nicht zu übersehen, dass er etwas einwarf und mit einem Schluck aus der Flasche nachspülte.

»Was nimmst du da?«, fragte Sven.

»Was? Ach, nichts«, nuschelte Habbo. »Was soll ich Marlies bloß sagen? Die macht 'ne Riesensache draus. Gibt bestimmt neue Post vom Anwalt oder gleich vom Jugendamt. Ist doch alles eine elendige Scheiße!«

»Gib mir mal die Nummer von Marlies.« Sven, durch das Erfolgserlebnis bei Ricky Lüders angespornt, hoffte auch diese Kuh halbwegs elegant vom Eis zu schieben. »Du fährst jetzt gleich los«, fuhr er fort, »und ich ruf Marlies an. Ich erklär ihr, dass wir uns zufällig bei McDoof getroffen haben und ich dich überredet habe, Simon im Proberaum trommeln zu lassen. Dann haben wir gequatscht, leider die Zeit vergessen, angefangen, gemeinsam abzurocken und bei der Lautstärke ihre Anrufe unmöglich hören können.«

Habbo wirkte etwas zuversichtlicher, äußerte dennoch seine Bedenken: »Und wenn er sich verplappert?«

»Ach egal, Kind abgeben und weg!«

Sie gingen zu ihren Autos, wo der Junge in Habbos Mercedes »Strich-Acht« die Anlage ohrenbetäubend aufgedreht hatte.

Sven sah ihnen nach, als der Oldtimer vom Parkplatz rumpelte.

Sein Handy klingelte. Es war Roos Kuipers, die freie Mitarbeiterin der Ostfriesen-Zeitung. Sie rief zurück und hatte eine wunderbare Stimme, melodiös, mit einem leichten niederländischen Akzent, den Sven außerordentlich anziehend fand.

5.

Im Morgengrauen kamen die Häscher zurück. Ihr Meister hatte recht behalten. Das kalte Eisen des engen Käfigs hatte den Elben in der Nacht gebrochen. Ein jedes zahnlose Marktweib hätte den ehemals stolzen Krieger des verbotenen Waldes jetzt leicht töten können. Sein Verstand war nur der eines sterbenden Tieres geblieben.

Der Verräter war selber verraten worden!

Miriam hatte das Kapitel um den abtrünnigen Elben am Vorabend im Lovemobil zu Ende geschrieben. Während sie die beiden letzten Seiten noch einmal las, kamen die Zweifel zurück. Verrat hin, Verrat her, musste sie die Figur wirklich sterben lassen? Er hatte beschlossen, dass endlich er an der Reihe sei. »Scheißt auf die edle Gemeinschaft der Elben«, murmelte sie. Und dann noch: »Wer sorgt denn für dein Glück, wenn nicht du selber?«

Miriam starrte unschlüssig auf den Text. Nein, über Leben und Tod war hier längst nicht entschieden.

Sie fügte einen Seitenumbruch ein.

Es klingelte an der Wohnungstür und Miriam wusste, das war die Alte von nebenan. Würde sich für die Brötchen bedanken und fragen, ob sie was von Lidl mitbringen soll. Möglicherweise würde sie Miriam zu Mittag einladen. Wie immer würde Miriam dankend ablehnen, denn sie konnte Ola nicht trauen. Nicht mehr, seit die Nachbarin angefangen hatte, Emma zu manipulieren.

Wie konnte Ola um Himmels willen vor einem fünfjährigen Kind derart verächtlich über dessen Mutter sprechen? Was, wenn in ihrer Abwesenheit die Sozialtante vom Jugendamt käme und Ola aushorchte? Was, wenn Emma im Kindergarten die Gehässigkeiten der alten Hexe wiederholte und sie beide um Kopf und Kragen plapperte?

Miriam öffnete die Tür und zwang sich zu einem freundlichen Gesicht.

»Ich wollt sagen, Danke für die Brötchen«, sagte die Nachbarin mit ihrem harten Akzent. Die Worte hallten durch das zugige Treppenhaus.

Miriam wollte Ola auf keinen Fall in die Wohnung lassen.

Sie hatte mit Emma gefrühstückt, Emma in den Hort gebracht und auf dem Rückweg zwei weiche Brötchen gekauft und der Alten wie üblich vor die Tür gelegt. Jetzt wollte sie ihre Ruhe, wollte bis zum Mittag konzentriert weiterschreiben und sich dann noch mal für eine Stunde hinlegen, bevor sie Emma schon wieder abholen musste.

»Ist spät geworden gestern«, zischte die hutzelige Nachbarin listig. So leicht ließ die sich nicht abspeisen. Ola wusste sehr genau, dass Miriam nicht über ihre Arbeit sprach, dennoch stichelte sie regelmäßig in diese Richtung.

»Ja, wirklich ungewöhnlich für'n Montag«, antwortete Miriam gelassen. »War mir nicht sicher, ob ich dich auf dem Sofa schlafen lassen soll.«

»Kurwa, nein! War richtig, mich zu wecken. Irgendwann ist dein Rücken auch kaputt.« Die Polin grinste vielsagend. »Dann fragst du nich' mehr dumm, ob ich die Nacht auf dem Sofa schlafen will.«

Die Woche begann stets mit den verheirateten Kerlen, Spießer, die Samstag, Sonntag bei ihren Weibern nicht rangedurft hatten. Verlogene, frustrierte und verklemmte Kunden. Nüchtern und unproblematisch. Nach zehn kam montags niemand mehr.

Am Vorabend hatte Miriam jedoch das Laptop mit ins Lovemobil genommen und nachdem sie den letzten Freier verabschiedet hatte, hatte sie einen Wahnsinnslauf gehabt. In drei Stunden hatte sie fast das gesamte Kapitel getippt. Sie kam gut voran mit dem Buch.

»Hallo! Träumst du?« Die Nachbarin fuchtelte mit der Hand vor Miriams Gesicht herum. »Soll ich was von Combi mitbringen?«

»Nich' zu Lidl?«

»Scheiße! Hörst du zu?«, raunzte die Alte sie unerwartet kräftig an.

Miriam hatte keinen Bock mehr auf Konversation. Sie schwieg, bis Ola sich umdrehte und davonschlurfte. »Sehen uns heut' Abend«, rief Miriam der alten Frau nach, die sich nicht mehr umdrehte, aber mit einem unauffälligen Handzeichen signalisierte, dass sie verstanden hatte.

Nachdem sie Ola losgeworden war, setzte sich Miriam zurück an den Computer. Sie nahm einen Schluck des nur noch lauwarmen Kaffees. Auf dem Becher war ein verwaschenes Babyfoto ihrer Tochter. Die Unterbrechung hatte sie gedanklich zurückgeworfen.

Der Elb musste sterben, weil er die Leute hintergangen hat. Miriam dachte intensiv nach. *Der Elb muss sterben, weil sie ihn geschnappt haben!*

*

Jo war auf dem Weg nach Canossa, das an diesem Dienstagmorgen auf der Chefetage hinter Hundertmarks Bürotür lag. Um den zornigen Kaufhaus-Comandante zu besänftigen, hatte er als Opfergabe ein Sechserpack französischer Berliner mit Pfirsichfüllung dabei.

Der Detektiv hatte nicht darauf warten wollen, dass Constanzes Vater ihn im Laufe des Vormittags irgendwo zwischen Warenständern und womöglich vor Publikum zur Rede stellte.

»Ich wollt dem Haus doch nur Kosten sparen«, beteuerte Jo, in bester Absicht gehandelt zu haben, als er in der Vorwoche die Videoüberwachung des Göttbergs unfreiwillig lahmgelegt hatte. »Auf den Monitoren sah das absolut top aus«, erinnerte er sich und ergänzte mit einem Kloß im Hals: »Da waren verschiedene kleine Symbole in der Bildschirmecke. Ich hatte aber keine Bedienungsanleitung. Ich wollt das ja noch googeln, bin da aber drüber weggekommen.« Jo hob die Hände zu einer entschuldigenden Geste. »Ich hab doch nicht geahnt, dass da nichts aufgezeichnet wird!«

Hundertmark saß am Schreibtisch und sah mürrisch auf die transparente Backwarenbox vor ihm. Goldbraun gebacken, mit umlaufenden Bikinistreifen, lachten die Kalorien ihn an. Er überlegte, ob seine Tochter ähnlich plumpe Bestechungsversuche zu erwarten hatte, wenn es zwischen ihr und Jo mal zum Streit käme. Dann kam ihm ein anderer Gedanke, nämlich der, dass Constanze dem Ermittler das friedensbringende Fettgebäck mit auf den Weg gegeben haben könnte. Dieser Einfall stimmte Hundertmark versöhnlich. Er nahm eine Schere und schnitt die Verpackung auf.

»In Frankreich im Intermarché gekauft«, nuschelte Jo leise.

»Du Döskopp hast die Festplatten nicht formatiert!«, warf Hundertmark dem Detektiv mit vollem Mund fachmännisch völlig korrekt an den Kopf.

Jo ahnte, dass die aufgeblasenen Wichtigtuer von Ackermann Sicherheitssysteme am Vortag alles in Ordnung gebracht hatten. Vermutlich waren sie bei saftigem Notfall-Aufpreis schon vor Ladenöffnung im Haus gewesen.

»Im Café gibt es sowieso keine Überwachung. Das war im Sommer eine bewusste Entscheidung der Geschäftsführung«, trug Jo indirekt den Hinweis vor, dass es auch ohne seinen Fehler keine Aufzeichnung der Tortenattacke gegeben hätte.

»Das kommt jetzt wireless da ins Café«, schnaufte Hundertmark und stopfte sich den restlichen Berliner in den Mund. »Drei Ei-Pi-Kameras mit Wireless-Technik!«

»Wireless?«, wiederholte Jo perplex.

Es bestand kein Zweifel, die Ackermänner hatten die Gunst der Stunde genutzt. Ein Plädoyer Hundertmarks für die Einführung allgemeiner Betriebsferien wäre dem Detektiv nicht weniger verwunderlich erschienen als dessen Herumschleudern von *Ei-Ti*-Fachbegriffen.

»Die Attentäterin hat sich völlig kalt und ungerührt die Tortenstücke am Tresen in einen Karton packen lassen, bevor sie damit auf Nikesch los ist«, schilderte Constanzes Vater ungehalten und schrubbte sich energisch mit einem Baumwolltaschentuch Fett und Glasurreste von den Fingern.

»Also, ›Attentat‹ finde ich jetzt doch eine Spur übertrieben, so rein sprachlich«, merkte Jo vorsichtig an. Er war erleichtert, dass Hundertmark offenbar nicht oder nicht mehr beabsichtigte, ihm den Kopf abzureißen. »Wirklich, Walter«, fuhr Jo fort, »es tut mir aufrichtig leid, dass ich die Videoaufzeichnung vermasselt habe. Ich bin aber seit gestern dran, das wiedergutzumachen! Ich hab sogar schon Fotos von der …«, das Wort auszusprechen kostete ihn Überwindung, aber er riss sich zusammen: »Fotos von der ›Attentäterin‹. Wir versuchen jetzt als Nächstes, die Frau zu identifizieren.«

»Das kann auch überhaupt nich' angehen«, krittelte Hundertmark scharfzüngig weiter, »dass du nicht im Haus bist, wenn wir ein Midnight-Shopping haben. Da ist ja grundsätzlich mal Urlaubssperre für alle!«

»Ich bin doch nicht dein Angestellter!«, entgegnete Jo entrüstet. Er fand, dass Constanzes Vater den Bogen überspannte.

Hundertmark blickte den Ermittler plötzlich erstaunt an. »Wieso habt ihr Fotos von der Frau?« Es hatte einen Moment gebraucht, bis er die neue Information verarbeitet hatte.

»Wir haben uns die Aufnahmen besorgt, die Ricky Lüders am Abend gemacht hat. Nach der Sichtung der Fotos sind zwei Bilder mit der Tortenfrau drauf übrig geblieben. Wir haben am Computer Ausschnittsvergrößerungen gemacht. Sind nicht gestochen scharf, aber reichen allemal aus, um damit rumzufragen, ob sie jemand kennt.«

»Na gut, das ist ja mal eine erfreuliche Neuigkeit«, lächelte Jos Gegenüber im Ledersessel. »Da kommen nämlich ganz schöne Schadensersatzforderungen auf die junge Dame zu.«

Zufrieden mit der neuen Entwicklung, gab Hundertmark den inneren Konflikt, den Fettgebäck-Kampf zwischen Gut und Böse, verloren und griff noch einmal in die knisternde Verpackung auf seinem Schreibtisch. Diesmal forderte er Jo auf, sich auch einen Berliner zu genehmigen.

»Hat eigentlich jemand eine Vermutung geäußert, warum die Frau Nikesch als ›Dreckschwein‹ beschimpft hat?«, erkundigte sich der Detektiv und präsentierte Hundertmark die erwähnten Täterfotos auf seinem Handy.

»Waren alles nur hanebüchene Spekulationen«, rekapitulierte der Geschäftsführer des Göttbergs und zählte auf: »Sie ist seine uneheliche Tochter. Er hat ihr ein Kind gemacht. Er hat sie durchs Abitur fallen lassen. Auch, dass sie eine religiöse Fanatikerin ist, war dabei. Das Buch ist ja angeblich sehr kontrovers, wenn man sich so was zu Herzen nimmt.«

»Den meisten Leuten reicht's aber, um Dampf abzulassen, bei Amazon 'nen Verriss zu schreiben«, merkte Jo an und ergänzte: »Ich schätze auch, dass es einen privaten Hintergrund geben muss.«

Als Jo bereits halb zur Tür hinaus war, rief Constanzes Vater ihm nach: »Wirst du jetzt Sicherheitschef im Leeraner Rathaus?«

Jo kam zurück. »Wat is'?«

»Ich mein, dann brauch ich ja einen neuen Kaufhausdetektiv. Einen, der Festplatten formatieren kann«, feixte Hundertmark und stand vom Schreibtisch auf. »Ach, Junge, kuck nich' so. Ich mach bloß Quatsch!«

»Walter, wovon zum Henker redest du überhaupt?«

»Constanze hat erzählt, dass ihr im Auftrag unseres nächsten Bürgermeisters in Frankreich wart«, begann der Kaufhaus-Chef den Hintergrund der Frotzelei aufzuklären.

»Eigentlich sollt Conny da nich' drüber sprechen«, erwiderte Jo und machte ein grimmiges Gesicht.

»Ach, Hühnerkacke!«, prustete Hundertmark. »Sei mal nich' so streng. Was ihr konkret in Frankreich gesucht habt, hat sie ja gar nicht verraten.« Hundertmark aß den dritten Berliner. Zucker und Lipide sorgten mittlerweile für ein gerüttelt Maß Heiterkeit beim Kaufhauskapitän.

»Siefken soll Leers neuer Bürgermeister werden? Das wusste ich nicht«, sagte Jo erstaunt.

»Ist mir aus bestens unterrichteter Quelle zugetragen worden. Die beiden großen Parteien haben sich auf Siefken als ihren gemeinsamen Kandidaten verständigen können. Die Kleinen sind bereit, sich ranzuhängen und auf eigene Bewerber zu verzichten«, erklärte Hundertmark. »Erik Drees muss weg! Das ist allen klar. So viel politische Einigkeit gab's seit Jahren nich' in Leer.«

»Besteht denn ernsthaft die Gefahr, dass der Kacknazi wiedergewählt wird?«, wollte Jo wissen. »Ich denk, der ist überall unten durch.«

Jo interessierte sich nicht besonders für Politik, Kommunalpolitik verfolgte er schon gar nicht. Den regelmäßigen Hasstiraden, die der Bürgermeister seinen Fans twitterte, konnte man in Leer jedoch kaum entkommen. Die Ausfälle gegen Ausländer, Sinti, Roma, gegen Schwule, Linke, Hartz-IV-Empfänger und Obdachlose hatten an Häufigkeit und Intensität kein Jota eingebüßt, seitdem Drees völlig unerwartet auf dem obersten Rathaussessel Platz genommen hatte. Wer den Bürgermeister kritisierte, brauchte mindestens ein dickes Fell. Drees kannte keine Hemmungen, stürzte sich auf ihm unliebsame Kritiker und streute schamlos Indiskretionen zu deren persönlichen Vermögensverhältnissen, zu Scheidungen, Drogenvergehen oder Autofahrten unter Alkoholeinfluss. Wie er an solche Informationen gelangte, blieb sein Geheimnis. Mehrfach hatte man Drees verklagt, einige Male war er zu Bußgeldern verurteilt worden. An seinem asozialen Verhalten hatte das zur Freude einer treuen Anhängerschaft nichts geändert.

Plötzlich fiel der Groschen und Jo wurde klar, warum er Siefkens Schwiegersohn hatte ins Gewissen reden sollen. Es ging längst nicht allein darum, dass die pornografischen Fotos das Ansehen der verstorbenen Tochter beschädigten. Vielmehr musste Siefken im Vorfeld einer Kandidatur jeden bekannten Angriffspunkt, den seine Person und Familie möglicherweise bot, aus dem Weg räumen. Je tiefer unter die Gürtellinie eine Gelegenheit sich bot, desto härter und rücksichtsloser schlug Drees schließlich zu.

»Stadtrat und Verwaltung machen ja ihren normalen Job. Ist nicht so, dass mit seiner Wahl damals das Chaos ausgebrochen wäre«, erläuterte Hundertmark. »Drees ist leider sehr geschickt darin, sich mit den Früchten anderer Leute Arbeit zu schmücken. Als amtierender Bürgermeister hat er außerdem einen Amtsbonus. Und, ich sag's wirklich ungern, aber die Wähler auf seiner Wellenlänge sind leider nicht so wenige. Eine Stammwählerschaft von zwanzig Prozent hat er vermutlich sicher.« Hundertmark machte eine nachdenkliche Pause und sah aus dem großen Panoramafenster hinab in die Leeraner Fußgängerzone. Er schnaubte. »Ich lass mir doch meine gute Stimmung nicht vermiesen! Wenn Siefken tatsächlich antritt, werde ich seinen Wahlkampf großzügig unterstützen. Da bin ich mit Sicherheit nicht der Einzige in Leer.«

»Wann ist denn die Wahl?«, erkundigte sich Jo.

»Is' noch ein Jahr hin«, antwortete Hundertmark.

Wieder war Jo bereits halb hinaus ins Vorzimmer des Chefs, als Constanzes Vater dem Detektiv diesmal nachrief: »Ich hatte nicht gefrühstückt, musst du wissen!« Achselzuckend hielt Hundertmark die Packung mit den beiden noch verbliebenen Gebäckstücken in die Höhe.

Nach dem unangenehmen Gespräch am Morgen verlief Jos restlicher Arbeitstag im Göttberg weitgehend ruhig.

Er und Constanze waren spät in der Nacht aus Frankreich zurückgekehrt. Sie waren hungrig gewesen und aufgekratzt und hatten noch zwei Stunden gebraucht, um nach dem aufregenden 1300-Kilometer-Trip emotional runterzufahren. Man sah Jo deutlich an, dass er übernächtigt war. Ein träger, ereignisloser Tag kam dem Ermittler darum durchaus gelegen.

Bis zum Mittag hatte er es wiederholt bei Mennige versucht. Aber weder ging Siefkens Anwalt ans Telefon noch rief er zurück. Außerdem hoffte der Detektiv auf einen Anruf Dretzkes. Realistisch betrachtet konnte er allerdings nicht erwarten, dass sein Kontaktmann in der Leeraner Polizeiinspektion so rasch antworten würde. Sven hatte wie abgesprochen dem Kommissar noch am Abend die Fotos der Tortenwerferin gemailt. Es war nur ein Schuss ins Blaue, aber die theoretische Möglichkeit, dass die Frau der Polizei bekannt war, durften sie nicht ignorieren.

Am Frühstückstisch hatten Jo und Constanze auf Lüders' weiteren Bildern ungefähr ein Dutzend stadtbekannter Kulturliebhaber identifiziert. Es waren die immer gleichen Intellektuellen, die bei keinem solchen Event fehlen durften. Der nächste Schritt würde sein, diese Leute zu befragen.

Constanze rief Punkt zwölf an und sagte das gemeinsame Mittagessen bei ihr im Laden ab. Sie musste ihre Mutter nach Hause bringen, die nach einem Augenarztbesuch nicht mehr selbst fahren durfte. Jo bestellte sich eine Pizza in die Detektei und schrieb über Mittag den Bericht für Siefken.

Kurz vor Feierabend lief dem Kaufhausdetektiv in der Abteilung für Sportmoden eine im traurigen Sinne Stammkundin über den Weg. Jo wusste, dass sie im Göttberg Hausverbot hatte, weil sie früher wiederholt in den Umkleidekabinen Handtaschen nach Bargeld durchsucht hatte. Er geleitete die drogenabhängige Frau nach draußen. Er hatte von den Verkäufern aufgeschnappt, dass sie dement sei, obwohl geschätzt erst Anfang fünfzig. Man konnte ihr Alter nur schwer beziffern.

Mennige hatte bis zum Abend immer noch nicht zurückgerufen.

*

Solana Moreno-Siefken forderte den Ermittler auf, sich zu setzen. Die hochgewachsene, schlanke Frau nahm selbst auf einem der mit Leder bezogenen Barhocker Platz, während ihr Mann noch damit beschäftigt war, den Kaffeeautomaten zu präparieren. Sie hatte ein einnehmendes Wesen, ihre Mimik und Körperhaltung strahlten unverfälschte Natürlichkeit aus. Ab dem ersten Augenblick genoss Jo die Gegenwart der attraktiven Kubanerin.

Als der Kaffee durchlief, stellte sich Siefken hinter seine Frau und schlang die Arme um sie. Sie waren seit dreißig Jahren ein Paar. Solana hatte es ursprünglich als Gastarbeiterin in die Deutsche Demokratische Republik verschlagen. Nach dem Mauerfall hatte die damals Neunzehnjährige sich der Ausweisung entzogen und war untergetaucht. Bei dem halbherzigen Versuch, Skandinavien zu erreichen, war sie in der Stadt Wolgast in Vorpommern hängen geblieben. Dort hatte sie in einem Hotel illegal gearbeitet, als eines Tages ein Reisebus vorfuhr mit ausgewählten Repräsentanten aus Stadt und

Landkreis Leer. In der Euphorie der Wendezeit war die Delegation der Ostfriesen angereist, um eine kommunale Partnerschaft ins Leben zu rufen. Als sich die Gäste vier Tage nach dem vermeintlich geschichtsträchtigen Termin schwer erledigt vom Nordhäuser Doppelkorn auf den Heimweg gemacht hatten, war ein Platz im Bus leer geblieben. Das damals jüngste Mitglied des Leeraner Stadtrats, die umtriebige Nachwuchshoffnung seiner Partei, Karl Johann Siefken, hatte sich verliebt.

Jo war zunächst nicht wohl dabei gewesen, unangemeldet an Siefkens Haustür zu klopfen. Er hatte sieben oder acht Mal Mennige angerufen, mehrfach auf dessen Anrufbeantworter gesprochen und den ganzen Tag wie auf Kohlen vergeblich auf einen Rückruf gewartet. Statt des Anwalts wollte er schließlich seinen Auftraggeber persönlich kontaktieren, doch hatte Jo feststellen müssen, dass Siefken in keinem Telefonverzeichnis stand. Nach Dienstschluss im Göttberg hatte sich der Detektiv also kurz entschlossen auf den Weg gemacht, denn es behagte ihm ganz und gar nicht, seine Erkenntnisse zum tragischen Tod des Schwiegersohns noch nicht losgeworden zu sein.

Siefken servierte zwei Schalen mit Milchkaffee und setzte sich dann zu ihnen an den Küchentresen. Für sich selbst hatte der Politiker ein Glas Wasser bereitgestellt.

Jo nippte am Kaffee. »Mennige liegt also im Krankenhaus?«

»Hatte Sonntagabend Schmerzen in der Brust und ist mit dem Rettungswagen ins Klinikum gekommen«, erläuterte Siefken, warum Jo den Anwalt nicht hatte erreichen können. »Hat sich Gott sei Dank als halb so schlimm herausgestellt. Er kommt wohl morgen wieder raus.«

»Ist ein zäher Hund, dein alter Freund!«, ergänzte Siefkens Frau mit feinem spanischen Akzent und legte eine Hand auf die Hand ihres Mannes.

»So viel schlechte Nachrichten«, deutete Jo vorwegnehmend an, »wenn's dicke kommt, dann aber richtig …«

»Was haben Sie in Frankreich erreicht?«, kam Siefken ohne Umschweife auf den Punkt.

»Es fällt mir schwer, Ihnen das zu sagen«, stammelte Jo, »aber ich habe Philip leider nicht mehr angetroffen.«

Jo machte eine Pause, um die passenden Worte zu finden. Er fürchtete sich vor der Reaktion des Ehepaars. Andererseits, so dachte er, hätten Siefken und seine Frau dem Schwiegersohn noch nahegestanden, wären sie doch selbst nach Frankreich gefahren und hätten keinen Privatdetektiv geschickt.

»Ihr Schwiegersohn«, erklärte Jo, »Philip, ist Anfang Februar in einem Naturschutzgebiet zwischen Fort-Mahon-Plage und Berck-sur-Mer verstorben. Es gab keine Anzeichen für ein Verbrechen, auch ein Suizid kann ausgeschlossen werden. Philip ist obdachlos und stark alkoholisiert bei Temperaturen um den Gefrierpunkt an Unterkühlung gestorben.«

Solana begann leise zu weinen. Ihr Mann starrte versteinert auf einen Punkt an der Wand hinter Jos Rücken. Sie hielt immer noch seine Hand.

»Ich habe einen Bericht verfasst und vor Ort auch einige Fotos gemacht. Sie finden alles hier auf dem Speicherstick.« Jo legte den USB-Stick mit dem Werbeaufdruck seiner Detektei auf den Tisch. »Sie haben mein aufrichtiges Mitgefühl«, fügte er an. »Wenn Sie allein sein möchten, dann geh ich jetzt.«

Es dauerte, bis Siefken antwortete. Er sah dabei seine Frau an, die zustimmend nickte. »Nein, bleiben Sie und erzählen uns alles.«

Jo schilderte in chronologischer Reihenfolge die Etappen seiner Nachforschungen. Er fing an beim großen Mietshaus in Berck, erzählte von der Fahrt zum Umzugsunternehmer Vermeersch ins mittelalterliche Montreuil, von der Ferienwohnung in Fort-Mahon und beschrieb die schließlich letzte Station Philips in einer löchrigen, halbhohen Bretterbude im Niemandsland an der Baie de l'Authie. Da Jo eigenmächtig entschieden hatte, dass Constanze ihn begleiten sollte, ließ er die Mithilfe der Freundin lieber unerwähnt.

Als der Detektiv seine Ausführungen beendet hatte, fielen ihm Philips wenige Habseligkeiten wieder ein. Er hatte den Karton auf der Rückbank des Jumpys vergessen.

»Die Sachen stehen ja eher seiner Mutter zu«, merkte Siefken an. »Ich bin mir bloß nicht sicher, wieweit sie verstandesmäßig noch erfassen kann, was mit ihrem Sohn passiert ist.«

»Wir müssen endlich hinfahren«, drängte Solana ihren Mann entschlossen. »Am besten noch vor dem Wochenende.«

Siefken brummte lustlos, stimmte ihr dann notgedrungen zu und konkretisierte: »Was wir seiner Mutter erzählen können und wie viel, das sehen wir dann. Auf jeden Fall muss die Pflegeleitung informiert werden, dass der Sohn nicht mehr lebt.«

Als Jo aufbrach, wirkten die Eheleute wieder gefasster.

Siefken begleitete Jo wortlos zum Wagen, wo er die Pappschachtel mit Philips Sachen in Empfang nahm. Um das Schweigen zu durchbrechen, sprach der Ermittler den Politiker auf das Gerücht an, das er am Morgen von Hundertmark gehört hatte. »Sie kandidieren also als Bürgermeister?«

Im Halbdunkel der Straßenlaterne erkannte er sofort, dass er einen Fehler gemacht hatte. Der niedergeschlagene Mann, der ihm eben noch in geduckter Haltung vorausgeschlurft war, richtete sich auf und spannte reflexartig den drahtigen Körper an.

»Sie enttäuschen mich zutiefst!«, fauchte Siefken. Mit einem bösen, Furcht einflößenden Blick starrte er Jo an. »Ich hätt im Leben nicht erwartet, dass einer wie Sie ein Fan dieses ekelhaften Menschen ist!«

»Sorry, ich weiß nicht …«

»Ein Fan von Erik Drees!«

Angesichts eines solchen Anwurfs fühlte sich der Musiker einen Moment lang wie vor den Kopf gestoßen. Sein Gegenüber hielt weiter mit schmerzverzerrtem Gesichtsausdruck den Karton fest in den Armen, doch es hätte Jo auch nicht gewundert, hätte Siefken tatsächlich ausgeholt und zugeschlagen.

»Wie kommen Sie auf die verrückte Idee, dass ich was mit Drees am Hut hab!«, raunzte er laut und ungehalten zurück.

»Woher sonst wissen Sie das mit der Kandidatur?«, giftete Siefken in allerschärfstem Tonfall.

»Ich hab davon heute Morgen gehört. Von jemandem, den ich für absolut integer halte.« Jo schnaubte verächtlich. »Diese Person hat sogar geäußert, dass er Ihren Wahlkampf finanziell unterstützen würde.« Er wiederholte noch einmal: »Ich hab doch nix mit dem Kotzbrocken Drees am Hut!«

»Heute Morgen, sagen Sie?« Siefken war merklich verunsichert. »Von wem?«

»Ja, heut' Morgen. Im Göttberg. Mehr sag ich dazu nich'.«

Dem Politiker fiel es schwer, sich zu beruhigen.

»Drees hat um kurz vor fünf getwittert, dass ich meinen politischen Vorruhestand beenden und gegen ihn antreten will«, begann Siefken das heftige Aus-der-Haut-Fahren zu begründen. »Selbstverständlich hat der Bürgermeister dafür seine gewohnt charmante Formulierungskunst bemüht.« Siefken ließ die Ironie sein und wurde deutlich. »Ich weiß nicht, welches Arschloch das diesem Schwein gesteckt hat!«, schrie er. »Jedenfalls, ich hab angenommen, Sie hätten die Info auch am Nachmittag auf Ihr Handy gekriegt. Ich war vorschnell. Entschuldigung.« Nach einer Atempause fügte er lamentierend an: »Wir wollten parteiübergreifend uns auf die Wahl vorbereiten. Gemeinsam den Drees überrumpeln. Aber das hat sich ja nun erledigt.«

»Politik ist schon ein Scheißgeschäft«, zerrte Jo den passenden Spruch aus der Floskeltonne und stieg in den Citroën.

»Wissen Sie, Herr Buskohl, den Drees und mich verbindet das halbe Leben schon eine tiefe Feindschaft. Man darf so einen Menschen nicht einfach machen lassen!«

»Hat er denn viele Twitter-Leser? Also, so viele, dass man reagieren muss?«, erkundigte sich Jo und fürchtete, Siefken könne spüren, wie weit ihm die Kommunalpolitik am Arsch vorbeiging.

»Drees hat rund siebenhundert Follower. Wenn der eine Nachricht rausgibt, kann die OZ das nicht ignorieren«, erklärte Siefken. »Die Presse wird sich morgen wegen einer Stellungnahme bei mir melden. So sicher wie das Amen in der Kirche.«

6.

Constanze klappte das Laptop auf, das zwischen Brot-
brettern, Kaffeebechern, Töpfchen mit Marmelade und
anderen Zutaten notdürftig einen Platz auf dem hand-
tuchschmalen Frühstückstisch gefunden hatte.

»Keine Angst, soll nicht zur Gewohnheit werden.«

Jo grummelte eine unverständliche Antwort. Brötchen kauend ließ er seinen Blick durch die kleine Küche
schweifen und durch die niedrige Tür ins Zimmer nebenan. Sie hatten letzte Nacht Sex gehabt. Nun dachte
er darüber nach, dass die vielen Dachschrägen in Constanzes Wohnung effektiv verhinderten, dass er seine
Gitarrensammlung hier dekorativ würde in Szene setzen
können. Das Einlagern der teils kostbaren Instrumente
im Probenraum oder im Haus seiner Mutter kam, wenn
überhaupt, nur vorübergehend infrage. Sie würden eine
neue Wohnung brauchen, wenn sie zusammenziehen
wollten, worüber sie bislang aber noch kein Wort verloren hatten.

»Scheiße, is' das übel!«, rief Constanze und drehte
das Laptop, sodass Jo besser sehen konnte. Sie hatte im
Browser das Twitter-Profil von Erik Drees aufgerufen.

Jo las stumm den Tweet des Bürgermeisters vom
Vortag: »*Siefken will #Rathauschef werden! Hat er dafuer
Zeit? Lässt ihn schwarze Perle von Leine? Sex.Appetit d. #Ne-
geraffen bekanntl unersättlich!*«

Erwartungsvoll wartete Constanze auf die Reaktion
des Detektivs.

»Dem Drees hat doch wer in die Birne geschissen«, kommentierte Jo trocken. »Der gehört zum Psychiater und nich' ins Rathaus.« Jetzt war ihm vollends klar, welchen schlimmen, falschen Eindruck er am Vorabend bei Siefken erweckt haben musste, als er unvermittelt das Gerücht von dessen Bürgermeisterkandidatur angesprochen hatte.

»Das ist Leers gewählter Bürgermeister, und der tritt nächstes Jahr wieder an«, entrüstete sich Constanze. »Selbst wenn der nicht wiedergewählt wird, werden Tausende, die so ticken wie er, ihr Kreuzchen bei dem Arsch machen. Das ist nicht nur unglaublich. Furcht einflößend ist das!«

Jo nickte.

Von Constanzes Appartement in der Altstadt am Rande des Hafens waren es zehn Gehminuten bis zum Best Look. In der Fußgängerzone wuselten noch die Reinigungsfahrzeuge der Stadtwerke.

Jo begleitete Constanze. Er hatte vor, im Göttberg eine seiner seltenen Frühschichten einzulegen und dafür den Nachmittag freizunehmen. Die beiden verabschiedeten sich mit einer Knutscherei mittlerer Intensität hinter der Eingangstür des Secondhandladens.

Um kurz nach zehn, Jo folgte gerade einem hageren Jungen mit verdächtig auftragender Jacke runter ins Erdgeschoss, rief Oliver Dretzke an.

Sven und Jo hatten den unkonventionellen Kommissar im Sommer kennengelernt. Dretzke, der sich im Zentralen Kriminaldienst der Polizeiinspektion einige Freiheiten herausnahm, spielte selbst recht gut Gitarre. Sie hatten ein paar Abende zusammen gejammt und besonders der Kommissar hatte dabei reichlich Gerstensaft konsumiert.

»Hey, Blueskohl, was geht ab?« Dretzke war bestens gelaunt.

Jo reagierte nicht sofort. Er hielt für einen Moment den Atem an, als sein Verdächtiger die Antennen der elektronischen Warensicherung passierte, und machte drei Kreuze, als kein Warnsignal ertönte.

»Du hast die Fotos von Sven erhalten?«, fragte Jo schließlich, ohne noch auf Dretzkes Begrüßungsformel einzugehen. Der Detektiv drehte sich um und nahm die nächstgelegenen Umkleidekabinen ins Visier. Er wollte ungestört telefonieren.

»Eure Tortenwerferin!«, hörte Jo Dretzke lachen. »Ja, deswegen rufe ich dich doch an.«

»Dann hast du was herausgefunden?«

»Einen Namen habe ich leider nich'. Aber eine Kollegin hat die Frau erkannt. Das ist wirklich unglaublich! Der Alte wollte schon eine Pressemitteilung raushauen. Was Scotland Yard kann, können wir in Leer schon lange!«

Jo rätselte, worauf sein Gesprächspartner hinauswollte.

»Wie es scheint, haben wir neuerdings eine extrem heiße Super-Recogniserin im Haus!«

»Sorry, Olli, es fällt mir schwer, dir zu folgen«, sprach Jo gedämpft, der inzwischen in der mittleren von drei Umkleidekabinen Unterschlupf gefunden hatte.

Eine Frau nebenan krächzte mit tiefer Stimme, dass die Göttbergsachen nie passten.

»Sie hat die Frau auf dem Foto herausgefiltert aus …«

»Redest du von Gesichtserkennungs-Software, oder was?«

»Pah! Gesichtserkennungs-Software ist doch scheiße!«, frohlockte Dretzke. »Aus ihren Erinnerungen rausgefiltert! Es gibt da ganz wenige Menschen, die haben diese Fähigkeit. Die speichern Gesichter, die sie einmal gesehen haben, fotografisch, säuberlich sortiert, in ihren Oberstübchen ab. Das können die Jahre später wieder abrufen. Is' sone Art Gabe. In London haben sie letztes Jahr sogar eine Super-Recogniser-Spezialeinheit gegründet!«

»Okay, verstehe«, äußerte Jo verhalten. »Bei der Leeraner Polizei habt ihr also auch jemanden mit diesem Talent?«

»Genauuu …«, hauchte Dretzke lang gezogen durch die Leitung, »extrem heiß! Hat sich zu uns versetzen lassen.«

»Sag mal, hast du was genommen?« Die inoffizielle Inanspruchnahme des polizeilichen Ermittlungsapparats verlief anders als erwartet.

»Alter, ich bin im Dienst!«, kommentierte der Kommissar und fuhr mit bemüht sachlicher Stimme fort. »Diese Kollegin, die hat vor fünf Jahren eine Zeugin vernommen. Es ging um Autoaufbrüche. Sie ist sich einhundert Prozent sicher, dass deine Tortentante die damals schwangere Mitbewohnerin dieser Zeugin war.«

Jo hörte, dass Dretzke sich eine Zigarette anzündete.

»Die beiden Frauen haben damals in Friesoythe gewohnt. Hab das schon gecheckt, die wohnen da natürlich nich' mehr. Die, die du suchst, ist da auch nich' gemeldet gewesen.«

»Und was nutzt uns das jetzt?«, bohrte Jo nach, der ahnte, dass Dretzke noch was in der Hinterhand hatte.

»Kennst du das Lovemobil in Filsum?«

»Wie genau meinst du?«

»Da arbeiten hübsche Mädchen.«

»Nee, so vertraut ist mir das auch wieder nich'.«

Jo hielt den Saum des weinroten Samtvorhangs mit einer Faust fest umklammert. Eine Rentnerin versuchte zeternd, ihren widerwilligen Gatten in seine Kabine zu bugsieren.

»Wir fahren da heute Nachmittag hin!«, stellte Dretzke ungerührt des Aufruhrs am anderen Ende der Leitung fest. »Ich bin um vier vor deiner Hütte.«

»Prinzipiell passt mir das heute Nachmittag sehr gut«, antwortete Jo, »aber vielleicht dürfte ich vorher erfahren, warum wir da hinmüssen?«

»Beide Frauen haben damals auf dem Filsumer Pendlerparkplatz Freier bedient. Könnte doch sein, dass die wissen, wo die beiden in der Zwischenzeit abgeblieben sind.«

Das unerwartete Engagement Dretzkes machte Jo stutzig. »Wieso hängst du dich so rein? Habt ihr sonst nichts zu tun?«

Eine der Kabinen neben Jo war frei geworden. Der Ordnungssinn der älteren Dame hatte sich jedoch verselbstständigt. Umkleidekabinen waren keine Telefonzellen. Unerwartet riss die Frau erneut am Vorhang, den Jo nur noch halbherzig festgehalten hatte. Diesmal hatte sie Erfolg.

»Eine Unverschämtheit!«, keifte sie furienhaft und wackelte mit der strengen Hochsteckfrisur. Die Kunden im näheren Umkreis reckten neugierig die Hälse. Eine hinzugeeilte junge Verkäuferin grinste Jo belustigt an.

»Das Lovemobil in Filsum ist schon zweimal abgebrannt. Brandstiftung. Einmal mit Todesfolge. Die Dinger werden seit Jahren im ganzen Norden immer wieder abgefackelt. Zuletzt vor zwei Monaten in Laatzen bei Hannover. Keiner weiß, wer oder was dahintersteckt!«, machte Dretzke sein eigenes Interesse an der Sache klar. »Ist ganz gut, wenn die in der Szene wissen, dass wir da am Ball bleiben. Ein bisschen Präsenz zeigen, verstehst du?«

Die kampfeslustige Oma musste nun von der Verkäuferin zurückgehalten werden. Die Alte versuchte rabiat mit beiden Händen, Jo am Ärmel seines Jacketts vom Hocker herauf und hinaus aus der Umkleidekabine zu ziehen.

»Ich muss Schluss machen, bis um vier dann«, rief Jo ins Handy, bevor sie ihm das Telefon unsanft aus der Hand schlug.

Die Fahrt zum Lovemobil hatte keine dreißig Minuten in Anspruch genommen. Von Leer aus waren sie Richtung Oldenburg gefahren, hatten aber schon zehn Kilometer später die Autobahn wieder verlassen. Der verwilderte Parkplatz lag von der Abfahrt ein paar hundert Meter entfernt an der Bundesstraße, die ins Saterland und weiter nach Cloppenburg führte. Unter der Woche trafen sich hier zahlreiche Pendler, um Fahrgemeinschaften zu bilden. Etwa vierzig PKW standen noch am späten Nachmittag verlassen herum. Mittendrin und gut sichtbar der kleine Puff auf Rädern.

Jo staunte nicht schlecht. Dretzke kannte sich mit Campern bestens aus. Ruckzuck hatte der Kommissar die Liegefläche des Wohnmobils zu einer Sitzecke zurückgebaut. Zu dritt warteten sie bei Kaffee und schluffen Keksen auf das Erscheinen Ecki Kings, Eigentümer des schäbigen Lovemobils. Die Stimmung war gedrückt.

Es war keineswegs Dretzkes Absicht gewesen, die kaum mehr als einen Meter fünfzig große Kim in Angst und Schrecken zu versetzen. Doch genau das war passiert, als der Kommissar vor der anfänglich katzenfreundlichen Frau mit dem Dienstausweis herumgefuchtelt und sie dann ein bisschen ungestüm beiseite geschoben hatte. Die Thailänderin war in Panik geraten, hatte sich ihr Telefon geschnappt und war an Dretzke vorbei aus dem Wagen herunter in Jos Arme gestürzt. Dem Detektiv hatte sie einen schmerzhaften Stoß vor die Brust versetzt und war danach in dünner Bluse, Shorts und High Heels im Nieselregen den Parkplatz auf und ab gestöckelt. Sie hatte Eckart König angerufen, den sie ehrfurchtsvoll King nannte. Nach etwa drei Minuten war sie zurück zum Wohnmobil gekommen und hatte Dretzke das Handy mit dem wütenden Zuhälter in der Leitung überreicht.

Der King hatte aber keinerlei Lust verspürt, dem Kommissar Rede und Antwort zu stehen. Dretzke hatte ihm daraufhin gedroht, zwei ausrangierte Polizeifahrzeuge, die angeblich auf dem Hof der PI auf ihre Versteigerung warteten, für den Rest das Jahres rechts und links neben das Lovemobil zu stellen. Das hatte den Mann anscheinend beeindruckt.

King hatte Kim angewiesen, Kaffee aufzubrühen, und erklärt, in zwanzig Minuten vor Ort zu sein.

Die Miene der jungen Frau hellte sich deutlich auf, als der vertraute Sound des Achtzylinders über den Parkplatz blubberte. Dretzke zog die speckige, dunkel verfärbte Gardine beiseite und grinste. Umständlich und betont langsam quälte Eckart König seinen schweren Körper aus dem Camaro. Für Jo war es die erste Begegnung mit einem Zuhälter und waschechter hätte der Rotlichtvertreter nicht ausfallen können. King, mit schütterem, nackenlangem Haar, trug eine Wildlederjacke mit Fransen, eine Shotgun-Denim und Boots mit Flammenapplikation.

Mit einem lang gezogenen »Moin mit'nanner« enterte der etwa fünfzigjährige Mann den Camper, der nun ziemlich beengend wirkte.

»Das ist echt freundlich, dass Sie so schnell kommen konnten«, erklärte Dretzke, während sich King zu Jo in die Bank quetschte.

»Ich hab mich bei den Kollegen informiert«, sprach der Kommissar weiter. »Die haben gesagt, mit dem Lovemobil in Filsum läuft das total rund. Und mit dem König kann man reden, wenn es doch mal was gibt.« Dretzke deutete zaghaft ein Lächeln an. »Also, insgesamt kein Grund, irgendwem hier das Leben schwer zu machen.«

King griente spöttisch. »Wenn's nich' gerade brennt!«

Kim schob dem Zuhälter einen Becher Kaffee zu.

»Wenn's nicht gerade brennt«, wiederholte Dretzke.

»Wieso fackeln die seit Jahren unsere Camper ab und die Bullen erklären, sie ham immer noch keinen Dunst, was abgeht? Das is' doch scheiße!«, motzte König los. Er war offensichtlich nicht gekommen, um sich wie ein Schuljunge verhören zu lassen.

»Moment, wer sagt uns denn, dass Sie und Ihre Kollegen ein Interesse an der Aufklärung dieser Feuer haben? So sicher sind wir uns da nämlich nich'«, gab Dretzke nicht weniger schroff zurück.

»Meinst du all'n Ernstes, wir zünden uns gegenseitig die Fahrzeuge an?«, schnauzte King darauf ungehalten. »Nich' den Scheiß schon wieder.«

»Ey! Sorry, Leute. Wir sind doch eigentlich nicht wegen der Brandstiftungen hier«, mischte Jo sich ein.

Der Detektiv holte die zusammengerollten Fotos, die er am Mittag ausgedruckt hatte, aus der Innentasche seiner Jacke. Er beugte sich vor, um Kim zwei Bilder zu reichen, die beiden anderen legte er vor King auf den Tisch.

»Kennst du nich'«, knurrte der Zuhälter die kleine Frau an. »Da warst du noch nich' in Deutschland.«

»Aber Sie? Sie kennen die Frau schon?«, fragte Jo und zog unwillkürlich die Augenbrauen hoch.

»Da sind wir immer noch beim Scheißfeuer«, stöhnte König widerwillig. »Nach der Brandstiftung …« Er machte eine Pause, überlegte und holte neu aus. »Muss man sich überhaupt mal vorstellen. Vor zwei Jahren hab ich auf Vorrat 'n Ersatz-Wohnmobil gekauft! Für dann, wenn se das hier …« Der Zuhälter sah Kim an, die schon wieder arg verängstigt aussah. Er nickte ihr aufmunternd zu. »Wo leben wir eigentlich?« König wandte sich erneut Dretzke zu. »Jetzt verleih ich 'n Reservecamper, damit er sich nich' kaputt steht.«

Der Kommissar zog der Thailänderin sanft die Fotos aus den Händen und hielt eines der Bilder vor King in die Höhe. »Zurück zu der Frau hier. Kennst du sie oder kennst du sie nicht?«

»Is' schon ganz schön was her«, maulte der Zuhälter.

Jo hakte nach. »Geht das vielleicht etwas genauer?«

»Vorm ersten Brand, da, wo der Junge bei umgekommen ist. Da hat sie hier gearbeitet.«

»Zusammen mit Irina Zerr«, ergänzte Dretzke.

»Ja, zusamm'n mit Irina«, nuschelte King. »Hatten sich die Schichten aufgeteilt.« Dann wurde seine Stimme wieder bestimmter: »Warum sucht ihr das Mädchen überhaupt?«

»Können wir jetzt zunächst endlich mal den Namen erfahren?« Dretzke wurde ungeduldig.

»Es geht ja um gar nichts Wildes. Sie hat in Leer bei einer Lesung dem Bestsellerautor J. W. Nikesch Sahnetorte ins Gesicht geworfen«, erläuterte Jo. Der Detektiv hatte das Rumgeeier satt und setzte aufs Spiel mit offenen Karten. Dretzkes Interesse an den alten Brandstiftungen war schließlich nicht seine Angelegenheit.

»Miriam war dat?« König lachte schallend. »Warum in aller Welt hat se das denn gemacht?« Er sah die beiden Ermittler fragend an und begann abermals zu lachen. Diesmal klang es aufgesetzt. »Wegen soner pissigen Kinderkacke bestellt ihr Clowns mich her? Ernsthaft?«

»Oh, da gibt es einen maßgeschneiderten Anzug zu ersetzen, die Eintrittsgelder von etwa hundert Zuschauern, die Kosten für die Werbung, für die Security, für die Tischdekoration und einiges mehr. Also, sone Kinderkacke ist das auch wieder nicht«, bilanzierte Jo etwas sehr buchhalterisch den entstandenen Schaden.

»Das ›Fünfte Wort des Bundes‹ ist der beste Roman, den ich seit Langem gelesen hab«, begann Ecki King völlig überraschend zu schwärmen. »Eine Spur zu hart vielleicht, jedenfalls stellenweise. Aber die Idee, dass diese Extremisten den alten Sack Mose erpressen, um das vierte Gebot umzuschreiben, das is' schon ziemlich genial. Da muss man erst …«

»Kommen wir doch lieber zur Miriam zurück!«, unterbrach Dretzke entnervt die Literaturkritik des Zuhälters. »Miriam … Wie weiter?«

»Bin ich die Auskunft?«, pfiff King den Kommissar scharf an. »Wieso hat die überhaupt dem Nikesch Torte in die Fresse geworfen?«, fragte er noch einmal.

»Genau danach würden wir sie ja gern fragen wollen«, erwiderte Jo.

»Kippe?«, fragte Dretzke.

Wortlos nahm der Zuhälter eine Zigarette, die der Kommissar ihm über den Tisch hinweg anbot, steckte sie an und inhalierte tief.

»Miriam hatte gerad` ihr Kind gekriegt, als der erste Camper abgefackelt wurde«, erinnerte sich King. »Als sie dann wieder anfangen sollt, weigerte sie sich, noch mal hier in Filsum zu arbeiten.«

»Kann man ihr kaum verdenken«, kommentierte Dretzke leise.

»Außerdem quatschte ihre Freundin Irina plötzlich vom Heiraten. Die hatte son einfältigen emsländischen Stahlbieger kennengelernt. Die wollt auf einmal bei dem einziehen. Ging hier alles 'n Bach runter nach 'm Feuer.« Nachdenklich legte King den Kopf in den Nacken und blies den Tabakrauch gegen die niedrige Decke. »Miriam arbeitet jetzt beim Kollegen. Dessen Lovemobil steht an 'er B69 bei Vechta. Adresse hab ich da nich' von.«

Der Kommissar wechselte unvermittelt das Thema. »Wie ist der Junge eigentlich ins Wohnmobil gekommen, damals?«

»Das steht doch garantiert alles in irgend sonem Scheißbericht«, schnauzte King. Er starrte den Kommissar zornig an, war kurz davor, aus der Haut zu fahren. »Das war vor viereinhalb Jahren! Wat sall dat nu noch weer?«

»Wie oft ist Ihr Lovemobil denn eigentlich abgebrannt?«, erkundigte sich Jo, ruhig und geradezu beiläufig, obwohl er die Antwort kannte.

»Jeder Camper 'n einziges Mal!«, bölkte King ihn an.

»Zweimal«, beantwortete Dretzke die Frage im Doppelpassspiel. »Das erste Mal im Frühjahr 2012. Dabei kam der Siebzehnjährige ausm Ort ums Leben. Dann noch mal im Winter 14/15.«

»Es gibt aus unterschiedlichen Gründen sonen Notfallschlüssel«, erläuterte König. »Im Radkasten. Den hat 'er Junge wohl entdeckt und dann 'n paar Wochen lang

nachts im Camper geschlafen. Wurd zu Hause ja nich'
mal vermisst, das Früchtchen. Ich hab da rein nix von
gewusst!« Sie merkten, dass der Tod des Jungen den
King nicht kaltließ. »Den hätt ich so was von vom Hof
gejagt!«, schob der Zuhälter grimmig hinterher.

Jos Fälle im Göttberg verliefen stets nach Schema F.
Die Kaufhausdiebe stritten zunächst jeden Tatvorwurf
ab. Aber wenn die Cops hinzukamen und natürlich,
wenn die Taschen mit der Beute geleert wurden, folgten
unweigerlich der Schwenk um hundertachtzig Grad und
manchmal die Tränen. Jo sinnierte, ob Dretzke bei
Eckart König eine spezielle Verhörtechnik anwandte.
Eine Strategie aus dem geheimen Handbuch für Kommissare? Gab es ein Handbuch für Kommissare? Er beschloss, Dretzke auf der Rückfahrt zu fragen.

»Oder haben die Frauen den Jungen wissentlich hier
schlafen lassen?«, bohrte der Kommissar weiter.

»Auch da weiß ich nix von«, erwiderte King.

Es klopfte.

Kim öffnete und erklärte dem nervösen Freier die
Funktion des roten Lichts hinter der Windschutzscheibe. Kein Licht, kein Eintritt. Als der Mann das Wort
Polizei hörte, rauschte er hastig und unverrichteter Dinge wieder ab.

Eckart König hatte genug. Er stand auf, ging an eine
hinter einer Klappe verborgene Geldkassette und nahm
sich einige Scheine.

»War nett, mit euch zu quatschen, aber ich muss
weiter«, erklärte er. »Hab schon damals gesagt, dass ihr
euch die Hardcore-Christen im Dorf mal zur Brust nehmen müsst. Ham hier regelmäßig Fotos gemacht und so
Dreckszettel an de Kunden verteilt.« King verzog auf
eine seltsam schräge Art den Mund. »Wer kriegt noch
'nen Ständer, wenn vor der Tür die Matronen Choräle

singen? Nach 'm ersten Feuer war der Spuk jedenfalls vorbei, auf einmal. Dat war doch kein Zufall!«

»'tschuldigung, aber diese Theorie is' noch immer völlig bescheuert. Egal, wie oft du das wiederholst.« Dretzke grinste. »Glaubst du ernsthaft, dass sich militante Betschwestern konspirativ verabreden, um rollende Bordelle niederzubrennen? Und das auch gleich mal im gesamten Nordwesten der Republik?«

»Ich weiß, wat ich weiß«, antwortete König und tippte sich mit dem Zeigefinger an die Schläfe. »Nun lasst ihr das Mädel mal schön arbeiten.« Grußlos verschwand er hinaus in die Dunkelheit.

Dretzke und Jo tranken aus und verabschiedeten sich höflich. Auf dem Parkplatz konnten sie den Camaro, der auf der Schnellstraße bereits außer Sicht war, immer noch hören.

»So ein Spinner!«, lachte Dretzke.

»Tja. Und ich werd da morgen wohl mal nach Vechta fahren«, stellte Jo ganz pragmatisch fest.

7.

Jo hatte lediglich sein Mailpostfach checken wollen, doch war der amerikanische Präsident gekommen, um sich zu verabschieden. Der Detektiv war bei den Nachrichten des Tages hängen geblieben und hatte einen tonlosen Livestream aus Berlin gestartet. Obama strahlte von der Gangway der Air Force One herab.

Dretzke hatte ihn kurz vor sechs vor der Detektei abgesetzt. Für den Kommissar war das Thema Lovemobil einstweilen erledigt. »Bis zur nächsten Brandstiftung«, hatte er gesagt und »im Moment ist da kein Druck auf dem Kessel.« Die Eltern des im Feuer umgekommenen Jungen hatten sich noch im selben Jahr getrennt. Der Vater war nach Kanada ausgewandert und die Mutter zurück in den Osten gegangen, hatte Dretzke berichtet. »Es gibt Fälle«, hatte er erzählt, »da kämpfen Eltern zwanzig Jahre und länger drum, dass der Tod ihres Kindes aufgeklärt wird. Aber die hier, die haben ihre Sachen gepackt und sind weg.« Dass man noch nicht einmal wusste, ob die Taten überregional zu einer zusammengehörigen Serie gehörten, war der Kripo hinter vorgehaltener Hand durchaus peinlich. Weder konnten sie ausschließen, dass organisierte Kriminalität im Spiel war, noch dass es sich um Einzelfälle und Nachahmer handelte. Dretzke gab zu, in den langen Phasen zwischen den Brandstiftungen liefen die Untersuchungen schleppend und mangels verwertbarer Hinweise schnell auf Sparflamme. »Sobald so ein Camper neu in Flammen aufgeht, springt die Maschine aber wieder an. Von null auf hundertzwanzig Prozent«, hatte der Kommissar auf dem Rückweg erklärt. »Immer in der Hoffnung, dass das neue Feuer die entscheidende Spur oder wenigstens einen Augenzeugen liefert.«

Jo beendete den langweiligen Obama-Stream. Er fuhr den Rechner herunter, als es an einem der kleinen Fenster klopfte. Constanzes Vater hatte sich herabgebeugt und zeigte hinter der Scheibe ein breites Grinsen. In ausladender Zeichensprache signalisierte der Göttberg-Chef unter Zuhilfenahme einer fiktiven Armbanduhr, dass er Feierabend gemacht hatte. Er war auf dem Heimweg.

»Walter, warte mal!«, rief Jo und gab ebenfalls Handzeichen, sprang auf, eilte zur Tür und holte den Boss vom Parkplatz in sein Büro. »Muss ich mir Sorgen machen, dass du jetzt schon nach Hause gehst?«, wollte Jo vom Herrscher aus dem Moderreich wissen. »Ist ja noch nicht mal halb sieben.«

»Agnes und ich wollen zum Mongolen. Ist heute unser Kennenlerntag«, offenbarte Hundertmark etwas verkrampft und ließ die Göttbergtüte in der Hand instinktiv hinter dem Rücken verschwinden. Es befand sich eine Kleinigkeit von Simone Pérèle darin, ein transparentes rotes Negligé mit Spitze. Seit dem frühen Nachmittag fiel es Walter Hundertmark schwer, an etwas anderes zu denken als daran, dass der Höhepunkt des romantischen Abends keineswegs das Eisbüfett im Restaurant sein würde.

»Euer Hochzeitstag?« Jo war sich nicht sicher, ob er es richtig verstanden hatte.

»Wer heiratet denn im November, wenn er nich' muss?«, schnaubte Constanzes Vater verächtlich. »Ich sag doch: ›Kennenlerntag!‹«

»Ehrlich jetzt? Ihr feiert immer noch euern Kennen-lerntag?«

Der Detektiv gestattete seiner Fantasie einen kurzen Ausflug: *dreißig Jahre in der Zukunft. Den E-Camaro vorm Haus geparkt. Constanze in der offenen Tür. Erwartungsvoll ihr Blick. Noch immer umwerfend. Auf den letzten Metern. In ihre Arme. Siedend heiß. Holy Shit! Er hat den Kennenlerntag ver-gessen!*

Jo schüttelte den bizarren Gedanken aus dem Kopf und sagte: »Is' ja mal 'ne Messlatte. Hätt` ich jetzt gar nicht gedacht von dir.«

»Was dagegen?«, schleuderte Hundertmark ihm gal-lig an den Kopf.

Jo antwortete nicht.

Die Männer schwiegen verlegen.

Die autoritäre Väterlicher-Freund-Schiene war eher ihr Ding. Das Gespräch hatte zu einer Vertrautheit ten-diert, mit der sich beide nicht wohlfühlten.

Fehlt noch, dass ich ihm den roten Fummel zeige, dachte Hundertmark, der sich bereits im Rückwärtsgang Rich-tung Tür befand. »Ehe ich's vergess«, kriegte er als Ers-ter die Kurve. »Die Tortenwerferin brauchst du nicht weiter zu suchen.«

Es traf den Detektiv wie ein Hammerschlag.

»Genau deswegen habe ich dich doch reingebeten«, platzte es aus Jo heraus. Entgeistert fügte er hinzu: »Das ist doch jetzt nicht dein Ernst, oder?«

»Nikesch, sein Verlag und ich haben uns heute geei-nigt. Jo, das ist doch das Beste fürs Göttberg«, verkün-dete Hundertmark fröhlich. »Diesen Idioten von Agen-ten hat er übrigens gefeuert.«

»Ich hab vorhin den brutalen, gewalttätigen Zuhälter einer kleinen thailändischen Nutte verhört!« Jo wurde unversehens ziemlich laut. »In einem zugerauchten, speckigen Bumsmobil habe ich meine Gesundheit für dich riskiert!«

»Wenn du letzten Samstag im Göttberg deinen Job gemacht hättest, dann wäre das vielleicht alles nicht passiert!« Hundertmark vergaß das frivole Wäschestück in der Tüte an seiner Hand und stemmte die Arme in die Hüfte. »Von der lahmgelegten Videoüberwachung mal ganz zu schweigen!« Auch der Kaufhaus-Chef brüllte jetzt. Er bereute zutiefst die Dummheit, unterwegs zu einem wunderbaren Abend mit seiner Frau an Jos Fenster geklopft zu haben.

»Ich hatte den Siefken-Auftrag! Das weißt du doch! Das war ja wohl wichtiger als das hundertste Hundertmark-Midnight-Shopping!«, schrie Jo.

»Was treibst du dich mit Nutten rum?«, donnerte Constanzes Vater.

»Wieso habt ihr euch plötzlich geeinigt, Nikesch und du?«

Hundertmark setzte sich schnaufend auf den Besucherstuhl.

»Entschuldigung, wollt gar nich' so abgehen«, sagte Jo, nachdem er selbst durchgeatmet hatte. Er setzte sich vorn auf die Kante des Schreibtischs. »Ist nur so, dass ich bis eben noch so richtig zufrieden mit mir war. Wahrscheinlich hätte ich morgen den Namen, vielleicht sogar die Adresse von deiner Tortentäterin herausbekommen. Wir sind heute super vorangekommen.« Jo ging um den Schreibtisch herum und ließ sich in seinen Chefsessel plumpsen. »Zwei Fälle gleichzeitig bearbeitet und beide erfolgreich zu Ende gebracht. Das hat sich verdammt gut angefühlt.«

Hundertmark nickte. »Nikesch holt die Lesung im Februar nach. Solange bleiben die Eintrittskarten gültig. Der Anzug des erhabenen Dichters geht in die Reinigung. Das zahlt er selbst. Alle anderen Kosten übernimmt das Göttberg«, gab Hundertmark das Ergebnis der telefonischen Verhandlungen am Vormittag wieder.

»Und die Frau?«, fragte Jo frustriert.

»Lassen wir laufen«, antwortete sein Gegenüber lapidar.

Detailliert beschrieb Jo Dretzkes und sein Aufeinandertreffen mit Ecki King im Filsumer Lovemobil. Hundertmark konnte sich an die Tragödie mit dem toten Jungen erinnern. Ein Bruder seiner Sekretärin war damals mit der Freiwilligen Feuerwehr vor Ort gewesen. Trotz des todernsten Hintergrunds geriet speziell Jos Schilderung des Zuhälters schnell einigermaßen heiter. Hundertmark und der Detektiv lachten ausgelassen bei einigen der Pointen.

»Ich versteh ja, dass du enttäuscht bist. Aber im Prinzip hast du unsere Frau gefunden«, sagte Constanzes Vater schließlich, um den Detektiv in der Sache aufzumuntern. »Meinen Glückwunsch! Ein toller Erfolg! Wenn ich ehrlich bin, ich hab da nicht mit gerechnet.«

»Soll ich morgen nich' doch nach Vechta fahren?«, fragte Jo mit einem Rest Hoffnung, Hundertmark würde es sich anders überlegen.

»Nee, Jo, nun lass mal. Das ist ein für alle Mal durch. Nikesch und der Verlag wollen auch keine Presse mehr in der Tortensache.«

»Ich mein, wenn ich morgen nach Vechta fahre, kann ich das als einfache Göttbergstunden aufschreiben«, gab Jo nicht auf, »ansonsten keine Spesen oder Fahrtkosten, nur die Arbeitsstunden?«

»Jo, hör auf. Is' nicht. Der Drops ist gelutscht«, antwortete Hundertmark unnachgiebig.

*

Zehn Tage später …

Es war in den letzten Wochen ein seltener Anblick geworden, dass Habbo mit einem Mineralwasser und keinem Bier in der Hand hinter seinem weißen Tama-Schlagzeug saß. Geduldig trat er das Pedal der Bassdrum, bis Sven ihn bat, ein letztes Mal das komplette Drumset zu spielen. Sven hörte konzentriert zu. Er bedankte sich bei Habbo und forderte Jo auf, am Mischpult zu übernehmen, damit er selbst auf die Bühne konnte.

Der Blues Club Rhauderfehn war ein 2013 gegründeter Klub und kein Lokal. Eine junge Initiative angegrauter Herren, die mit großem Engagement und einigem Erfolg deutsche Bluesgrößen in das ostfriesische Fehndorf lockten. Man nutzte den zweihundert Leute fassenden Festsaal eines inzwischen aufgegebenen Hotelbetriebs.

Jo, Sven und Habbo spielten zum zweiten Mal in Rhauderfehn.

»Ist 'ne schwierige Akustik. Muss man sich Zeit für nehmen«, rief der sehnige, etwa siebzigjährige Kerl, der am späten Nachmittag der Band aufgeschlossen hatte. Nach einem Plan, der sein Geheimnis schien, wuchtete er hinten im Saal Tische und Stühle von hier nach da.

Sobald der Soundcheck erledigt war, wollten die Musiker zu einem Imbiss ein kleines Stück die Straße herunter. Dort konnten sie auf Kosten des Veranstalters essen. So viel zum Thema Catering. Immerhin, bei früheren Auftritten hatten sie schon schmalere Kost erlebt.

Constanze wollte gegen halb acht kommen. Ab acht war die Kasse geöffnet. Konzertbeginn um neun.

*

Sie verfrachtete die scharf marinierten Hähnchenschenkel in den Ofen. Noch einmal widmete sie sich den schwarzen Bohnen und drehte die Einstellung am Herd zurück. Das kochende Wasser sprudelte über den Topfrand. Dann kramte sie Reis und allerhand andere Zutaten hervor.

Nach dem Essen stand Bollywood auf dem Programm. Siefken hoffte, dass Solana bei der Wahl des indischen Schmachtfetzens ein glückliches Händchen bewiesen hatte. Er hatte sich ins Büro verdrückt und räumte alte Unterlagen aus einem Regal. Er brauchte Platz.

Nebenbei fuhr er den Rechner hoch.

Am Dienstag, zwei Wochen, nachdem Mennige sich an seinen Neffen gewandt hatte, war die erlösende Nachricht gekommen. Die Betreiber der Website hatten reagiert und die annähernd fünfzig Fotos von Marika und Philip gelöscht. Die Hamburger Rechtsanwaltskanzlei hatte außerdem einen Link gemailt, der zu einer leeren Unterseite des Pornoportals führte: »We apologize. This user's account has been deleted!«

Siefken hatte dem scheinbaren Erfolg nicht getraut und sich mit klopfendem Herzen zwanzig Minuten durch die englische Menüführung, durch Kategorien und Tags geklickt. Tatsächlich hatte er kein Foto seiner Tochter mehr finden können.

Er freute sich, gut gelaunt, auf das kubanische Gericht. Er tippte im Vorbeigehen das Laptop-Passwort ein und startete den Browser. Am unteren Bildschirmrand poppte kurz darauf ein Hinweis auf: *Lokaler Ordner hat 3 neue Nachrichten.* Siefken hatte die eingeblendeten Zeilen nur im letzten Moment noch überfliegen können.

Den Absender der mittleren Mail, die ohne Betreffzeile war, hatte er trotzdem auf der Stelle wiedererkannt.

Er setzte sich.

Ihm stockte der Atem, als er die E-Mail öffnete.

Es war die vierte anonyme Botschaft seit Oktober. Die Absenderadresse jedes Mal dasselbe russische Yandex-Postfach. Der Teil vor dem »@«-Zeichen eine kurze, wirre Zeichenfolge.

Der Inhalt der Mail bestand aus nur einer Zeile.

»Wieder da – schokobraune Fickpuppe!«

Der Text war als Link markiert.

Siefkens Hand zitterte, als er die Maus führte und den blau formatierten Schriftzug anklickte.

Ihm war klar, welche Website sich nun öffnen würde. Er brauchte sich nicht erst durch Menüs und Kategorien zu wühlen. Bereits die Startseite präsentierte eine Auswahl der besonders expliziten Fotos, die Philip offenbar mit einer Fernbedienung aufgenommen hatte.

Er hasste Philip. Sein Schwiegersohn war ein Arschloch und Alkoholiker gewesen, hatte den Bildern Titel gegeben wie »Marika am Strand«, »Marika rasiert« oder »Marika kriegt nicht genug«. Er hasste den Mann, der die Bilder zurück ins Internet gestellt hatte.

Alle Fotos hatten nun dieselbe Bildunterzeile: »schokobraune Fickpuppe«. Siefken wusste genau, wer dafür verantwortlich war.

Er hasste, dass Marika tot war. Er hasste sein Leben.

Siefken stieß einen Urlaut hervor. Ein brachialer Schrei, der jede Wand des Hauses durchdrang und Solana in der Küche vor Angst erstarren ließ. Wut und Trauer waren ein explosives Gemisch. Er schlug mit der Faust in den Bildschirm, der sofort schwarz wurde. Mit beiden Händen riss Siefken das Laptop vom Tisch und schleuderte das Gerät durch den Raum in die Vitrine mit den angelaufenen Regattapokalen seines Vaters.

Solana stieß die Tür zum Büro ihres Mannes auf. Er brüllte sie an, doch sie verstand kein Wort. Tief über seinen Schreibtisch gebeugt, schreiend, schluchzend, fegte er jedes dort befindliche Papier, jeden Stift, jedes Stück Schnickschnack und das gerahmte Bild der Familie zu Boden.

*

»Aber wieso heißt das Buch ›Das fünfte Wort des Bundes‹?« Auch Habbo machte sich nun mit vollem Mund seine Gedanken. »Du sollst Vater und Mutter ehren‹ ist doch das vierte Gebot«, merkte er an.

Das Gespräch über den Nikesch-Thriller hatte den Schlagzeuger zunächst gelangweilt. Er hatte ohne Appetit im Essen gestochert und versucht, die zu einem Berg aufgetürmten, dampfenden Stücke seiner Currywurst zurück in Reih und Glied zu bringen.

Doch jetzt war sein Interesse geweckt.

Sven und Jo, die zuvor angeregt diskutiert hatten, setzten synchron zu einer Antwort an. Jo ließ dem Freund den Vortritt.

»Die ›10‹ in den Zehn Geboten ist ein Konstrukt. Eigentlich sind es nämlich mehr Vorschriften. Die hat man aber vor Christi Geburt schon zusammengefasst zu nur noch zehn. ›10!‹. Das klingt doch nach einer göttlichen, runden Sache. Hat außerdem den Vorteil, dass man's an den Fingern abzählen kann.« Sven begann zu glucksen. »Hätte Gott seinen Kram auf dem Sinai dem Großen Panda verklickert, wären's halt zwölf geworden. Der hat nämlich son zusätzlichen Bambusdaumen«, lachte Sven und fuhr fort: »Wie man das letzten Endes zählt, um am Schluss auf exakt zehn Gebote zu kommen, da gibt es unterschiedliche Meinungen. Juden fassen das anders zusammen als Katholiken und Lutheraner. Orthodoxe noch wieder anders.«

»Der Thriller spielt ja zu Lebzeiten Moses. Also hat Nikesch die ältere Zählweise nehmen müssen und da ist ›Vater und Mutter ehren‹ das fünfte Gebot. Beziehungsweise das fünfte Wort des Bundes mit Gott«, ergänzte Jo die Ausführungen des Bassisten zum Titel des Romans.

»Konfirmandenunterricht schwänzen, das gab's bei euch nich', oder?« Das theologische Wissen seiner Bandkollegen irritierte Habbo. »Ich hab gelesen, das Buch soll so brutal sein?« Er hatte die Currywurst inzwischen vollständig rekonstruiert.

»Ja, stimmt schon«, bestätigte Sven. »Da sind lange Beschreibungen drin, in denen Kinder gefoltert, vergewaltigt und - wenn man gerade denkt, sie haben's geschafft - auch noch getötet werden. Ziemlich krank, der Scheiß. Mit Liebe zum Detail.« Sven zögerte, bevor er weitersprach. »Ehrlich gesagt, ich wusste bei den Stellen nich', leg ich das Buch beiseite oder blätter ich zehn Seiten weiter. Ich hab immer wieder gedacht, ›Scheiße, Alter! Was mag in Nikeschs Kopf all die Jahre während seines Unterrichts vorgegangen sein?‹«

»Der war furzdröge. Aber unbeliebt war er nich'. Kann man eigentlich nich' sagen«, sprach Jo dazwischen.

Sven begann, die Handlung des Romans zu skizzieren: »Mose wird erpresst. Eine politische Splittergruppe entführt ein Dutzend Kinder. Unter anderem auch zwei der fünf Enkelkinder Moses. Zu diesem Zeitpunkt sind die Gebote, die er von Gott erhalten hat, nur dem Rat der siebzig Ältesten bekannt. Es herrscht Chaos im Volk. Auch innerhalb der siebzig Ältesten, die Moses doch eigentlich unterstützen sollen. Aber da gibt es welche, die ihr eigenes Süppchen kochen.«

»Willst du das Buch noch lesen?«, unterbrach Jo abermals.

Habbo schüttelte den Kopf und Sven fuhr fort: »Das fünfte Gebot, das Mose von Gott erhält, lautet: ›Ehre deinen Sohn und ehre deine Tochter, damit du lange lebst und …‹ - Da kommt hinten noch was dran. Krieg ich jetzt nich' mehr zusammen. Jedenfalls, diese Extremisten, die die Kinder in ihre Gewalt gebracht haben, verlangen, den Passus zu streichen. Um ihrer Forderung Nachdruck zu verleihen, vergehen sie sich täglich an einem der entführten Kinder. Das sind die zu Recht kritisierten Gewaltdarstellungen.« Sven schob seinen leeren Teller auf den freien Platz am Tisch und trank einen Schluck Fassbrause. »In einem großen Korb und mehr tot als lebendig wird jeden Tag eines der entführten Kinder ausgesetzt und anschließend zu Mose gebracht. Der beschließt mit den engsten Vertrauten, dass der politische Hintergrund unbedingt geheim bleiben muss. Vor dem Volk, aber auch vor den Eltern der entführten Kinder. Die Kinder sollen verschollen bleiben. Dazu lässt er Gerüchte streuen, in denen mal ägyptische Spione, mal kuschitische Nomaden für das Verschwinden der Kinder verantwortlich gemacht werden. Er lässt die halb toten Mädchen und Jungen endgültig abmurksen und in der Wüste verscharren. Gleichzeitig suchen sie wie besessen nach den Kidnappern. Am Ende des rasanten Katz-und-Maus-Spiels steht Mose zwölf Tage später und nach einigen überraschenden Wendungen trotzdem mit leeren Händen da. Die Extremisten haben gewonnen. Verzweifelt willigt er in Verhandlungen ein. Das fünfte Wort des Bundes wird im

Sinn völlig auf den Kopf gestellt in das heute noch gültige ›Du sollst Vater und Mutter ehren‹.«

Habbo machte ein unzufriedenes Gesicht. »Versteh ich nich'. Was war denn da so schlimm dran an der ursprünglichen Fassung?«

»Das wird schon ganz gut dargelegt im Roman. Zu Moses Zeiten endeten Generationskonflikte, auch innerhalb der Familie, regelmäßig tödlich. Ein höheres Alter war gleichbedeutend mit mehr Kompetenz und Autorität. Ja, mit Macht über den Jüngeren. Dieses Grundprinzip fand sich in der Urfassung der Gebote, die doch das zukünftige Zusammenleben regeln sollten, aber nicht wieder. Im Gegenteil, indirekt sollte dieses Ältestenprinzip mit dem fünften Gebot völlig entkräftet werden«, antwortete Sven.

»Ich denk, wir müssen allmählich los«, warf Jo ein und zeigte auf die Cola-Werbeuhr an der Wand.

»Eben noch austrinken«, erwiderte Habbo.

»Ja, warte, es kommt ja noch ein letzter Clou!« Sven zog sich bereits die Jacke an. »Im Schlusskapitel, das Jahre später spielt, wird Moses bei einem Messerangriff verletzt. Am Sterbelager werfen sich seine beiden Söhne ihm zu Füßen. Sie bitten den Vater um Vergebung. Sie gestehen ihm ihre Beteiligung am damaligen Verbrechen und geben zu, dass jeder ein eigenes Kind für die gerechte Sache geopfert hat.«

Habbo holte seelenruhig seinen Tabak hervor. »Ich weiß schon, warum ich keine Bücher lese!«, kommentierte er trocken.

Sie verfolgten eine Weile gebannt Habbos Drehkünste, dann wandte sich Jo dem Bassisten zu. »Mir ging's wie dir. Diese ausufernden Gewaltfantasien habe ich auch nur überflogen. Da ist man völlig perplex. Wie kommt ein pensionierter Deutschlehrer dazu, plötzlich son Horror zu schreiben? Und wie ticken die Leute, wenn sich das verkauft wie geschnitten Brot? Angeblich soll das Buch in Hollywood verfilmt werden!«

»Mit Charlton Heston in der Hauptrolle!«, ulkte Sven. »Das biblische Alter hat der ja inzwischen!«

Jo lachte. »Da brauchste aber zuerst 'n Auferstehungswunder und dann 'nen versierten Leichenschminker!«

»Oder Charlton Heston wird komplett animiert im Film!«, spann Sven den Gedanken in eine weniger makabere Richtung fort.

Habbo war endlich so weit, warf sich die Lederjacke über und steckte sich die fertige Zigarette in den Mund.

Es war kurz vor halb acht, als sie zurück am Hotel waren. Das lang gestreckte Gebäude mit den dunklen Sprossenfenstern war lediglich von zwei Straßenlaternen kümmerlich beleuchtet. Am Straßenrand parkten bereits zahlreiche Autos.

Die Musiker machten sich auf die auswärtigen Kennzeichen aufmerksam. Sie waren in der Bluesszene schon lange kein Geheimtipp mehr.

Das Repertoire der Band war ein Mix aus Klassikern und eigenen Stücken. Es hatte sich bewährt, mit drei tanzbaren Abgehnummern zu starten. Das sorgte vom ersten Ton an für Stimmung im Publikum.

Vom Opener ging es nahtlos über ins zweite Stück: »Dust My Broom«. Im Mittelteil des Songs lieferte Sven eine erste Kostprobe seiner fulminanten Solotechnik ab. Jo sah am Bassisten vorbei zum Bühnenrand.

Jemand rief an.

Der Detektiv hatte das auf lautlos gestellte Telefon vor Konzertbeginn zur Bluesboy in den offenen Koffer gelegt. Die G&L-Gitarre sollte planmäßig nach der Pause zum Einsatz kommen.

Die folgenden knapp zehn Minuten verfolgte er aus dem Augenwinkel heraus zwanghaft das sich wiederholende Aufleuchten des Handydisplays.

Noch vor Ende des Elmore-James-Titels hatte sich das Telefon ein zweites Mal bemerkbar gemacht, ein drittes und viertes Mal während der darauffolgenden Nummer. Ein extrem schnell gespielter Titel. Jo war sich sicher, das letzte Solo verbockt zu haben. Genervt winkte er in der Spielpause Constanze an die Bühne heran. Er kniete sich nieder und bat sie, das verflixte Handy an sich zu nehmen und beim nächsten Anrufversuch ranzugehen.

Ein Lied später kündigte Jo den »Statesboro Blues« an, eine üble Plage, die auch vorm in der Ecke dösenden Grandpa nicht haltmachte.

Gegen das grelle Licht der Scheinwerfer konnte der Ermittler schemenhaft erspähen, dass seine Freundin einige Meter abseits der Leute telefonierte. Sie hielt das Handy fest ans Ohr gepresst.

Habbo zählte vor, die Band setzte ein.

Constanze hielt sich das andere Ohr zu. Sie beugte den Oberkörper vor und drehte den Rücken zur Bühne. Dann verschwand sie, noch immer telefonierend, schnellen Schrittes in Richtung Saalausgang.

Jo ahnte, dass etwas nicht in Ordnung war.

Wenige Minuten später kam Constanze zurück. Sie stürmte den schmalen Gang herauf zwischen der regulären Bestuhlung und den Gästen, die es sich auf Barhockern entlang der Außenwand bequem gemacht hatten. Ein paar Leute auf dem Weg zum Tresen rempelte sie unausweichlich an. Constanze griff sich ihre Jacke, die über einen ungenutzten Mikrofonständer gehangen hatte.

Sie gab Jo unmissverständliche Zeichen. Es war etwas passiert! Sie musste weg.

Jo sah abwechselnd Sven und Habbo an und begann, mitten im Stück unentwegt den Schlussakkord zu hämmern. Die Bandkollegen schalteten und der Drummer brachte das Stück mit einem Fill-In zu einem abrupten Schluss.

Jo machte eine Durchsage und bat das Publikum um Verständnis für eine kurze, technisch bedingte Pause.

»Das war Siefkens Frau am Telefon«, rief Constanze ihm außer Atem zu. Der Detektiv stellte die Gitarre in den Ständer und sprang von der Bühne.

»Was will die denn von mir?«, schimpfte er. Verärgert beobachtete Jo, dass sich einige Zuschauer von ihren Plätzen erhoben, offenbar in der Annahme, eine längere Unterbrechung stünde an.

»Sie war völlig hysterisch am Telefon.« Constanzes Gesichtsausdruck ließ keinen Zweifel darüber aufkommen, dass die Situation bitterernst war. »Ihr Mann ist vor zwanzig Minuten aus dem Haus, betrunken und mit einem Steakmesser bewaffnet. Er will Erik Drees umbringen!«

»Ich kann hier jetzt unmöglich weg!«, schoss es aus Jo heraus. »Das is' doch …« Er stockte und dachte nach. »Die muss die Polizei alarmieren!«

»Und was, wenn Siefken unterwegs ausnüchtert und wieder zu Verstand kommt?«, warf Constanze ein. »Seine Kandidatur hätte sich dann erledigt.«

»Aber selbst wenn er zu Fuß unterwegs ist, wenn wir jetzt losfahren, man fährt über 'ne halbe Stunde, da kommen wir nich' mehr rechtzeitig hin. Ich weiß nich' mal, wo der Bürgermeister wohnt«, gab Jo aufgeregt zu bedenken.

»Ich hab die Adresse von ihr«, stieß Constanze hervor. Sie versuchte ein aufmunterndes Lächeln. »Zu den Zugaben bin ich zurück.«

»Wieso überhaupt will der Kerl Drees umbringen? Hat sie das gesagt?«

»Ich hab nich' alles verstehen können. Aber der Drees hat auf jeden Fall was mit der Veröffentlichung der Pornofotos zu tun. Jo, die haben dir nur die halbe Wahrheit erzählt!«

Constanze wandte sich um, aber Jo zog sie zurück und eng an sich heran. Er küsste sie und flüsterte: »Pass auf dich auf!«

Constanze nickte. Ihre Entschlossenheit war ihr selbst unheimlich.

»Behalt mein Handy, falls sich Siefkens Frau noch mal meldet. In gut vierzig Minuten machen wir eine kurze Pause. Dann müsstest du in Leer vor Ort sein. Ich ruf dich dann von Svens Handy aus an.«

Jo küsste Constanze noch einmal. Dann löste sie sich aus seiner Umarmung und preschte aus dem Saal.

Er fühlte sich extrem mies.

8.

Nach der letzten Abbiegung wusste sie, dass sie zu spät kam. Das Bild, das sich ihr beim Blick in die schmale Allee bot, ließ keinen anderen Schluss zu, als dass die Katastrophe in vollem Gange war. Im Schein der Straßenlaternen und pulsierender Blaulichter waberten Constanze Rauchschwaden entgegen.

Sie war zuvor mit teils hundertdreißig Sachen über die kurvigen ostfriesischen Landstraßen gejagt. Nach zwanzig Minuten hatte sie die Ledabrücke passieren können und den Leeraner Stadtrand erreicht. Sie hatte sich gegen den rechnerisch kürzeren Weg durch die Innenstadt entschieden und war die Papenburger Straße weitergebrettert. Bleifuß über den Ring gerast und schließlich von der anderen Seite in die Kernstadt gelangt.

Constanze stellte die Lüftung ab, als der beißende Qualm von brennendem Öl, Gummi und anderen Kunststoffen zu ihr ins Wageninnere kroch. Im Schritttempo steuerte sie den kleinen Hyundai durch die Rauchfahne. Die anfängliche Stille, als sie sich zu nähern begann, und der mit jedem Meter zunehmende Flammenschein waren gespenstisch. Ein über die Straße gespanntes Flatterband beendete ihre Fahrt. Ein Rentnerpaar stand mit den Enkelkindern auf dem Bürgersteig. Jemand filmte mit dem Handy.

Constanze stellte den Wagen in einer privaten Einfahrt ab. Ein akustisches Tohuwabohu lärmte ihr entgegen, als sie das Auto verließ und Drees` Villa entgegenhastete. Als sie über die Absperrung stieg, zerrten zwei halbwüchsige Mädchen der Jugendfeuerwehr an ihr. Constanze blaffte sie an, sie sollen heimgehen und Hausaufgaben machen. Sie riss sich los und erreichte nach fünfzig Metern das Haus des Bürgermeisters. Rechts neben dem protzigen Kasten brannten Carport und Drees` Nobelkarosse lichterloh.

Die Feuerwehr hatte zwei Einsatzfahrzeuge generalstabsmäßig in Position gebracht. Der Diesel des größeren Fahrzeugs dröhnte. Männer und Frauen, behelmt und dick eingepackt in Schutzbekleidung, teils mit Atemgerät, wuselten, hundertfach geübt, von hier nach da. Kommandos wurden gerufen. Durchdringend piepte ein Funkgerät aus dem offenen Führerhaus des anderen Wagens. Ein Schlauch wurde ausgerollt. Der Zumischer angeschlossen. Dann der Löschangriff. Binnen Kurzem stand der Vorgarten des Bürgermeisters zur Hälfte unter Schaum. Dessen Carport begann sich zur Seite zu neigen. Da war nichts mehr zu retten. Die Doppelgarage des Nachbarn war noch nicht aus dem Schneider. Ein Übergreifen der Flammen musste verhindert werden. In seinem Element der über siebzigjährige freie Fotograf, Urgestein der Ostfriesen-Zeitung.

Constanze versuchte, sich im Chaos zu orientieren.

Gegenüber am Straßenrand parkte ein Streifenwagen. Ein Polizist kümmerte sich um die Schaulustigen, die immer zahlreicher eintrafen. Die Mädchen am Absperrband verkackten ihren Job offensichtlich.

Drees' Haustür stand sperrangelweit offen. Sie näherte sich vorsichtig bis auf einige Meter. Niemand war zu sehen. Sie fragte sich, ob der andere Beamte im Haus beim Bürgermeister war. Vor allem jedoch beschäftigte sie die Frage: *Wo war Siefken?*

Unvermittelt hörte Constanze undeutlich eine heisere Stimme.

Rechts von ihr spielte sich der Rummel ab. Darauf konzentrierten sich alle Blicke. Ein Mercedes E-Klasse im Todeskampf, platzende Reifen, knallende Airbags, ein ächzender Carport, dessen finalen Einsturz viele der Zaungäste gut gelaunt herbeiwünschten. Das Getöse der Löscharbeiten.

Die andere Hälfte des durch einen Kiesweg zweigeteilten Vorgartens erschien dagegen still und verlassen. Eine wuchtige Kegelzypresse erhob sich dort, vom Feuerschein fahl beleuchtet. Das diffuse Gartenpanorama verschluckte nach wenigen Metern die stockfinstere Nacht. Auf dieser Seite der Villa brannte kein Licht. In den toten Fenstern reflektierte sich lediglich schwach der Puls des Blaulichts.

Die Stimme, die sie hörte, kam nicht aus dem Hausflur.

Constanze verließ lautlos den Kiesweg.

»Du kommst hierher? Um mich zur Rede zu stellen? Du Würstchen!«

Ein Mann sprach verhalten, aber sehr bestimmt. Sie konnte seine Worte jetzt deutlich verstehen. Constanze hielt den Atem an.

Sie versuchte, sich auszumalen, was sie hinter der Hausecke erwartete.

»Hättest mal besser deine Negerfreunde mitgebracht! Ihr arroganten Gutmenschen seid doch zum Kotzen! Und du, du bist der Oberpenner von allen!«

War das Drees, der sprach?

Constanze machte zwei Schritte zurück. Sie schlich schräg über den Rasen, um hinter dem Nadelgehölz eine bessere Stellung zu beziehen.

»Mein lieber Siefken, die Wahrheit ist, du warst schon immer ein Idiot! Einer, der sich weigert, den Realitäten ins Auge zu sehen!«

Constanze kauerte auf dem Boden, ein Knie im nassen Gras. Sie stützte sich mit den Händen ab und streckte ihren Oberkörper langsam vor.

Ihre Augen hatten sich an das Dunkel gewöhnt. Undeutlich konnte sie drei Gestalten ausmachen.

»Immerhin, deine Tochter hat's zu 'ner süßen Wichsvorlage gebracht!«

Was folgte, waren dumpfe Geräusche von Zerren und Schlagen. Keuchen. Unterdrücktes Wimmern wie aus großer Ferne, dann deutlicher Husten, der nahtlos in ein elendiges Würgen überging.

»Pass doch auf!«, motzte der Sprecher angewidert. »Das Schwein kotzt mir auf die Schuhe!«

Der Mann, den die beiden anderen in der Mangel hatten, erbrach sich. Er schwankte zwischen den Peinigern, hatte den Oberkörper tief vornübergebeugt. Seine Hände schienen auf dem Rücken gefesselt.

Constanzes Herz pumpte hart und schnell.

Hinter ihrem Rücken pöbelten auf dem Bürgersteig zwei betrunkene Gaffer. Der Zorn der Schnapsdrosseln galt einem Rollerfahrer, der mit seinem Fahrzeug das Absperrband umkurvt hatte. Sie hinderten ihn an der Weiterfahrt. Umständlich wendete der Jugendliche das chinesische Plastikgefährt. Für Sekunden traf der magere Lichtkegel des kleinen Scheinwerfers auf das Geschehen vor Constanzes Augen.

Ein fettsäckiger, muskulöser Polizist stand hinter dem restlos erledigten Siefken. Er hatte eine Faust in dessen Hosenbund gekrallt, damit der Politiker nicht zu Boden ging. Mit der anderen Faust schlug er einen Haken links auf die Niere. Siefken quittierte den Schlag stumm, riss den Kopf in den Nacken, um ihn anschließend kraftlos zurück auf die Brust fallen zu lassen.

Der dritte Mann, der gesprochen hatte, war einen Schritt zurückgetreten. Das Gesicht zu einer hässlichen Fratze verzerrt. Constanze erkannte ihn trotzdem. Kein Tag, an dem er nicht in der Zeitung stand. Es war der Bürgermeister.

Siefken würgte wieder etwas vom Whisky hervor, den er intus hatte, und schnappte anschließend pfeifend nach Luft. Er stammelte einige Worte. Constanze konnte nicht verstehen, ob er flehte oder Drees verfluchte. Der Cop griff ihm mit der freien Hand ins Haar und drehte Siefkens Kopf zur Seite. Drees hielt einen kleinen Gegenstand in der Hand. Er zielte damit auf Siefkens Gesicht. Diesmal schrie Siefken auf. Zwei weitere Faustschläge in die Flanke ließen ihn aber erneut verstummen.

Dann brauste der Roller davon, nahm das Licht mit und das Szenario wurde wieder schemenhaft.

»Du hast mir auf die Hand gesprüht!«, schimpfte der Polizist.

Constanze schien ihr Hals wie zugeschnürt.

Sie räusperte sich zweimal. Erst leise, dann lauter.

»Aufhören! Sofort aufhören!«, schrie sie.

Sie sprang auf und schrie weiter: »Aufhören!« Ohne ihre Lautstärke nur ein Phon zu reduzieren: »Sind Sie verrückt? Was machen Sie hier?«

Ihr war klar, jedes Zaudern und Stocken würde verraten, dass sie keinen Plan und im Prinzip die Hosen voll hatte.

Sie ging direkt auf Drees los.

»Das Schwein hat mein Auto angezündet!«, brüllte der Bürgermeister und zielte mit dem Pfefferspray auf die heranstürmende Frau.

Drees hatte am Abend gelernt, dass das Treffen mit dem ballistischen Strahl der kleinen Sprühdose keineswegs kinderleicht war. Er wartete, bis ihm die Angreiferin wirklich bedenklich nah erschien. Dann endlich, im scheinbar letzten Augenblick, betätigte er den Mechanismus der Reizstoffschleuder. Der Wirkstoffstrahl schoss hervor und erstarb im selben Moment. Mit einer Reichweite von weniger als fünfzig Zentimeter verfehlte er die Angreiferin völlig.

Verwundert zielte Drees noch immer mit dem leeren Spray, als Constanze mit beiden Händen nach ihm griff. In einer flüssigen Bewegung aus vollem Lauf holte sie gleichzeitig aus. Mit einem Stoß ihres Knies, nach Leibeskräften zwischen die Beine des Bürgermeisters, hier gab es nichts zu dosieren, streckte sie Drees nieder.

»Sie sind verhaftet!«, brüllte der Polizeibeamte überraschend auf den nun ebenfalls zu Boden gegangenen Siefken ein, dem Rotz und Wasser aus dem Gesicht liefen. Er packte Siefken am Kragen, zog ihn wieder hoch und hinter sich her, weiter ins Licht und in Richtung Straße.

»Lassen Sie den Mann los!«, protestierte Constanze energisch.

»Sind Sie blind? Sie seh'n doch, was hier los is'!«, schnauzte der Beamte sie an und griff zum Funkgerät an seiner Brust. »Habe Verdächtigen festgenommen. Wiederhole. Festnahme Tatverdächtiger im Fall Brandstiftung Drees.«

Constanze zitterte am ganzen Körper. Sie fand nicht mehr den Mut, sich dem Polizisten in den Weg zu stellen. Sie folgte ihm, der jetzt unbeirrt Kurs auf den Streifenwagen hielt. Der andere Beamte hatte sich aus der Menge der Schaulustigen gelöst. Offenbar hatte er bereits Ausschau gehalten. Als er den Kollegen mit dem

Festgenommenen im Schlepptau entdeckte, rannte er ihnen entgegen.

Unter dem Gejohle der Zuschauer brach Drees' Carport zusammen, während die Cops, von der Öffentlichkeit unbemerkt, Siefken in ihr Dienstfahrzeug bugsierten.

*

»Mami hat dich lieb!«

Miriam fühlte nicht mehr viel. Die Schmerzen waren ihr vorausgestorben. Ihr Leib schlaff und taub.

Sie war unbekleidet. Es war kalt, ein paar Grad über null.

»Gibst du den Hörer jetzt zurück an Tante Ola?«

»Kindchen, was ist los?«, krächzte es aus dem Handy. Angst und Besorgnis. Aufrichtigkeit. Doch die Stimme der Polin war so fern.

»Es wird später«, flüsterte Miriam und schluchzte leise.

Als ihr das Telefon aus der Hand zu rutschen begann, fehlte ihr die Kraft. Sie ließ es geschehen.

»Erst ganz ausmachen! Dann zu den Klamotten legen!«, herrschte er sie an. Mit dem Revolver zeigte er auf die große Aluminium-Isoliertasche.

Er zog an ihrem Körper, bis sie ausgestreckt vor ihm lag. Er rollte eine längs gefaltete Möbeldecke aus und legte die Decke über sie. Anschließend schlug er die Abdeckplane, auf der sie zuvor gekauert hatte, von beiden Seiten ein.

Sie weinte lautlos. Zur Gegenwehr nicht imstande.

Er tastete unter der Folie nach der Position ihres Kopfs in dem Paket, presste ihn fest zu Boden und setzte die Waffe auf.

*

Jo hatte in der Pause und unmittelbar im Anschluss an die einzige Zugabe des Abends mit Constanze telefoniert. Es war schlimmer, als er erwartet hatte.

Der Schlagzeuger hatte ihm den Schlüssel für den Daimler zugeworfen, der Bassist hatte zustimmend genickt und der Detektiv hatte alles stehen und liegen lassen. Abbau und Transport des Bandequipments, der Beschallungs- und der Lichtanlage mussten die Freunde diesmal ohne ihn schultern.

Kurz nach Mitternacht erreichte er den schmucklosen, vierstöckigen Backsteinklotz, in dem die Polizeiinspektion Leer/Emden zu Hause war. Constanze wartete auf einer Bank im schleusenartigen Vorraum des Gebäudes. Eine Glasscheibe mit Durchsprechöffnung ermöglichte den Blick in ein dürftig beleuchtetes Büro. Ein Beamter surfte gelangweilt im Internet. Der Mann hatte Jo eingelassen, taxierte den verschwitzten Musiker kurz mit Kennerblick und tauchte wieder ab, halb verborgen hinter einem großen Monitor. Eine klobige Überwachungskamera hing dekorativ unter der Decke.

Mit einem matten Lächeln fielen sich Jo und Constanze wortlos in die Arme. Sie drückte ihn fest an sich und er vergrub sein Gesicht in ihr Haar, das nach Drees` abgebrannter Karosse roch. Sie weinte leise.

»Mennige ist seit zwanzig Minuten bei Siefken. Außerdem ist gerade ein Arzt gekommen«, flüsterte Constanze und rieb sich verstohlen die Tränen von den Wangen.

»Wir gehen mal Luft schnappen!«, rief Jo dem Polizisten zu, der nicht aufsah und nur einen Zeigefinger halbhoch in die Luft reckte, um zu signalisieren, dass er verstanden hatte.

Der Polizeiinspektion gegenüber führte eine Treppe von der Georgstraße hinunter zur Hafenpromenade. Sie befanden sich abseits der Innenstadt und auch an einem Samstagabend war hier kein Mensch zu dieser Zeit mehr unterwegs.

Jos Freundin ließ ihren Tränen freien Lauf. »Ich hab so eine Scheißangst gehabt!«, schluchzte sie.

»Ich hätte dich nicht fahren lassen dürfen«, erwiderte er geknickt.

Sie gingen etwa hundertfünfzig Meter, bis Jo auf einer Bank Platz nahm und Constanze zu sich auf den Schoß zog.

Auf der unbewegten Wasseroberfläche spiegelten sich die Lichter des neuen Stadtteils, den man auf der Hafenhalbinsel Nesse aus dem Boden gestampft hatte. Bis vor wenigen Jahren hatte eine Industriebrache dort an vergangene Zeiten erinnert, an wirtschaftlichen Aufschwung und an Niedergang.

»Ich habe dem Bürgermeister voll in die Eier getreten«, erzählte Constanze noch einmal und musste bei dem Satz nun selbst lachen. Sie hatte Jo die Ereignisse vor Drees' Haus bereits am Telefon geschildert. Nun folgte die Langfassung. Er hörte aufmerksam zu. Constanze fielen immer neue Details ein, dann aber klingelte Jos Handy. Es war Siefkens Anwalt, der die Polizeidienststelle verlassen hatte und vor dem Gebäude auf der Suche nach den beiden jungen Leuten die Straße abschritt.

»… praktisch Rufweite, in maximal einer Minute sind wir da«, beendete Jo das kurze Gespräch mit Mennige.

Constanze war bereits aufgestanden und reichte Jo eine Hand. Sein Gesichtsausdruck war ernst. »Du sollst morgen um elf zur Aussage kommen.«

Sie sah ihn erschrocken an. »Am Sonntag?«

»Da kennen die wohl nix«, antwortete er mitfühlend.

Sie holten Mennige vor dem Revier ab. Von dort waren es bis zum Schöne Aussichten nur ein paar hundert Meter. Der betagte Anwalt hatte trotz der späten Uhrzeit darauf bestanden, dass die notwendige Lagebesprechung keinerlei Aufschub duldete.

Das Hafenlokal im Stil eines verschachtelten Wintergartens war noch immer gut besucht. In einer Ecke fanden sie einen Katzentisch, ohne nächtliches Panorama, an dem sie jedoch ungestört reden konnten.

»Carlo hat absolut dichtgemacht, hat der Polizei gegenüber kein Wort gesagt«, begann Mennige seinen Bericht. »Ich muss ihm morgen früh als Erstes einen in Strafsachen erfahrenen Verteidiger besorgen. Die beiden müssen dann gemeinsam eine Strategie entwickeln. Eine ziemliche Zwickmühle, das Ganze! Bisher lautet der Tatvorwurf lediglich auf Brandstiftung. Er kann schlecht aussagen, dass ihm das vermaledeite Feuer nur dazwischengekommen ist, als er eigentlich im Begriff war, den Bürgermeister mit einem Messer aus der heimischen Küchenschublade abzustechen.«

Mennige machte eine Pause. Die Getränke wurden gebracht.

»Sie haben also schon mit seiner Frau gesprochen?«, fragte Constanze sicherheitshalber nach. »Oder hat Ihnen Siefken das erzählt?«

»Du lieber Gott!« Der alte Herr lächelte. »Das einzige Mal, dass ich heute Abend in Sorge um mein Herz war, das war, als ich meine liebe Not hatte, Solana davon abzubringen, mit dem nächsten Steakmesser aus ihrer Küche die Wache zu stürmen!«

»Was hat Siefken denn nun erzählt?«, bohrte Jo nach.

»Also erst mal, ja. Ich war vorher bei Solana. Ich hab mir alles haarklein erzählen lassen. Anschließend dann bin ich in die Georgstraße.« Mennige dachte nach und rührte dabei Milch und Zucker in den Kaffee.

»Um diese Uhrzeit? Können Sie da noch schlafen?« Constanze deutete auf den großen Becher vor Mennige.

Der Anwalt ignorierte die Zwischenfrage. »Carlo hat bei Drees an der Haustür geklingelt. Das Messer hatte er in der Tasche seines Wintermantels. Die beiden haben gestritten.« Mennige zögerte. »Sie wissen, dass die Schmutzfotos wieder im Internet sind?«

Jo und Constanze schüttelten die Köpfe.

»Drees ist dafür verantwortlich! Die beiden Männer verbindet seit über zwanzig Jahren eine Feindschaft, die weit über das hinausgeht, was unter politischen Mitbewerbern normal ist. Drees war zweimal wegen volksverhetzender Äußerungen vor Gericht. Seine üblichen Ausfälle gegen Juden, Schwarze, Zigeuner. In beiden Fällen war Carlo die treibende Kraft, die dafür gesorgt hat, dass die Auricher Staatsanwaltschaft schließlich gegen Drees zu ermitteln begann. Drees gilt offiziell als vorbestraft. Das ist vielen Menschen gar nicht klar …«

»Aber Philip?«, unterbrach ihn Jo. »Er hat die Fotos gemacht. Zunächst mal rein privat, für den Schuhkarton unterm Bett. Später erst ist er durchgedreht. Wir sind doch davon ausgegangen, dass Philip immer noch im Besitz der Bilder ist und er selber die Dateien online gestellt hat. Darum sind wir …«, Jo stotterte und verbesserte sich, »darum bin ich doch nach Frankreich gefahren!«

Mennige lachte und zwinkerte ihm zu. »Im Januar werde ich achtundsiebzig und muss Ihnen das Internet erklären?«

Constanze versuchte, ihrem Freund beizuspringen. »Wie soll Drees denn in den Besitz von Philips verschwundenem Laptop gekommen sein?« Noch während sie die Frage aussprach, merkte sie, dass sie um zu viele Ecken dachte.

Mennige erklärte: »Irgendwer aus dem braunen Misthaufen des Bürgermeisters ist offenbar in Ausübung seines Hobbys zufällig im Internet auf die Pornobilder von Philip und Marika gestoßen. Er hat die Tochter des verhassten politischen Konkurrenten erkannt. Vermutlich war das also eher jemand aus Ihrer Generation, jemand, der Marika zumindest vom Sehen gekannt haben muss. So ist der Stein ins Rollen gekommen. Beziehungsweise die Bilder zu Drees. Der lässt so eine Gelegenheit natürlich nicht ungenutzt.«

»Wo ist das Messer jetzt?«, stellte Constanze eine wichtige Frage.

»Es kam an der Tür zu einem Handgemenge zwischen Carlo und Drees«, schilderte Mennige weiter, was Siefken ihm zuvor unter vier Augen anvertraut hatte. »Das Messer war da noch immer in der Manteltasche. Drees hat Carlo vor der Haustür die Stufen heruntergestoßen. Carlo ist zu Boden gegangen. War ja auch ziemlich betrunken. Als er wieder auf den Beinen war, hatte Drees plötzlich das Pfefferspray in der Hand. Das Letzte, was er gesehen hat, ist, dass nach einer Verpuffung der Wagen unterm Carport in Flammen stand. Dann hat er eine Ladung Reizstoff ins Gesicht bekommen. Als man ihn nach hinten in den Garten gezerrt hat, hat er das Messer glücklicherweise unbemerkt in ein Beet geworfen.«

»Aber er muss doch Anzeige erstatten!«, entrüstete sich Constanze. »Drees und der Polizist haben weiter auf ihn eingeschlagen und ihn noch mal mit dem Pfefferspray traktiert, als er bereits mit Handschellen auf dem Rücken gefesselt war.«

»Ach!«, stöhnte Mennige. »Die haben ihre Aussagen doch längst abgestimmt.« Seine Stimme war voller Verachtung. »Das Pfefferspray soll Carlo gehören. Der hat versucht, damit den Bürgermeister zu attackieren, hat der Beamte zu Protokoll gegeben. Darum hätte er den Betrunkenen, der aggressiv Widerstand geleistet hat, überwältigen müssen. Als im Zuge der Festnahme das Spray losgegangen sei, habe sich der Angreifer ironischerweise damit selbst geschädigt.«

»Das ist ein Albtraum, dass so was bei uns in Leer möglich ist«, schnaubte Constanze wütend. »Aber er hat doch auch auf mich gezielt!«

»Darüber ist noch gar nicht gesprochen worden«, erwiderte Mennige. »Notwehr vielleicht? Falls das überhaupt untersucht wird, würde das Drees` Fingerabdrücke am Spray plausibel erklären.«

»Und das Feuer?«, meldete Jo sich wieder zu Wort. »Hat Siefken wirklich nichts damit zu tun?«

»Nein! Definitiv nicht«, antwortete der Anwalt.

»Was soll ich denn morgen aussagen?«, fragte Constanze.

»Natürlich darf Carlos` verpatzte Mordabsicht nicht publik werden. Stellt sich also die Frage, wie man seinen späten Besuch beim Bürgermeister glaubhaft begründet. Wenn ich das richtig einschätze, dann wird er außerdem darauf bestehen, dass die Geschichte mit den Fotos weiterhin geheim bleibt. Er kann Dress ja auch nichts beweisen in der Sache.« Mennige stand auf und sah Constanze an. »Warum waren Sie heute Abend im Garten unseres verehrten Freundes? Besser, Sie lassen sich bis morgen was einfallen.«

Constanze schluckte.

»Purer Zufall, dass Conny da vorbeigefahren ist!«, schlug Jo vor.

Mennige verzog skeptisch den Mund. Er beugte sich zu ihnen herab. »Politisch wird Carlo diesen Vorfall nicht überleben. Es kommt jetzt darauf an, erstens zu beweisen, dass es keine Tatbeteiligung an der Brandstiftung gibt, und zweitens, einen Vorwand zu konstruieren, warum er Drees hat zur Rede stellen wollen. Da gab dann ein Wort das andere und bedauerlicherweise ist das wegen seines Suffs eskaliert. Das Pfefferspray und die Übergriffe auf ihn werden wir mit der geballten Faust in der Tasche wohl zu schlucken haben. Auch wenn das schmerzhaft ist.«

Constanze fühlte sich entsetzlich ohnmächtig. »Das ist doch nicht Ihr Ernst?«

Mennige antwortete nicht. »Die Runde übernehme ich«, sagte er nur, verabschiedete sich und schlurfte Richtung Tresen. Sie sahen ihm schweigend nach.

Jo wandte sich wieder der Freundin zu. »Wo genau wohnt Drees?«

»Warum willst du das jetzt wissen?«, antwortete Constanze argwöhnisch. Sie ahnte, was Jo vorhatte.

»Jemand sollte das Messer suchen«, sagte der Detektiv mit einem jungenhaften, aufmunternden Grinsen.

»Scheiße! Ich hab gewusst, dass du das sagst«. Müde lächelte sie zurück.

9.

Die Woche hatte nicht schlecht angefangen. Die Dinge hatten sich rasch positiver entwickelt, als man dies nach Samstagnacht hatte erwarten können. Das Unheil war überraschenderweise aus einer anderen Richtung gekommen.

Den Tortenvorfall im Göttberg-Café hatte Jo bereits ad acta gelegt, als Dretzke Donnerstagmittag mit einer Neuigkeit im Gepäck aufgetaucht war. Mit einer Nachricht, die nicht nur außerordentlich irritierend war, sondern dem Ermittler nach einigen Bieren - er hatte um fünf begonnen, sich zu betrinken - zunehmend schockierend erschien.

Vier Tage zuvor, am Sonntagmorgen um kurz nach neun Uhr, hatte Karl Johann Siefken die Polizeiinspektion in Begleitung eines schneidigen Anwalts verlassen können. Mennige hatte den Oldenburger Juristen in Herrgottsfrühe aus dem Bett geholt und erfolgreich für den brisanten Fall in der 60 Kilometer entfernten Kleinstadt begeistern können.

Um zehn dann hatte Mennige Jo und Constanze angerufen und auf den aktuellen Stand gebracht. Er hatte Constanze aufgefordert, den Termin ihrer Zeugenaussage »krankheitsbedingt« abzusagen.

Am Sonntagnachmittag hatten sich alle Beteiligten in Siefkens Villa getroffen. Sie hatten die unwiderlegbaren Fakten und die Dinge, die ihr Geheimnis bleiben mussten, sauber sortiert und einige Hakenschläge und Ausschmückungen hinzugefügt. Das Ergebnis war eine Sicht auf die Dinge, hinter deren charmanter Plausibilität sich die ganze Wahrheit mühelos verstecken konnte. Außerdem hatten Jo und Constanze bei dem Treffen berichten können, dass sie in der Nacht noch einmal Drees` Garten aufgesucht hatten. Die Suche nach dem belastenden Messer war jedoch erfolglos verlaufen.

Am Montagnachmittag um fünf hatte Jo seine Freundin zum neu vereinbarten Aussagetermin in die Georgstraße begleitet. Dort hatte sich Constanzes größte Sorge als unbegründet herausgestellt. Drees hatte sie offensichtlich nicht angezeigt. Mit keiner Silbe war über ihren formvollendeten Treffer beziehungsweise die bürgermeisterlichen Testikel gesprochen worden. Sie hatte ihre Aussage gemacht und war dem am Vortag festgelegten Drehbuch dabei strikt gefolgt.

Nach über vierzig Stunden permanenter Anspannung war die Erleichterung bei den beiden Detektiven riesengroß gewesen. Beladen mit Wein und Pizza waren Jo und Constanze in ihre Wohnung gegangen, hatten Mennige telefonisch unterrichtet und nach dem Essen in ausgelassener Stimmung miteinander geschlafen.

Drees hatte seine Anhängerschaft am Sonntagmittag via Twitter darüber in Kenntnis gesetzt, dass Carlo Siefken, mutmaßlicher Bürgermeisterkandidat der abgewirtschafteten Systemparteien, die Nacht in Polizeigewahrsam verbracht habe. Natürlich hatte er Siefken für das Abfackeln seines Autos und Carports verantwortlich gemacht. Im Tagesverlauf hatte er noch zwei weitere Tweets abgesetzt mit Anschuldigungen und Beleidigungen. Inhaltlich hatten die jedoch nichts Neues zu bieten gehabt. In der Dienstagsausgabe hatte die Ostfriesen-Zeitung Siefkens Namen immer noch nicht erwähnt und weiterhin lediglich von einem »Beschuldigten« berichtet. Daraufhin hatte sich Drees' geballter Zorn einem neuen Ziel zugewandt, infolgedessen er zwei heftige Angriffe auf die »Kackvögel der Leeraner Schmierfinken-Journaille« getwittert hatte.

Zu diesem Zeitpunkt war Ricky Lüders, den Drees seit jeher als den übelsten Vertreter der Leeraner Journalistenzunft betrachtete, noch gar nicht involviert gewesen. Das änderte sich am Mittwoch, als Lüders am frühen Nachmittag die zentrale Nummer der Leeraner Polizei gewählt und sich hatte verbinden lassen. Sein Anliegen hatte er so erklärt: Aus dem Briefkasten des Sonntags-Gerichts habe er einen absenderlosen Umschlag an die Redaktion gefischt. Inhalt des Kuverts sei ein Bekennerschreiben zum Brandanschlag, das er selbstverständlich zu veröffentlichen gedenke. Fünfzehn Minuten später waren vier Beamte in der kleinen Redaktion aufgeschlagen, um das Beweisstück, das Lüders vorsorglich abfotografiert hatte, fachmännisch sicherzustellen. Lüders, der sich selbstlos dem Berufsethos verpflichtet fühlte, mailte die Bilddatei einer Kollegin der Ostfriesen-Zeitung. So erfuhren deren erstaunte Leser am nächsten Morgen von der Gründung der »Anarchistischen Front Freier Friesen«, kurz »A3F«.

Am Donnerstagmittag dann, mit dem Erscheinen Dretzkes im Göttberg, war der gute Lauf der Woche für Jo beendet gewesen. Der Kommissar hatte nicht viel Zeit gehabt, draußen im Auto hatte ein Kollege gewartet. Doch Dretzke hatte es für angebracht gehalten, den Detektiv von Angesicht zu Angesicht darüber zu unterrichten, dass die Frau, nach der Jo gesucht hatte, die Frau, die dem Lokalheiligen Nikesch Mitte November

Sahnetorte ins Gesicht geschleudert hatte, seit dem Wochenende vermisst wurde.

Inzwischen kannte Dretzke ihren vollständigen Namen: Sie hieß Miriam Brüggensmid. Sie war nach einem mysteriösen nächtlichen Anruf bei ihrer kleinen Tochter verschwunden und allem Anschein nach einem Gewaltverbrechen zum Opfer gefallen. Die Polizeiinspektion Cloppenburg/Vechta hatte den Fall am Vormittag über den Ticker geschickt. Offiziell galt die Angelegenheit noch als Vermisstensache.

*

»Jo?« Sven rüttelte den Detektiv an der Schulter.

Während er übers Treseneck der Bierbude mit einer alten Bekannten kurz geflirtet hatte, war der Freund ungeachtet des inzwischen immensen Gedränges tief in Gedanken versunken.

Sie waren um halb sechs verabredet gewesen und Jo war bereits angeschlagen auf den Weihnachtsmarkt gekommen.

Es war zu mild für Dezember und die Budenbetreiber blieben auf ihrem Glühwein sitzen.

»Du kannst das so lange drehen und wenden, wie du willst. Aber das ist einfach nur ein Zufall! Hörst du?« Mit eindringlicher Stimme griff Sven das Thema wieder auf, obwohl er Jos Spinnerei nicht mehr ernst nehmen konnte. Die letzten dreißig Minuten hatten sie sich nur noch im Kreis gedreht. Er fügte leise an: »Der Nikesch, der bringt doch niemanden um!«

»Dretzke meint, sie werd'n ihn nächste Woche vorlad'n!«

»Jo, das war eine Nutte! Die kann sonst wer abgemurkst haben! Ein Freier, ein Psycho. Die Nuttenmafia. Vielleicht Hells Angels?«

»Wenn's so wär, wie du sachst, dann würd's im Wohnmobil doch Spur'n geben. Gibt's aber nich'. Is' einfach wech. Hat sich am Abend von 'er klein'n Tochter verabschiedet, is' zur Arbeit gegang'n wie immer un' nich' mehr z'rückgekomm'n.«

Jo schraubte sich von seinem Barhocker hoch, beugte sich vor und versuchte, den massigen Bierzapfer, der ihnen bei der Arbeit den Rücken zukehrte, am schmutzig weißen Pullover zu zupfen. Sven zog den Ermittler genervt zurück und winkte mit einem Lächeln eine der beiden jungen Servicekräfte heran.

Jo bestellte mühsam noch zwei Bier.

»Es ist ja nicht mal sicher, dass sie wirklich tot ist«, trug Sven das Argument schon zum dritten Mal vor. Er hoffte, dass Constanze, die zu ihnen stoßen wollte, bald erscheinen würde. Diese Diskussion machte längst keinen Sinn mehr.

»Aba die Babysitt'rin hat doch ausgesacht, dass sie abs'lut zuverlässig war. Die Tochta war ihr Ein und Alles.« Jo krallte eine Faust in Svens Jacke. »Und dann 'er obskure Anruf in 'er Nacht! Da steckt doch nix Gutes hinta!«

Sven wusste nicht mehr, was er noch erwidern konnte. Jo hatte sich völlig verrannt. Der Freund konnte nicht begreifen, wieso sich der Detektiv derart hanebüchen in die Sache hineinsteigerte.

»Das Lovemobil war unverschloss'n«, fuhr Jo mit schwerer Zunge fort. »Das Licht brannt' noch. 's Geld in der Kasse war noch da. 's Auto, mit dem sie gekomm'n war, stan' noch aufm Parkplatz.«

»Man kann da jetzt nur abwarten«, seufzte Sven halb zu Jo, halb in sein Bierglas hinein.

»Teenies verschwind'n und tauch'n Tage später wieda auf. Olle verwirrte Leute auch, aber doch keine allein'ziehend'n Mütter!« Jos Stimme wurde lauter und schrill. »Wenn das meine Schuld is', dass die Frau tot is', dann kann ich nich' einfach abwart'n!« Den letzten Halbsatz schrie er Sven ins Gesicht und sackte anschließend auf dem Hocker zusammen. Die Leute um sie herum starrten.

Als Constanze endlich kam, saßen die Freunde erschöpft und stumm über ihre halb vollen Gläser gebeugt.

Jo hatte sie am Nachmittag, als er noch nüchtern gewesen war, in ihrem Laden angerufen und ihr jedes Wort Dretzkes haarklein berichtet.

Sie war erschrocken, Jo in diesem Zustand anzutreffen. Constanze bestellte einen Glühwein.

»Ich war gerade noch im Göttberg und habe mit meinem Papa gesprochen. Er meint, dass Nikesch was mit dem Verschwinden der Frau zu tun haben könnte, ist totaler Blödsinn. Als er ihn angerufen und ihm erzählt hat, dass sein Detektiv die Werferin der Torte identifiziert hat, da hatte er nicht den Eindruck, dass Nikesch irgendwie auch nur ein bisschen hellhörig geworden wäre. Eher das Gegenteil. Mein Papa wollte ein bisschen Werbung für deine Detektei machen. Vielleicht hätte Nikesch ja was springen lassen für die Info. Aber der hat ihn voll abfahren lassen. Hinterher hat er bereut, den Arsch überhaupt noch mal angerufen zu haben. Sie hatten ihre Differenzen ja schon davor geklärt.«

»Eb'n!«, brüllte Jo. »Aber dein Papa wollt dem groß'n Dichterfürst'n ja zum Abschluss noch ma' so richtich schön in 'en Arsch kriech'n!«

»Okay!«, blaffte Constanze entsetzt zurück, »das war's! Bleib hier sitzen, bis der Besenwagen kommt, und heul weiter rum. Das muss ich mir hier nicht antun!«

»Tut mir leid«, murmelte Jo und versuchte einen Arm um Constanze zu legen, die ihm aber auswich.

»Niemand bringt jemanden wegen eines lächerlichen Tortenwurfs um!«, schrie sie Jo an.

»Geht das auch leiser?«, mischte sich der Zapfer ins Gespräch ein.

»Ich bin schon weg!«, schnaubte Constanze in die Runde.

Sven warf ihr einen Hilfe suchenden Blick zu.

»Was spielst du hier überhaupt für 'ne abgewichste Schrottmusik?«, legte Jo sich nun mit dem Kerl hinterm Tresen an. Das Gedudel mit endloser Glöckchenbimmelei und debil heiterem Geträller ging dem Ermittler inzwischen heftig auf die Nerven.

»Hast dich und deine Freunde gerad' um 'nen Kurzen gebracht«, erwiderte der Saufbudenmann und stellte drei Schnapsgläser zurück aufs Blech neben der Spüle.

»Wir gehen jetzt alle!«, entschied Sven, der sich endlich einen Ruck gegeben hatte, stand entschlossen auf und zog den vehement protestierenden Freund von dessen Hocker.

Sie nahmen Jo in die Mitte und hielten ihn unterwegs mit sanftem Schubsen auf Kurs. Abseits der Weihnachtsbuden hatte sich die Fußgängerzone bereits deutlich geleert.

»Habbo hat in Rhauderfehn vorm Gig wieder was eingeworfen«, schnitt Sven nach einer Weile ein anderes Thema an.

»Du spinnst doch!«, kommentierte Jo abfällig nach langer Bedenkzeit.

»Doch, hab ich auch gesehen, dass der was genommen hat«, bestätigte Constanze jedoch.

Jo hörte auf zuzuhören.

Fünfzehn Minuten später erreichten sie Constanzes Wohnung in der Wörde, wo sich Sven von den Freunden verabschiedete.

Die Spätnachrichten waren bei der Wettervorhersage angelangt, als Jo mit schleppendem Gang in der kleinen Küche auftauchte. Constanze schaltete den Fernseher aus und sah ihrem Freund zu. Wortlos schlurfte er zu der Wasserkiste, die in einer Nische auf dem Boden stand. Er trank aus der Flasche und setzte sich anschließend zu ihr an den Tisch.

»Wieder unter den Lebenden?«, fragte sie ihn.

»Ich weiß selber nich', warum ich so abgegangen bin«, antwortete der Detektiv niedergeschlagen.

Constanze sah Jo mitfühlend an. Er sah immer noch ziemlich fertig aus. Eigentlich wollte sie ins Bett.

»Hätte mir dein Vater nur einen Tag später den Auftrag entzogen, dann wäre ich noch nach Vechta gefahren. Ich hätte schon herausgekriegt, warum sie Nikesch auf der Lesung attackiert hat. Da wären wir jetzt schlauer.«

»Nur weil es eine Verbindung zwischen den beiden gibt, heißt das ja nicht zwangsläufig, dass er es war, der ihr was angetan hat. Und wenn doch, wer sagt denn, dass Nikesch nicht von Anfang an genau wusste, von wem und aus welchem Grund er die Torte verpasst bekommen hat. Der hat da vielleicht alle an der Nase herumgeführt.«

»Was die Ermittlungen der Polizei angeht, sind Nikesch und die Tortenattacke nur eine Richtung unter mehreren«, gab Jo kleinlaut zu.

»Dretzkes Nachricht hat dich halt umgehauen, sodass du dich da reingesteigert hast«, analysierte Constanze. Sie gab dann aber zu bedenken: »Nur ist das noch viel zu früh, um sich auf Nikesch als Verdächtigen fest-zulegen. Es gibt ja noch nicht mal eine Leiche in dem Fall. Und außerdem, noch mal: Auch wenn er's gewesen sein sollte, es trifft dich daran überhaupt keine Schuld!«

»Dretzke hält auch einen Zusammenhang mit den Lovemobil-Brandstiftungen für möglich. Miriam könnte den Typen möglicherweise in die Quere gekommen sein.« Jo wurde immer fitter.

»Ja, wer weiß?« Constanze hatte dagegen Mühe, sich wach zu halten. »Was hast du jetzt vor?«

Jo griente verlegen. »Hast du noch Spaghetti?«

»Detektiv-Treibstoff?« Constanze kicherte. Sie zeigte auf eine der Küchenschubladen.

»Ich mach jetzt Mitternachts-Spaghetti!«, verkündete Jo erstaunlich schwungvoll. Der Magen knurrte ihm heftig. »Ich hab seit dem Frühstück nichts mehr gegessen.«

»Und wie geht's nach den Nudeln weiter?«

»Ich denk noch drüber nach. Ich mein, ich könnt noch einmal mit Ecki King reden. Mal anhören, was der über die Sache denkt«, sagte Jo, stand auf und kramte den größten Topf hervor, den Constanzes Küchenaus-stattung zu bieten hatte.

10.

Wie gelähmt klebte Jo eine Weile im Ledersitz des Camaros.

Die ersten Minuten bereute er, zu King ins Auto gestiegen zu sein. Auf dessen Hinweis, dass sie das Lovemobil nicht wieder blockieren und das Mädchen von der Arbeit abhalten konnten, hatte der Detektiv spontan keine Erwiderung gefunden. Dem Zuhälter eine Spritztour im klapprigen Bandbus vorzuschlagen wäre kaum infrage gekommen.

Jo schielte ins Cockpit des Chevrolets. Die Tachonadel kratzte an 210 und das Instrument reichte noch rauf bis 330. Sie flogen über den nassen Asphalt Richtung Oldenburg.

Jo räusperte sich zweimal, bevor er tonlos hervorpresste: »Bin seit dem Sommer nicht mehr schneller als 120 gefahren.«

»Ohne Scheiß?« King zog die Oberlippe herauf bis an die sich kräuselnde Nase und präsentierte eine Kauleiste, die dem Ermittler keineswegs original erschien.

»Ganz ohne Scheiß«, antwortete Jo etwas fester.

»Soll ich langsamer fahr'n?«, fragte der Zuhälter belustigt.

»Bin bei einer Verfolgungsjagd von der Straße gerempelt worden«, erklärte Jo.

»Alter! Is' doch geil!«

»Nee, eigentlich gar nich'.«

Der Detektiv berichtete in kurzen Sätzen vom furiosen Showdown in seinem letzten Fall. Während er sprach, spürte er, dass die Beklommenheit nachließ.

King forcierte noch einmal das Tempo. 220. 230.

Jo fragte sich, ob der Kauf des wenig spritzigen Citroën Jumpys nicht ein Fehler gewesen sei.

Unerwartet trat der Zuhälter brachial auf die Bremse und nahm im allerletzten Moment die Ausfahrt kurz vor Westerstede.

»Wir besuchen eben 'nen Kumpel. Is' mir zwei Riesen schuldig, der Gute«, kommentierte King trocken, während Jo beim Hineinflug in die lang gezogene Kurve Mühe hatte, dem speckigen Luden nicht auf den Schoß zu rutschen.

An der Querstraße bog King rechts ab. Sie folgten einer von Eichen gesäumten Straße durch das im Dezember trostlose, flache Land. Es war kurz nach vier, der Himmel, schmutzige Pampe, erschien zum Greifen nah und es dämmerte bereits.

»Schlimme Sache, das mit Miriam«, tastete sich Jo an den Grund seines neuerlichen Treffens mit Ecki King heran.

»Wenn wir gleich da sind, dann steigst du aus, lässt die Tür offen stehen und stellst dich gut sichtbar vor 'n Wagen. Aber setz dich ja nich' auf die Motorhaube!«

»Also, hör mal, King …«, versuchte Jo zu protestieren.

Der Zuhälter schnitt ihm das Wort ab. »Bleib mal einfach geschmeidig. Ich brauch dich nur als Zeugen. Damit die Jungs nich' auf so dumme Ideen kommen.«

Jo schluckte seinen Ärger herunter und startete einen zweiten Anlauf, das Gespräch auf den Vermisstenfall zu bringen. »Wer ist eigentlich der Vater von Miriams Kind? Gibt's den noch?«

»Quatsch! Hat's auch nich' gegeben. Also, drei Minuten oder was hat's den natürlich wohl gegeben«, feixte King. »Das war 'n Betriebsunfall von 'er Kleinen. Und abtreiben wollt sie nich'. Die Mädels waren damals beide voll von 'er Rolle, haben sich gegenseitig verrückt gemacht, die beiden. Die eine hatt' nur noch Heiraten im Kopp gehabt und die andere wollt auf mal 'n Balg großziehen.«

Sie erreichten ein winziges Kaff, eine rumpelige Straße mit ein paar Häusern drum herum.

»Ist der Nikesch Miriams Kunde gewesen?«

»Ich hab dir und dem Bullenkumpel neulich schon gesagt, dass ich null Schimmer hab, warum sie diese Tortensache angestellt hat. Stammgast war der Nikesch nich'. Da hätt ich garantiert was von mitbekommen.«

King bog in einen Schotterweg ein. Sie fuhren auf eine frei stehende, ehemals landwirtschaftlich genutzte Scheune zu. Durch das offene Tor im brüchigen Ziegelsteinbau konnte Jo eine Hebebühne erkennen. Zwei mächtige Kerle in Overalls traten heraus, noch bevor der Zuhälter den Wagen auf dem großen Vorplatz abgestellt hatte. Die beiden Männer mochten vom Alter her Vater und Sohn sein. In den Händen hielten sie kiloschwere Schraubenschlüssel, die Jo eher zur Mähdrescherreparatur geeignet erschienen als zum gängigen Inventar einer Schrauberwerkstatt gehörend.

Der Zuhälter ging breitbeinig auf die Männer zu. Sie begannen sofort zu streiten. Aus der Entfernung konnte Jo verstehen, dass die Mechaniker Ratenzahlung verlangten.

Wie vereinbart hatte sich der Detektiv vor dem Camaro in Position gebracht. Unvermittelt drehte sich King um und wies in Jos Richtung, woraufhin die Männer noch hektischer und lauter wurden und ins Plattdeutsche wechselten. Der Ältere verschwand schließlich im Schuppen, kehrte aber eine Minute später zurück und zählte King ein Bündel Scheine vor. Der Jüngere schimpfte ununterbrochen.

King steckte das Geld ein und schlenderte betont lässig zurück zum Wagen. Er nickte Jo zu und zeigte mit dem Finger auf den Chevrolet. »Einsteigen, Abfahrt!«

Mit durchdrehenden Reifen fuhren sie davon.

»Pokerst du wohl mal?«, fragte King und grinste, als sie wieder auf der befestigten Straße waren.

»Äh, nee, leider nich'«, stammelte Jo überrascht. Im selben Moment machte sich das Handy des Detektivs lautstark bemerkbar.

»Geile Gitarre!«, nuschelte der Zuhälter und zündete sich eine Zigarette an.

»Hill Stomp von Robert Belfour!«, erklärte Jo und holte sein Telefon aus der Jackentasche hervor. Er sah aufs Display. Es war Sven.

Am Vormittag hatte Jo mit dem Bassisten gesprochen. Er hatte ihn gebeten, den Versuch zu unternehmen, Irina Zerrs Kontaktdaten aus dem Internet zu fischen. Dabei waren sie davon ausgegangen, dass Irina nach der Heirat den Namen ihres Mannes angenommen hatte. Sie wussten nur, dass sie im Emsland leben und um die dreißig Jahre alt sein musste. Das war wenig. Insofern hatten sie die Erfolgsaussichten eher gering geschätzt. Einen Versuch war es aber wert erschienen.

Jos Computerexperte schilderte umständlich, welche Suchbegriffe er wo, wie und in welchen Kombinationen gegoogelt hatte. Dann kam er endlich zur Sache.

»Ich hab zwei Irinas gefunden, die passen könnten«, informierte Sven den Freund nicht ohne Stolz. »Die eine heißt Irina Busemann und ist im Reit- und Fahrverein aktiv. Sehr hübsch. Die andere, Irina Albers, ist im Karnevalsverein und bei Facebook, eher nich' so hübsch.«

Jo hielt das Telefon ein Stück beiseite und klopfte King gegen die Schulter, der versonnen seine Lulle rauchte. »Weißt du, wie Irina Zerr heute heißt?«

Der Zuhälter dachte einen Augenblick nach. »Nö, keine Ahnung. Hat diesen Idioten geheiratet.«

»Busemann? Albers? Klingelt da was?«, gab Jo noch nicht auf.

King verzog das Gesicht wieder zu einer dämlich aussehenden Grimasse. »Irina Busemann! Doch! Busemann hieß der Blödmann!«, rief er dann, tat einen tiefen Zug an der Zigarette und steuerte den Camaro zurück auf die Autobahn.

Jo sprach wieder ins Handy. »Sven, die Hübsche! Irina Busemann. Das ist die Richtige. Super Arbeit von dir! Schau mal, ob du ihre Telefonnummer herausfinden kannst. Ich meld mich heute Abend. Ist jetzt schlecht zu telefonieren.«

»Die Nummer habe ich längst notiert! Was denkst du wohl? Sag mal, wo steckst du eigentlich?«, fragte Sven, »hört sich an wie im Rennwagen!«

»Ich bin in 'nem Rennwagen!« Jo lachte. »Bis später also.«

Der Detektiv drückte die Auflegentaste.

King blickte ihn neugierig an. »Dein Bullenkumpel?«

Jo schüttelte den Kopf. »Nee, 'n guter Freund«, antwortete er und nahm den roten Faden wieder auf. »Kann es möglich sein, dass Miriam was über die Brandstiftungen gewusst hat?«

Die Gesichtszüge des Zuhälters verfinsterten sich augenblicklich.

»Diese Scheißbrandstiftungen! Die hängen mir sonst wo raus! Habt ihr das noch nich' kapiert?«, brauste King auf.

Sie waren auf dem Rückweg zum Filsumer Pendlerparkplatz. Jo war klar, dass er mit seinen Fragen zu Potte kommen musste. »Ich mein, vielleicht hat Miriam in Vechta einen neuen Anschlag vereitelt und ist dabei mit dem oder den Tätern aneinandergeraten?«

»Das is' doch Müll, is' das!« King trat frustriert aufs Gaspedal.

»Warum reagierst du so allergisch, sobald es um die Brandstiftungen geht?« Jo fand, nach seiner Hilfe beim Geldeintreiben durfte er jetzt durchaus persönlicher werden.

»Halt's Maul mit dem Scheiß!«, schrie der King ihn aber an.

Der Zuhälter senkte die Scheibe der Fahrertür eine Handbreit ab. Das Tosen des Fahrtwinds übertönte augenblicklich alles. Jo wartete und schwieg. King versuchte, durch den offenen Spalt zu aschen, doch riss schon beim ersten Versuch der Wind die Glut vom verbliebenen Zigarettenstummel. Er murmelte etwas Unverständliches und schloss das Fenster wieder.

»Ich war dabei, wie sie die Reste von 'em Jungen aus 'm Camper gekratzt haben«, schnauzte er Jo heftig an. »Der ganze geschmolzene, stinkende Plastikscheiß. Mittendrin die zusammengebrutzelten Reste von 'er Leiche. Schön von kotzen konntse davon!«

Kings Fahrstil nahm nun selbstmörderischen Charakter an.

Bis zur Filsumer Abfahrt waren es nur noch wenige Minuten. Dem Detektiv lief die Zeit davon.

»Es gibt keine heiße Spur zum Verschwinden von Miriam. Aber die Cops gehen fest von einem Gewaltverbrechen aus. Deswegen frage ich halt in alle Richtungen!«

»Deine Theorie, dass sie wem in die Quere gekommen is', die is' Mist«, motzte King. »Die Feuer wurden immer frühmorgens gelegt. Da liegen die Mädels längst im Bett.« Er begann, mit dem Zeigefinger Richtung Jo zu gestikulieren. »Ich hab schon x-mal erklärt, ihr müsst euch die scheinheiligen Arschkrampen zur Brust nehmen!«

»Sorry, aber das halte ich für den totalen Mist!«, gab Jo unwirsch zurück. »Und mit Miriam hat's auch nix zu tun!«

»So, meinst du?«, wetterte King weiter. »Ich bin hier groß geworden, mein Lieber!« Der Zuhälter machte eine Pause. Seine Atmung pfiff leise. »Es gibt nicht mehr viele, die zugeben, mich zu kennen. Die Leute machen 'nen Bogen um mich, verstehste? Aber 'n paar alte Freunde hab ich wohl noch. Und einer, der wohnt nämlich da in 'er Straße, hat zweimal beobachtet, wie Miriam in Filsum zum Pastor is'. So! Kurze Zeit später hört sie dann auf zu arbeiten, weil se schwanger is'. Dafür stehen am Camper plötzlich die oll'n Weiber auf 'er Matte und meinen, sie müss'n dem sündhaften Treiben 'n Krieg erklär'n! Das soll Zufall sein? Das steigert sich dann bis zum Herbst. Der Camper wird beschmiert und schließlich im Frühjahr abgefackelt! Nee! Da siehst du ja keinen Zusammenhang, ja? Das is' alles Mist, ne? Der King is' doch nur 'nen Spinner, ja?«

Einen Augenblick lang empfand der Ermittler ein Triumphgefühl. Er hatte König geknackt, den schweren Jungen zum Reden gebracht. Dann wurde Jo klar, dessen Aussage, das waren alte Kamellen, nutzlos. Mit Miriams Verschwinden hatte das doch alles nichts zu tun.

»Wie lange ist das noch mal her?«, fragte er weiter, obwohl seine Gedanken unaufhaltsam wieder Nikesch zustrebten.

»Dass der Junge umgekommen is'? Nächstes Frühjahr fünf Jahre«, antwortete King. »Die Besuche im Pfarrhaus hat das Mädchen natürlich weit von sich gewiesen.«

Jo stöhnte frustriert. »Aber das hat doch alles nichts mit ihrem Verschwinden zu tun.«

»Hab ich das behauptet, du Spitzendetektiv?« Eckart König schien in seinem Sitz geschrumpft zu sein. »Du bist doch vom Feuer angefangen!«, murmelte er.

Sie fuhren von der Autobahn ab. Eine Minute später erreichten sie den Rastplatz, wo sich Miriams und Irinas Nachfolgerin leicht bekleidet hinter der Windschutzscheibe des Lovemobils präsentierte.

»Und sind die Bullen dem nicht nachgegangen?«, versuchte Jo, das Gespräch noch mal in Gang zu bringen.

»Der Tod von 'em Jungen is' 'n Unglück gewesen. Wissen alle im Dorf. Und die Bullen sehen's nich' an'ers. Meinste echt, die hätt'n da solang jeden Stein umgedreht, bis wer vor Gericht gestanden hätte? Da wär der Junge auch nich' von lebendig geworden! Die Wahrheit is' 'ne Nutte, die jeder kennt, und alle halten die Schnauze.«

Eckart König stieg aus dem Sportwagen. Jo folgte ihm zum Camper.

»Nichts da! Ich trink jetzt 'nen Kaffee und du verpisst dich gefälligst!«, blaffte King den Detektiv an.

Jo stotterte: »Ja, okay. Is' klar.« Er war sich unschlüssig, ob er versuchen sollte, dranzubleiben. Konnte er vom Zuhälter überhaupt noch etwas Hilfreiches erfahren?

»Ich mochte Miriam. War nich' leicht zu durch-schau'n«, sagte King. Er klopfte kräftig ans Wohnmobil. »Aber ganz ehrlich. Ich war heilfroh, als die nich' mehr für mich gearbeitet hat.« Kim öffnete die Tür. Der Zu-hälter drehte sich noch einmal um. »Der Gedanke, dass ihr was zugestoßen ist, lässt mich auch nich' kalt. Aber ich kann dir da nich' weiterhelfen.«

*

Oliver Dretzke betrachtete das Plakat am Eingang des Göttbergs. Er fragte sich, ob es peinlich sei, als geschie-dener Single und auf die fünfzig zugehend, allein zu ei-ner Dessous-Show zu gehen. Er konnte seinen Blick nicht von der dunkelhäutigen Verführerin wenden, die unter ihrem plüschigen, weit geöffneten Weihnachts-mannmantel viel Haut und wenig Unterwäsche präsen-tierte. Die eine Hand in die Hüfte gestemmt, zog sich das Model mit der anderen den Gummiband-Rausche-bart aus dem Gesicht und lachte herzerfrischend über so viel Jux.

Dretzke trat frustriert seine Zigarette aus. Ihm war klar, dass er an Heiligabend wieder in Mulligan's Irish Pub versacken würde.

»So viel zum Thema Weihnachten.« Der Kommissar wandte sich um.

Nachdem er den Privatermittler in dessen Häuschen hinterm Göttberg nicht angetroffen hatte, hatte er keine Lust gehabt, aufs Geratewohl durch die Abteilungen des Modehauses zu stromern. Er hätte Jo einfach anrufen können, stattdessen aber hatte er den Beschluss gefasst, sich die festlich illuminierte Fußgängerzone anzutun. Drüben im Secondhandladen von Jos Freundin wollte er nach dem Detektiv fragen.

Die Wahrheit war, es graute Dretzke vor dem freien Wochenende und seiner trostlosen Etagenwohnung.

Als er das Geschäft kurz nach sechs betrat, ließ sich Constanze von einer Frau mittleren Alters einen Karton voll unterschiedlichster Klamotten zeigen. Er musste warten.

»Ich such deinen Jo«, plauderte Dretzke kumpelhaft los, nachdem die Kundin gegangen war. »Hab gehofft, er und ich, wir könnten vielleicht noch ein, zwei Bier trinken gehen.«

»Ach ja?«, reagierte Constanze schnippisch. »Da hätt sich gestern doch bestens angeboten.«

Dretzke sah sie fragend an.

»Nach deinem Besuch im Göttberg hat er sich den Rest des Tages wegen der verschwundenen Prostituierten volllaufen lassen. War nich' so toll!«

»Und da hab ich konkret was mit zu tun?«, konterte der Kommissar den unerwarteten Vorwurf.

Constanze hatte keine Lust, um den heißen Brei herumzureden. »Wer hat Jo denn auf die bescheuerte Idee gebracht, dass der Nikesch die Frau umgebracht hat?« Ihr Tonfall war messerscharf.

»Moment mal! So habe ich das nie gesagt«, entrüstete sich der Kommissar.

»Is' nicht jeder son dickhäutiger Kripomacker!«, fiel Constanze ihm ungestüm ins Wort.

»Die Spurensicherung hat den ganzen Parkplatz penibel untersucht. Das Wohnmobil wurde in eine Halle gebracht und wird immer noch untersucht. Das Umfeld der Frau wird durchleuchtet, ihre Kunden, Freunde, Familie. Da läuft das volle Programm. Der Nikesch ist ein Puzzleteil von vielen. Nicht weniger und nicht mehr! Da gibt es eine Verbindung und man wird Nikesch in den nächsten Tagen dazu befragen. Nichts anderes habe ich Jo erklärt.«

»Nur hat er das so nicht verstanden!«, stellte Constanze wütend fest. »Er ermittelt jetzt auf eigene Faust, weil ihm der Gedanke keine Ruh' lässt, ob er dem Nikesch indirekt bei einem Verbrechen geholfen hat!«

»So ein blöder Schwachsinn!«, schimpfte Dretzke. »Der Nikesch hat da nichts mit zu tun!« Er zog sein Telefon aus der Jackentasche. »Genau deswegen wollte ich ja heute Abend noch mal mit ihm sprechen. Um ihm zu sagen, dass er bloß nicht anfangen soll, Leute zu befragen. Schon gar nicht den Nikesch! Er soll die Profis ihre Arbeit machen lassen!«

Dretzke hielt sich das Handy ans Ohr. »Geht nich' ran.«

»Jo wollte am Nachmittag zu diesem Zuhälter«, merkte Constanze an.

»Ecki King?«

»Ja, den.«

Der Kommissar grinste. »Ob Jo den Ecki King befragt oder auf der Meyer Werft fällt 'ne Schraube runter. Der weiß doch nix. Aber er soll um Himmels willen bloß die Finger vom Nikesch lassen! Sonst haben wir alle bald eine Verleumdungsklage am Hals!«

»Werd's ihm ausrichten«, sagte Constanze, durchquerte den kleinen Laden und hielt Dretzke die Tür auf. »Ich muss jetzt Kasse machen.«

»Ist das ein Rauswurf?«, fragte er, setzte sich gleichzeitig aber bereitwillig in Bewegung.

»War ein langer Tag und morgen wird's auch nicht ohne sein«, antwortete die hübsche Freundin des Detektivs.

Dretzke lächelte sie beim Hinausgehen an. Etwas zu lang, wie sie fand. Er gab ihr umständlich seine Visitenkarte.

Sie schloss hinter ihm ab.

Komischer Typ, dachte Constanze, als sie dem Kommissar nachsah.

Im Gehen zündete er sich eine Zigarette an, richtete mit beiden Händen den aufgestellten Kunstpelzkragen seines Lederblousons und verschwand schließlich schräg gegenüber im Getümmel vor dem Göttberg. Das große Modehaus hatte noch fast zwei Stunden geöffnet.

Aus dem Augenwinkel nahm Constanze einen schwachen Kamerablitz wahr. Sie schwenkte ihren Blick. Auf der anderen Seite der Fußgängerzone hantierte ein junger Mann mit seinem Handy. Er war allein. Er schien auf jemanden zu warten. Sie maß dem keine Bedeutung bei.

*

Auf dem Rückweg hatte Jo das Gespräch mit dem Zuhälter Revue passieren lassen. Kings alte Geschichten warfen einige Fragen auf. Man konnte das schwerlich abstreiten. Sie waren nicht unspannend. Vor allem aber waren sie eines: Sie waren fünf Jahre alt. Uralt.

Jo beschloss, nicht mehr ins Büro zu fahren. Er wollte in seine Wohnung, duschen und von dort aus Irina Busemann anrufen. Noch immer nagte ein diffuses Unbehagen an dem Detektiv. Würde sich Miriams ehemalige Kollegin wie der Zuhälter als Sackgasse entpuppen, konnte er zu Hause immerhin zur Gitarre greifen und so auf andere Gedanken kommen. In der Musik konnte sich Jo problemlos für mehrere Stunden verlieren. Alkohol war schließlich auch keine Lösung.

Gegen neun, so der Plan, wollte er sich dann auf den Weg machen, um die Nacht bei Constanze zu verbringen.

Die Dusche hatte den Detektiv erfrischt.

Er öffnete auf dem Handy Svens Nachricht vom Nachmittag und wählte mit dem stationären Telefon in der anderen Hand Irinas Nummer. Der Ermittler musste es lange klingeln lassen. Ein Mann nahm ab und meldete sich verhalten, ohne dabei seinen Namen zu nennen.

Jo stellte sich vor und fragte nach Irina.

Der Mann wirkte unsicher. Er schien nicht verstanden zu haben oder wollte nicht verstehen. »Wer ist da?«, quäkte er.

»Mein Name ist Jonas Buskohl«, wiederholte der Detektiv. »Ich arbeite in Leer als privater Ermittler. Sie sind Herr Busemann, richtig? Ich möchte Ihrer Frau gern ein paar Fragen stellen. Es dauert nicht lang.«

Keine Antwort.

Es knackte in der Leitung. Jo konnte im Hintergrund Getuschel erkennen. *Sie ist bei ihm!* Er hielt den Atem an, presste das Telefon fest ans Ohr und versuchte zu lauschen. Schmerzhaft malträtierte jedoch plötzlich eine monofone Warteschleifenmelodie das Ohr des Musikers.

Jo hielt geduldig aus. Nach einer Weile knackte es erneut in der Leitung.

Jetzt war Irina dran. »Was wollen Sie?«

»Ich würd gern über Miriam sprechen«, sagte Jo.

Irina schwieg.

»Miriam ist verschwunden«, ergänzte Jo.

»Ich weiß«, antwortete Irina leise.

»Sie und Miriam, Sie hatten also noch Kontakt zu-einander?«

»Ist sie tot?«

Jo zögerte. »Ich weiß nur, dass sie verschwunden ist.«

»Emma ist mein Patenkind.« Sie begann zu weinen.

»Ist das Kind jetzt bei Ihnen?«

»Nein. Nicht. Wir …«

Wieder knackte es in der Leitung. Diesmal war die Verbindung anschließend tot. Jo wählte die Nummer der Busemanns noch zweimal und wartete beide Male bis zur automatischen Trennung.

Es nahm niemand mehr ab.

11.

Drogen? Hatten Constanze und Sven tatsächlich recht? Nahm Habbo wirklich Drogen? Wieso war *ihm* das nicht aufgefallen? Jo betrachtete den Schlagzeuger argwöhnisch. Für Sonnabendmorgen, halb neun, sah er ganz schön mitgenommen aus.

Der Detektiv versuchte sich zu erinnern, was die Freunde zwei Abende zuvor zum Thema Habbo und Einwurf von Stimulanzien erzählt hatten. Leider hatte er ab dem Aufenthalt an der Bierbude ein paar Lücken, was diesen Tag anging.

»Du, du sagst ja gar nichts!«, stotterte Habbo und glotzte seinerseits Jo unverwandt mit einem traurigen Hundeblick an.

Jo versuchte, irgendeine Auffälligkeit in Habbos Augen zu erkennen. *Erweiterte Pupillen? Starre Pupillen? Winzige Pupillen?* Der Detektiv hatte keine Ahnung, worauf in solchen Fällen zu achten war. Habbo roch nach Alkohol. Das war am Wochenende nicht außergewöhnlich.

»Ich hör auf mit der Band«, wiederholte Habbo matt. »Ich war vorhin schon bei dir zu Hause«, stammelte er. »Als du nich' aufgemacht hast, fiel mir ein, dass du vielleicht hier bist. Hab Sven angerufen, weil ich nich' wusste, wo Constanze wohnt.« Er machte eine Pause, als erwartete er ein Lob. »Können wir nich' reingehen?«, schlug er vor.

»Nein, können wir nicht!«, pampte Jo den Schlagzeuger unmissverständlich an.

Jo war stocksauer. Nach dem Frühstück waren Constanze und er im Badezimmer in eine spontane erotische Fummelei mit offenem Ausgang geraten. Habbo hatte sie unterbrochen, hatte begonnen, unten am Haus für einen Trommler erstaunlich unkoordiniert Sturm zu klingeln. Ein ganz schlechtes Timing.

»Wir müssen beide los zur Arbeit«, schob der Detektiv patzig eine Begründung hinterher. Jo war nicht nur wegen des mutmaßlich entgangenen Quickies geladen. Habbos regelmäßige Anwandlungen hatten im Laufe des Jahres zweifelsohne an Intensität zugenommen.

»Du musst heute arbeiten?«, fragte der Schlagzeuger träge.

»Ja, weil es immer noch ein paar Blödmänner gibt«, schnauzte Jo, »die ihren Scheiß partout nicht online bestellen wollen, sondern zwei Wochen vor Weihnachten in echte Geschäfte mit echten Menschen gehen.«

»Ja, schon gut. Hab's kapiert!« Habbo trat einen Schritt vom Bürgersteig zurück auf das holprige Kopfsteinpflaster der Straße.

Jo fühlte sich mies, hin- und hergerissen. Es war nicht zu übersehen, dass Habbo dringend Unterstützung brauchte. In letzter Zeit jedoch war nahezu jedes Aufeinandertreffen anstrengend gewesen. Habbo war kein übler Typ, doch ließ sich der Drummer hängen und die Band litt darunter.

»Oh Mann, Habbo! Meinst du wirklich, das hier ist der richtige Ort und Zeitpunkt, um deinen Ausstieg aus der Band zu diskutieren? Das meinst du doch auch gar nicht ernst!«

»Doch, sicher ist das ernst! Ich muss endlich was ändern!«

Der Detektiv drehte den Kopf in beide Richtungen des Gehwegs. Es war niemand in der Nähe. Dann fragte er: »Nimmst du eigentlich Drogen?«

Habbos Körperhaltung versteifte sich augenblicklich.

Constanze kam die Treppe herunter und unterbrach die Männer. Sie zwängte sich an Jo vorbei durch die Haustür und ließ sich keinerlei Verärgerung anmerken. Katzenfreundlich begrüßte sie den Schlagzeuger, um ihn gleich darauf äußerst kritisch zu taxieren.

»Ich geh dann schon mal los«, sagte Constanze, warf ihrem Partner einen vielsagenden Blick zu und reichte ihm die Wohnungsschlüssel.

»Ich komm heute Mittag zu dir rüber«, antwortete Jo und beugte sich vor, um sie zu umarmen.

Die Männer sahen Constanze nach, bis sie außer Hörweite war.

»Scheiße! Wie kommst du darauf, dass ich Drogen nehme! Hast du voll den Knall, oder was?«, fauchte Habbo.

Jo ahnte, einen Fehler gemacht zu haben. »Das haben Leute beobachtet, dass du dir heimlich was einschmeißt«, begründete er zaghaft den gewagten Vorstoß.

»Was? Meinst du diese hier?« Habbo zog wütend den Reißverschluss seiner Jacke auf, holte eine Medikamentenpackung hervor und hielt Jo die mittelgroße Schachtel vor die Nase.

»Johanniskraut?«, las Jo laut vor.

»Das ist was Pflanzliches zur Beruhigung der Nerven!«, schimpfte der Drummer.

»Ich weiß, was Johanniskraut ist«, sprach Jo stockend.

»Die hat Marlies mir eines Morgens neben's Frühstücksbrettchen gelegt. Den Kindern eine Multivitamintablette und mir eine Kapsel Johanniskraut. Zum Abendbrot dasselbe. Den Kindern abends was Homöopathisches und ich die Johanniskraut. Vier Wochen später hat sie mir zwei Taschen gepackt gehabt und hat mich rausgeworfen.« Habbo steckte die Packung wieder ein. »Das Zeug braucht nämlich genau vier Wochen, bis es im Körper wirkt. Verstehst du?«

Jo sah Habbo mitleidsvoll an. »Und du nimmst das trotzdem weiter?«

»Weiß auch nich'. Is', glaub ich, ganz ordentlich, das Zeug.«

»Was ist mit dem Gig im Kulturspeicher an Heiligabend-Vormittag? Müssen wir den jetzt absagen?«

Habbo zögerte und dachte nach. »Nee, den Auftritt kann ich wohl noch machen. So abschiedskonzertmäßig. Oder? Oder nich'? Was meinst du denn?«

»Ich glaub, ich lass besser noch mal 'nen Kaffee durchlaufen und geh etwas später zur Arbeit«, antwortete Jo. Er trat beiseite und hielt dem Trommler die Tür auf.

*

Der Gottesdienst war geschätzt zur Hälfte um, als Jo und Constanze die wenigen Stufen von der Filsumer Ortsdurchfahrt zum höher gelegenen Friedhof hinaufstiegen. Sie umrundeten das lang gestreckte, turmlose Gebäude, bis sie unentschlossen vor der Kirchentür haltmachten.

Es war am Wochenende frostig geworden und Constanze wünschte sich zurück in ihr warmes Bett.

»Wir sind zu früh«, sagte Jo.

»Wir sind zu spät«, entgegnete Constanze spitzzüngig.

Eigentlich hatten die beiden ausschlafen wollen.

»Ich geh da jetzt rein!«, sagte sie.

Jo war gegen halb neun aufgewacht und hatte nicht verhindern können, dass ihm das Gespräch mit Ecki King noch einmal Wort für Wort durch den Kopf gegangen war. Er hatte sich an Constanze geschmiegt, sich in seiner Betthälfte herumgewälzt, hatte zehn Minuten lang versucht, regungslos die Decke anzustarren. *Was gingen ihn Kings alberne Anschuldigungen an?* Doch in seinem Kopf hatte es gerattert und gerattert und irgendwann war an Schlaf nicht mehr zu denken gewesen.

»Das sieht voll blöd aus, mitten in den Gottesdienst zu platzen«, maulte Jo, obwohl er zu dünn angezogen war und die Kälte ihm ebenfalls zusetzte.

»Mir egal. War deine Idee, spontan herzufahren. Du kannst ja hier warten und dir einen abfrieren!« Constanze öffnete die schwere, knarzende Eichentür und Jo folgte ihr widerwillig.

Die Kirche war etwa zu einem Drittel gefüllt. Sie setzten sich geräuschlos in die letzte Reihe. Eine ältere Dame auf der anderen Seite des Mittelgangs funkelte sie trotzdem böse an.

Hero Visser warf die fusselige Strickmütze, die er für den kurzen Weg über den kahlen Kopf gestülpt hatte, auf den Schreibtisch. Es war schon etwas her, dass er das Pfarrbüro aufgeräumt hatte. Der Pastor strich sich mit der Hand durch den grauen Vollbart. Dann befreite er zwei Besucherstühle von Stapeln mit dicken Büchern und gab ihnen Zeichen, dort Platz zu nehmen. Er bat

sie zu warten und ging noch einmal hinaus, um sich um-
zuziehen.

»Der is' ja locker«, flüsterte Constanze.

Ihr überfallartiger Auftritt im Anschluss an den
Gottesdienst war dreist gewesen. Als Jo den Geistlichen
mit der imposanten Statur vor der Kirche angesprochen
hatte, hatte der jedoch zum Erstaunen der Ermittler geradezu begeistert reagiert. Sie seien die ersten Pri-
vatschnüffler, die er kennenlerne, hatte er euphorisch
kundgetan, gelacht und Jo und Constanze, ohne zu zögern, ins Pfarrhaus eingeladen.

Visser kehrte nach einigen Minuten in zivilem Ge-
wand zurück. Beschwingt betrat er das Büro und begann umgehend, seiner alten Leidenschaft für amerikanische TV-Krimis glückselig freien Lauf zu lassen.
Rockford. Quincy. Magnum. Jo und Constanze hatten
Mühe, dem Mann Gottes zu folgen.

»Magnum, das war unser Ding!«, verkündete Visser
enthusiastisch. »Private Investigator! Das klingt für mich
noch immer verheißungsvoll nach Spannung, Action,
Abenteuer. Schnellen Autos. Und nach Hawaii natürlich. Wirklich, ich beneide Sie beide!« Der Pastor war
nicht aufzuhalten. »Endlos haben wir jeden Mittwoch
im Schulbus die Dialoge vom Vorabend zitiert: ›Higgins!
Jungs! Oh mein Gott!‹«

Jo und Constanze wussten nicht recht, was sie sagen
sollten. Beide kannten die alten Serien nur vom Um-
schalten. Außerdem war Jo erst ein Dreivierteljahr im
Ermittlergeschäft tätig. Nicht unbedingt der Typ Profi,
wie Visser ihn im Sinn hatte.

»Pastor ist doch auch nich' übel«, antwortete der
Detektiv schließlich.

»Also, eigentlich ist nur er der Schnüffler.« Constanze zeigte auf Jo und lächelte ihm schwärmerisch zu.

»Sie haben in Ihrer Aufzählung die attraktiven Ladys vergessen«, witzelte Jo und erwiderte wie von selbst das Lächeln seiner Freundin. »Wir arbeiten schon häufig auch im Team«, ergänzte er und wollte eigentlich noch einen Kommentar zu Ostfriesland und Hawaii anfügen.

Plötzlich aber übermannte Jo für einen Augenblick die Vorstellung, Constanze und er säßen hier vor dem Pfarrer, um über ihre bevorstehende Trauung zu sprechen. Einher ging dieser Gedanke mit einer außerordentlich intensiven Gefühlswallung, woraufhin der Detektiv verständlicherweise stockte.

»Alles klar bei dir?«, fragte Constanze.

Jo schüttelte den Gedanken wieder ab.

»Womit kann ich euch denn nun helfen?« Visser war endlich so weit. Er wollte den Grund erfahren, warum die Privatdetektive ihn aufgesucht hatten.

Kings Aussage, Miriam sei beim Filsumer Pastor ein und aus gegangen, war delikat, zumal die damalige Schwangerschaft der Prostituierten dem Sachverhalt eine extrapikante Note verlieh. Jo hielt es für das Klügste, Visser nicht gleich zu Beginn mit einer derart heiklen Frage zu konfrontieren.

»Wir untersuchen die Feuer auf dem Pendlerparkplatz an der Bundesstraße nach Cloppenburg«, begann der Detektiv ihren Besuch im Pfarrhaus plausibel zu begründen. »Sie wissen wahrscheinlich, dass es dort ein Wohnmobil gibt, in dem sexuelle Dienstleistungen angeboten werden. Dieses sogenannte Lovemobil ist zweimal Ziel eines Brandanschlags geworden. Das erste Mal im Frühjahr 2012 und dann noch einmal im Herbst 2014.«

Visser hörte hinter seinem Schreibtisch aufmerksam zu.

Constanze setzte Jos Schilderung fort. »Bei dem ersten Feuer, 2012, ist ein junger Mann hier aus dem Ort umgekommen. Nach allem, was uns bekannt ist, ein tragisches Unglück, weil die oder der Brandstifter nicht ahnen konnten, dass der junge Mann im Wohnmobil …«

»Ronny Cayart«, unterbrach sie der Pastor. »Ronny war Konfirmand unserer Gemeinde. Ist dann aber zur Konfirmation nicht mehr erschienen. Die Familie kam ursprünglich aus Brandenburg. Hugenottennachfahren, wie Sie am Namen erkennen können.«

Constanze brachte ihren Satz zu Ende: »… weil niemand davon wusste, dass der Jugendliche, also Ronny Cayart, nachts in dem Wohnmobil schlief.«

»Kommt es häufiger vor, dass jemand seine Konfirmation verpasst?«, ergriff Jo erneut das Wort.

Hero Vissers Mienenspiel wurde zunehmend ernster. »Daran war das Jugendamt schuld. Eine sogenannte Inobhutnahme.«

Es klopfte.

Ein etwa fünfzehnjähriges stilles Mädchen brachte auf einem Tablett Tee und Kekse. Visser murmelte, dass das Mädchen die jüngste seiner drei Töchter sei. Es gestaltete sich schwierig, zwischen dem Chaos auf dem Schreibtisch ausreichend Platz zu schaffen, um den Tee zu servieren. Jo und Constanze halfen dem Mädchen. Visser schien in Gedanken verloren.

»Das war Unsinn, was ich gerade gesagt habe. Streichen Sie das bitte aus Ihrem Gedächtnis«, nahm der Pastor den Faden nach der Unterbrechung wieder auf. »Ronny wurde von seinen Eltern misshandelt. Natürlich war es richtig, dass man ihn in eine Jugendhilfe-Einrichtung gebracht hat. Scheiß auf die Konfirmation in so einem Fall.«

Jo und Constanze sahen sich betreten an.

»Das war zwei Wochen vor Rogate«, fuhr der Pastor fort. »Meine Frau und ich haben noch versucht, über das Jugendamt Kontakt zu bekommen. Wir hätten ihn abholen und er hätte den Tag mit uns feiern können. Meine Älteste, Judith, und Ronny waren immerhin seit der Grundschule befreundet. Doch man gab uns deutlich zu verstehen, der Junge wolle das ums Verrecken nicht.« Visser zuckte mit den Achseln. »Wir waren fassungslos, als er keine zwei Jahre später plötzlich wieder bei seinen Eltern lebte.«

»Hat er vielleicht deswegen im Lovemobil geschlafen? Weil er …«

Constanze fiel Jo ins Wort: »… weil er sogar als junger Erwachsener immer noch zu Hause geschlagen wurde?«

»Ich kann das mit letzter Sicherheit nicht behaupten. Möglich wäre es. Ich selber habe Ronny nach dem Konfirmandenunterricht nie wieder zu Gesicht bekommen. Judith dagegen war viel mit ihm unterwegs. Sie gingen zusammen in Leer aufs Gymnasium. Und abends … Sie trieben sich herum.«

»Dann wird Ihre Tochter doch was erzählt haben!«, warf Constanze ein.

»Die beiden waren in einem komplizierten Alter. Es fehlte ihnen an Orientierung. Leider auch unserer Judith.« Visser hatte die erste Tasse Tee heiß hinuntergestürzt und schenkte sich bereits nach. Er sah Constanze an. »Haben Sie Ihren Eltern immer nur Freude bereitet?«

Jo konnte sich ein Grinsen nicht verkneifen.

»Der Junge war jedenfalls kein guter Umgang für Judith«, grummelte der Pastor, stand auf und griff nach einem gerahmten Bild, das zwischen anderen Fotos und Gedöns im Bücherregal gestanden hatte.

Er gab Constanze das Gruppenfoto, auf dem der Pastor, umgeben von einer Traube fröhlicher Teenager, wie ein Riese wirkte.

»Konfirmandenfreizeit«, erläuterte Visser. »Hinten rechts, die beiden, die älter aussehen als die anderen. Das sind Ronny und Judith.«

Constanze betrachte das Bild eine Weile und reichte es anschließend Jo, dem Visser es aber gleich wieder abnahm.

Er stellte das Foto zurück ins Regal. »Wir sollten das Thema wechseln!«

Damit war Constanze nicht einverstanden. »Was heißt denn das konkret? Er war kein guter Umgang?« Ihr Tonfall war scharf und bohrend.

Jo sah Visser an. Er schätzte, *Magnum hin, Magnum her*, der Pastor bereute inzwischen, sie vor der Kirchentür nicht abgewimmelt zu haben.

»Ronny war regelmäßig betrunken«, antwortete Visser erkennbar verdrossen. »Laut unserer Judith hat er ausnahmslos jeden Tag Hasch geraucht.« Er wusste nicht, ob er weitersprechen sollte. Eine unangenehme Sache: »Beide wären fast von der Schule geflogen!«

Jo wurde ungeduldig. Der Detektiv hatte das Gefühl, sie schweiften ab. Die zweifelsohne verstörende Geschichte des Jungen brachte sie nicht voran. Vissers Probleme als Erziehungsberechtigter noch viel weniger. Es war an der Zeit, über Miriam zu sprechen.

Energisch beendete er das Zwiegespräch zwischen seiner Freundin und dem Pastor. »Ja, Themenwechsel ist doch prima!«

Constanze nickte und Jo brachte Kings Vorwurf zur Sprache: »Es gibt Leute, die sind der Überzeugung, dass die Lovemobil-Brandstifter unter Ihren Kirchgängern zu finden sind. Mehr noch. Nämlich, dass hier im Ort einer feindlichen Stimmung der Boden bereitet wurde, was sich offenbar verselbstständigte und am Ende völlig eskalierte.«

Visser sah den Detektiv einen Moment lang verdattert an. Dann grinste der Pastor gequält. »Entschuldigung«, sagte er, »was passiert ist, ist viel zu ernst, um ins Lächerliche gezogen zu werden.« Seine Stimme wurde zunehmend gallig. »Aber wenn ich mir vorstelle, wie meine Schäfchen sich auf den Weg machen, um dem Treiben an der Schnellstraße ein Ende zu bereiten. So ein karpatenmäßiger Umzug mit Forken und Fackeln rauf zum Schloss … köstlich! Ja, überaus köstlich, die Vorstellung!« Abrupt änderten sich nun die Gesichtszüge des Pastors und er starrte Jo und Constanze mit Verachtung im Blick an. Barsch wies er sie zurecht: »Diese Verdächtigung ist absurd!«

Sie hatten den Bogen überspannt.

»Und dann ist diese angeblich feindliche Stimmung also gleich zweimal eskaliert, oder was? Wieso überhaupt kommen Sie erst jetzt damit? Zwei Jahre nach dem letzten Feuer?« Visser stand auf und begann hektisch ihre Teetassen zurück aufs Tablett zu setzen.

»Hat die Polizei mal in diese Richtung ermittelt?«, fragte Constanze.

»Nein! Weil die Annahme, die Filsumer hätten was mit den Feuern zu tun, einfach verrückt ist!«, polterte der Pastor. »Wir reden hier von überwiegend alten Menschen, denen die müden Knochen wehtun. Die zünden keine Wohnmobile an!«

»Na ja, ein paar junge Wilde sind sicher auch dabei?«, wandte Jo ein.

»Ein paar junge Wilde«, äffte ihn der Pastor übertrieben nach, »sind sicher auch mal Kunden bei den Damen dort! Auch in Filsum leben wir im 21. Jahrhundert.

Das Gespräch ist beendet!« Visser wies zur Tür. »Sie gehen jetzt!«

»Sagt Ihnen der Name Miriam Brüggensmid etwas?« Auch Jo hielt es nun nicht mehr auf seinem Stuhl.

»Wer soll das sein?« Visser kam um den Schreibtisch herum und baute sich in voller Größe vor dem Detektiv auf.

Der ist von Berufs wegen gegen Gewalt und blufft nur, dachte sich Jo und führte darum unumwunden aus: »Miriam Brüggensmid hat im Lovemobil gearbeitet. Ist dann aber schwanger geworden. Sie soll hier im Pfarrhaus regelmäßig zu Gast gewesen sein. Sie können mir doch sicherlich sagen, was die Frau hier gewollt hat.«

Vissers Gesicht wurde dunkelrot. »Diesen Namen habe ich noch nie zuvor gehört!«, schnauzte er den Detektiv an. Visser versuchte, Jo mithilfe des massigen Pastorenkörpers Richtung Ausgang zu bugsieren.

»Miriam Brüggensmid hat vor drei Wochen bei einer Lesung dem Autor J. W. Nikesch …«

Der Hausherr hatte endgültig genug. Grob packte er Jo mit seiner fleischigen Pranke am Kragen.

Constanze eilte voraus. Rückzug war angesagt. Sie riss die Tür zum Flur auf. Erschrocken richtete sich dahinter eine mittelgroße, hagere Frau auf. Jo hatte derweil keineswegs die Absicht, sich widerstandslos hinauswerfen zu lassen. Mit aller Kraft stemmte sich der Ermittler der Dampfwalze Visser entgegen. Der Pastor schob und fluchte auf Plattdeutsch. Constanze sprang die paar Schritte zurück ins Zimmer. Sie schnappte ihren Freund am Ärmel. Sie versuchte, ihn rückwärts Richtung Tür zu ziehen. *Deeskalation,* ging ihr durch den Kopf.

Jo wurde nun ebenfalls laut: »Eine schwangere Prostituierte im Pfarrhaus!«, krakeelte er aufgebracht. »Daran müssen Sie sich doch erinnern können!« Er schlug den Arm des Pastors zur Seite.

»Ich kenne die Dame nicht!«, blökte Visser aus Leibeskräften. »Raus aus meinem Haus! Sofort!« Erneut versuchte er, Jo zu packen. Diesmal wich der Detektiv geschickt aus.

»Wir würden gern noch mit Ihrer Tochter Judith sprechen«, schrie Jo.

Der Mann Gottes donnerte, dass die Bücherregale zu wackeln schienen: »Meine Tochter ist für Sie nicht zu sprechen!«

Nun stürmte auch seine Ehefrau hinzu. »Gehen Sie doch endlich! Gehen Sie! Jetzt gleich!«, keifte sie die Detektive an.

Gemeinsam zerrten die Frauen Jo, der seinen Widerstand endlich aufgab, durch den Korridor bis hinaus vor die Tür. Trotz des turbulenten Abgangs entging dem Ermittler nicht, dass sich der Duft eines Sonntagsbratens breitmachte. Ein Sonntagsbraten wie aus seiner Kindheit.

Visser war ihnen nicht gefolgt. Jo startete vorm Haus einen letzten Versuch. »Könnten wir Ihrer Tochter nicht doch ein oder zwei Fragen stellen? Es wäre wirklich wichtig.«

Vissers Frau blaffte ihn mit wutverzerrtem Gesicht an: »Judith lebt jetzt in Australien! Gehen Sie endlich! Sie ekelhafter Mensch!«

Constanze schaltete. Mit salbungsvoller Stimme stellte sie fest: »Oje, das muss aber schwer für eine Mutter sein. Australien ist so weit weg. Und gerade jetzt, wo das Weihnachtsfest kurz vor der Tür steht.«

Die Frau des Pastors hielt inne. Sie rang um Atem. Sie sah Constanze in die Augen und dachte darüber nach, ob sie von der Detektivin verarscht wurde oder ob deren Anteilnahme wahrhaftig war. Auf die Schnelle kam sie zu keinem Ergebnis.

»Ich hab in etwa mitbekommen, worum es geht«, erklärte sie plötzlich. Zweifellos hatte sie die ganze Zeit an der Tür des Pfarrbüros gelauscht. »Nach dem Vorfall an der Schule haben wir Judith ins Internat auf Spiekeroog gegeben. Judith war schon seit einigen Wochen auf der Insel, als der Ronny im Feuer umkam. Unsere Tochter kann ihnen nichts, rein gar nichts dazu sagen.«

»Okay, vielen Dank.« Constanze deutete ein Lächeln an. Sie reichte Vissers Frau zur Verabschiedung die Hand. Die Gattin des Pastors sah sich um, bevor sie mit beiden Händen Jos Freundin unerwartet vor die Brust stieß. Der Stoß war schwächlich. Constanze trat dennoch einen Schritt zurück. »Schon gut. Wir gehen ja.«

Jo murmelte unverständlich etwas wenig Freundliches.

»Hauen Sie endlich ab von hier!«, wiederholte die Frau des Pastors noch zweimal. »Und kommen Sie bloß nich' wieder!«, rief sie den Detektiven hinterher.

Vereinzelt fielen Schneeflocken.

Nachdenklich gingen Jo und Constanze entlang der Friedhofsmauer zurück zum Wagen.

»Das war ja nich' so toll«, kommentierte Constanze schließlich.

»Mist war das!«, gab Jo kleinlaut zu. »Wir haben denen und uns den Sonntag verdorben. Und wofür das Ganze? Ist doch Scheiße! Im Moment weiß ich wirklich nicht mehr weiter.«

»Und wenn du jetzt mal eine Pause einlegst? Die Polizei ihren Job machen lässt?« Constanze griff nach Jos Hand. »Kann sein, wenn sie die Leiche finden, dass der Fall im Nullkommanix gelöst ist.«

Jo nickte stumm.

Als sie das Auto erreichten, wischte der Ermittler mit dem Ärmel eine hauchdünne Schicht Schnee von der Windschutzscheibe.

»Meine Karre hat dafür Scheibenwischer«, foppte ihn die Freundin.

Er sah sie verständnislos an. Er hatte ihren Scherz nicht einmal registriert. »Ich wart jetzt ab, was beim Verhör von Nikesch rauskommt. Dretzke muss mich auf dem Laufenden halten«, antwortet er stattdessen und stieg ein.

12.

In zehn Tagen hatte Karl Johann Siefken zwei Dutzend Krisengespräche geführt. Bisher hatte die Presse einträchtig an seiner Seite gestanden. Über die offiziellen Kanäle war kein Sterbenswort publik geworden, in welch katastrophaler Lage sich der Herausforderer des Bürgermeisters befand. Mit vereinten Kräften hatten sie den Drecksack Drees aus dem Leeraner Rathaus jagen wollen. Nun hing das Vorhaben an einem seidenen Faden, war bildlich ein Fall für die Intensivstation, mühevoll noch am Leben erhalten.

Täglich hatte Siefken den Granden seines Kreisverbands berichtet und die nächsten Schritte geplant. Er hatte mit den gewichtigen Repräsentanten der anderen Parteien diskutiert. Die Politiker hatten ausnahmslos versprochen - hoch und heilig – weiterhin seine Kandidatur zu unterstützen. Er hatte verschiedene Unternehmer, den Chefredakteur der Ostfriesen-Zeitung, zwei wichtige Gewerkschafter und einen Kirchenrepräsentanten getroffen. Aus seinem Ausraster im Suff hatte er keinen Hehl gemacht. Die Wahnsinnsidee, Drees an jenem Abend töten zu wollen, blieb dagegen ein Geheimnis, von dem nur Solana, seine Anwälte und die beiden Privatdetektive wussten.

Bei seinen unermüdlichen Bemühungen, die Bürgermeisterkandidatur zu retten, waren Siefken die unterschiedlichsten Abstrusitäten aus der Gerüchteküche vorausgeeilt. Ihm war nichts anderes übrig geblieben, als mit von Fall zu Fall mehr oder weniger vielen Details die Hosen vor seinen Gesprächspartnern herunterzulassen. Es war ein aufreibender und widerwärtiger Spießrutenlauf gewesen.

Seit geschätzt zwei Tagen ging wie ein Lauffeuer durch die Stadt, es gebe Nacktfotos seiner Frau im Netz. Es konnte nur eine Frage von Stunden sein, bis jemand die Wahrheit über diese Bilder verbreiten würde.

Siefken sah Solana beim Packen zu.

Zum ersten Mal seit der Verhaftung fühlte er nicht mehr den Strick um seinen Hals. Kurz entschlossen hatten sie am Morgen einen Flug in die USA gebucht. Solanas Eltern, die zusammen mit einer ihrer Schwestern und deren Großfamilie schon lange in Miami lebten, hatten dem Paar aus Deutschland Unterschlupf angeboten. Dort konnten sie hoffentlich über Weihnachten und Jahreswechsel zur Ruhe kommen. Nachdenken.

Unten im Haus klingelte das Telefon.

Siefken hatte schon eine Weile in der offenen Tür gestanden. Er betrat das Schlafzimmer und stellte sich Solana, die zwischen Koffer und Kleiderschrank pendelte, in den Weg. Sie küssten sich.

Er wendete sich um, ging runter ins Erdgeschoss und ließ sich alle Zeit der Welt.

Der hartnäckige Anrufer war Siefkens Oldenburger Anwalt. Sie hatten am Vormittag bereits telefoniert.

»Die Koffer gepackt?«, fragte der Jurist gut gelaunt.

»So gut wie«, antwortete Siefken. »In einer Stunde kommt das Taxi. Dann sind wir weg.«

»Von wo fliegen Sie?«

»Schiphol. Amsterdam.«

»Ich habe gute Nachrichten«, erklärte der Anwalt. »Wegen des Messers brauchen Sie sich im Urlaub keine Sorgen mehr zu machen.«

Siefken seufzte leise. »Ist gut«, sagte er mit matter Stimme.

Am Vortag hatte er widerwillig das Tage zuvor gekaufte Laptop aus dem Karton geschält und hochgefahren. Er hatte die Zugangsdaten seines Mailpostfachs eingegeben und sich mit einem Wust von Nachrichten konfrontiert gesehen.

Zuspruch und Hassmails hielten sich die Waage.

Siefken hatte ein paar der Zuschriften geöffnet, hatte sich danach aber darauf beschränkt, nur noch die Betreffzeilen und Absender zu überfliegen. Die Posteingangsliste war lang und unübersichtlich gewesen. Gerade als er angefangen hatte, endgültig das Interesse zu verlieren, hatte eine der fett gedruckten Zeilen seine volle Aufmerksamkeit auf sich gezogen.

Die Mail vier Tage alt. Russischer Absender. Keine Betreffzeile.

Ein neuer Tiefschlag.

Siefken hatte bislang keinen handfesten Beweis gehabt, dass Drees persönlich hinter der kryptischen russischen Mailadresse gesteckt hatte. Doch nun war die Angelegenheit klar. Der Bürgermeister war sich seiner Sache ausgesprochen sicher.

Die Nachricht hatte eine Bilddatei im Schlepptau gehabt. Das Foto zeigte das in Solanas Küche fehlende Steakmesser in einem transparenten Plastikbeutel. Parallel daneben auf dem weißen Untergrund ein Zentimetermaß. In einer Ecke war ein von Hand ausgeschnittenes Etikett auf die Folie geklebt. Darauf stand: »Achtung, Wichtiges Beweismittel«. Der eigentliche Text der E-Mail hatte aus nur zwei Wörtern bestanden: »Endgültig ausgeschissen!«

»Den Ermittlungsbehörden liegt kein Messer als Beweismittel vor!«, begann Siefkens Anwalt das Ergebnis seiner Recherche darzulegen. »Als ich vorhin die entsprechende Info aus Leer bekommen habe, habe ich das Foto außerdem noch einem befreundeten Kriminologen gemailt. Der wies gleich darauf hin, dass Spurenträger üblicherweise nicht in handelsüblichen Gefriertüten mit kleinen Gemüse-Piktogrammen asserviert werden. Nein, das Ganze ist definitiv ein Fake! Drees hat das Messer zwar gefunden, er hat es aber für sich behalten und will das jetzt als Druckmittel nutzen.«

Siefken überlegte, ob er dem Anwalt beschreiben sollte, wie sehr ihn das alles ankotzte, aber er fragte nur: »Und warum soll ich mir da jetzt keine Sorgen mehr machen?«

»Drees hat ein Beweismittel zurückgehalten. Da müsste er vor Gericht erst mal erklären, warum, sofern ihm doch noch in den Sinn kommt, das Messer abzuliefern. Seine Glaubwürdigkeit ist dahin. Auch kann er nicht sicher sein, dass es der Staatsanwaltschaft nicht gelingt, die Mailadresse des russischen Internetdienstleisters mit seiner Person in Verbindung zu bringen. Denn selbstverständlich würden wir diesbezüglich Aufklärung verlangen. Nein, Drees legt es gar nicht drauf an, Sie vor Gericht zu bringen. Er will Sie außerhalb des Verfahrens fertigmachen. Diese Mail mit dem Foto, das war eine fiese kleine Nebelkerze!«

»Ich hoffe, Sie behalten recht«, erwiderte Siefken. »Ich bin ziemlich fertig.«

»Jetzt fliegen Sie erst mal los und erholen sich. Ich mache hier weiter meinen Job. Bis Weihnachten wird wohl nicht mehr viel passieren. Und im neuen Jahr sehen wir weiter. Mit aufgeladenen Akkus! Nicht wahr?«

»Okay«, sagte Siefken und klang nicht besonders zuversichtlich.

»Sie haben Drees doch nicht geantwortet?«, fragte ihn der Jurist sicherheitshalber.

Solana mühte sich mit dem Koffer die Treppe herunter. Siefken blickte zu ihr hinauf. Sie lächelte ihn an. Er lächelte.

»Nein, habe ich nicht«, antwortete er und legte grußlos auf.

*

Am Montagmorgen hatte Jo den Frust über das unschöne Erlebnis im Filsumer Pfarrhaus keineswegs verdaut. Es fiel dem Detektiv darum schwer, sich zu beherrschen und nicht schon in aller Frühe Dretzke auf dessen privatem Handy anzurufen.

Ab halb neun probierte Jo es unter der offiziellen Nummer und um zwei Minuten vor zehn hatte er den Kriminalbeamten endlich an der Strippe. Er erfuhr, dass angeblich im Laufe der Woche Nikesch in der Leeraner Polizeiinspektion befragt werden sollte. Dretzke hatte die ermittelnden Kollegen aus Vechta jedoch persönlich nicht wieder gesprochen. »Ohne Gewähr«, ergänzte der Kommissar deshalb. Ansonsten gab es seitens der Kripo nichts Neues zum Fall zu berichten.

Jo reagierte enttäuscht und nannte das Engagement der Kollegen Dretzkes kümmerlich. Dabei rutschte dem Detektiv außerdem ein unglücklicher Halbsatz zum Thema »vorweihnachtlicher Büroschlaf« in die Argumentation. Angenervt würgte der Kommissar das Telefongespräch daraufhin ab.

Jo ertappte sich im Laufe des Tages noch mehrfach bei dem Gedanken, dass Miriams Leiche möglicherweise nie gefunden würde. Was mochte ihre Tochter empfinden, wenn sie sich später schemenhaft an die Mutter und deren Schicksal erinnerte?

Zweieinhalb Wochen vor Heiligabend sah der Detektiv sich außerstande, eine feierliche adventliche Regung zu verspüren.

Einen Tag später, Dienstagvormittag um halb zehn, überstürzten sich die Ereignisse. Jo half seiner Freundin im Lager des Secondhandladens mit einigen Kartons, als Walter Hundertmark in Panik den Kaufhausdetektiv anrief.

Constanzes Vater überschlug sich. Unsortiert und stichwortartig prasselten die Informationen auf den Ermittler ein. Minuten zuvor hatten Mitarbeiter der Sportmodeabteilung eine Tote gefunden.

Hundertmarks Ausführungen mündeten in einer Schimpfkanonade. Mehrere Angestellte suchten den Detektiv im Göttberg. Er unterstellte Jo, »nie, nie, einfach nie da zu sein«, wenn im Modehaus, so wörtlich, »die Kacke am Dampfen war.«

Jo erklärte der Freundin in zwei Sätzen, was passiert war, und hastete nach vorn in den Verkaufsraum. Er klemmte sich seine Winterjacke unter den Arm und rannte zur Ladentür. Das Handy, das er noch in der Hand hielt, klingelte ein weiteres Mal.

Ohne auf das Display zu schauen, maulte er ins Telefon: »Was denn noch?«

Er hörte zunächst nur monotones Dröhnen.

Dann zaghaft: »Sind Sie der Detektiv?«

Jo verzog erstaunt das Gesicht und gab Constanze ein Zeichen.

»Ja, bin ich«, antwortete er.

Constanze trat dicht an Jo heran, um das Gespräch mitzuhören.

Eine dünne Frauenstimme drang leise aus dem Apparat. »Sie wollten mit mir sprechen«, sagte die Frau. »Sie haben am Freitagabend bei uns angerufen.«

»Irina Busemann?«, fragte Jo, obwohl er wusste, dass sie es war.

»Ich konnte Freitag nicht sprechen«, wisperte sie. Sie war schwer zu verstehen. Die Verbindung war schwach und das laute Hintergrundgeräusch störte zusätzlich.

»Ich hatte mir schon so was gedacht«, sagte Jo verständnisvoll. »Hätten Sie denn jetzt kurz Zeit? Ich will herausfinden, was Miriam zugestoßen ist, und hab dazu einige Fragen.«

»Jetzt is' schlecht«, antwortete Irina. »Mein Mann ist eifersüchtig. Er kontrolliert mein Smartphone. Das Handy, mit dem ich anruf, hab ich nur ausgeliehen. Der Herr wartet hier.«

»Okay, ich verstehe. Aber wann könnten wir …«

»Ich bin auf der Fähre. Um halb elf nehm ich den Zug Richtung Rheine und fahr bis Papenburg. Sie könnten in Leer zusteigen. Dann hätten wir ein paar Minuten.« Sie machte eine Pause. Ihre Stimme klang jetzt etwas entschlossener. »Mein Ehemann holt mich ab. Wir müssen getrennt aussteigen. Oder Sie steigen eine Station später aus. Er braucht nicht zu wissen, dass ich mit Ihnen gesprochen habe.«

»Das ist kein Problem. Auf welcher Fähre sind Sie überhaupt?«, fragte Jo, um zu erfahren, ob Irina in Emden oder in Norddeich in den Zug steigen wollte. Das waren die möglichen Häfen mit Bahnanschluss.

»Borkum - Emden. Ich hab meinen Bruder besucht.«

»Hören Sie«, sagte der Detektiv, »ich werde hinkommen und schon am Außenhafen zusammen mit Ihnen in den Zug steigen. So brauchen wir nicht zu hetzen und haben ausreichend Zeit zum Reden.«

Constanze gestikulierte, bis es Jo durchfuhr: »Moment! Wie spät ist es jetzt?« Erschrocken sah er die Freundin an.

»Der Zug geht um halb elf«, murmelte Constanze, sah auf die Uhr hinterm Verkaufstresen und rechnete. »Das kannst du nur schaffen, wenn du jetzt sofort zum Auto marschierst und losfährst.«

Jo deckte das Telefon mit der Hand ab. »So eine Kacke! Dein Vater bringt mich um!«, presste er gedämpft hervor.

»Das wär nich' so gut«, grinste Constanze.

Enttäuscht sprach Jo ins Handy. »Ich kann nicht selber kommen. Ich bin vor wenigen Minuten zu einem dringenden Notfall gerufen worden. Bin quasi auf dem Sprung. Anschließend schaff ich es nicht mehr rechtzeitig. Meine Mitarbeiterin könnte aber pünktlich in Emden am Bahnhof sein. Wir sollten ein Erkennungszeichen vereinbaren.«

Constanze funkelte Jo grimmig an und machte mit der Hand eine scheibenwischerartige Bewegung vor dem Gesicht. Jo schluckte.

»Moment noch, warten Sie noch mal kurz«, sagte er zu Irina Busemann, die am anderen Ende der Leitung wieder unsicherer wurde.

»Kannst du nach Emden fahren?«, fragte Jo und flankierte seine Bitte mit dem Versuch eines unwiderstehlichen Lächelns.

»Als deine Mitarbeiterin?« Constanze verzog den Mund. »Du spinnst wohl! Ich schließ jetzt nicht den Laden ab und fahr nach Emden, um für dich diese Frau zu befragen. Und dann heute Abend ein zweites Mal nach Emden, weil mein Wagen da noch am Bahnhof steht.«

»Ich muss doch ins Göttberg!« Jo trat von einem Bein aufs andere. »So eine Scheiße!«, fluchte er leise.

»Was ist mit Sven?«, fragte Constanze.

»Na, der wird sich bedanken.«

»Genau! Der lässt dafür alles stehen und liegen.«

»Ich meinte das ironisch.«

»Ich nich'«, Constanze kicherte. »Ernsthaft, der macht das bestimmt. Vielleicht kannst du sogar während der Befragung telefonisch dabei sein?«

»Sind Sie noch dran?«

Irina Busemann sprach im Hintergrund. Sie meldete sich jedoch gleich zurück.

»Das ist zeitlich verdammt knapp«, räumte Jo ein. »Ich werde trotzdem versuchen, Ihnen einen Kollegen entgegenzuschicken. Falls das nicht klappt, werde ich in Leer zusteigen, so wie Sie das vorgeschlagen haben. Auch wenn wir bis Papenburg dann nur sehr wenig Zeit hätten. Sie müssen uns bitte vertrauen.«

Constanze tippte bereits Svens Nummer, als der Detektiv aus dem Laden stürzte. Drüben im Modehaus warteten eine vermeintlich Tote und ein übellauniger Kaufhauschef.

*

Sven hatte unterwegs an einer Bäckerei gehalten. Ein rasanter Boxenstopp, denn er hatte Zeit aufholen müssen. Die große Tüte Brötchen war das vereinbarte Zeichen gewesen, an dem Irina Busemann ihn auf dem Bahnsteig hatte erkennen sollen.

Er hatte sich zuvor bei Erika im letzten Moment intuitiv für die Wahrheit entschieden. Die Vorzimmerdame des Chefs war von der Enthüllung seines detektivischen Nebenjobs massiv beeindruckt gewesen. Mit einem mehrdeutigen Blick hatte sie erklärt, ein Geheimnis bewahren zu können. Dabei hatte sie Sven über den Arm gestrichen, etwas zu lang und ein bisschen zu zärtlich. Dann endlich war er losgerast.

Am Ende hatte das Timing auf die Minute gepasst.

Der Zug war so gut wie leer. Sven und Irina saßen allein im Abteil. Unruhig knibbelte Miriams frühere Lovemobil-Kollegin an ihren Händen herum.

Sven überflog auf seinem Handy zum dritten Mal die Liste mit Stichwörtern und Halbsätzen, die der Ermittler ihm geschickt hatte.

Er blickte auf. Jos Zeugin war verdammt attraktiv.

»Wann hatten Sie das letzte Mal Kontakt zu Miriam?«

Irina überlegte. »Das war Anfang November. Miriam ist vormittags nach Papenburg gekommen. Wir haben uns im Stadtpark getroffen. Waren da spazieren gewesen. Den genauen Tag weiß ich nicht mehr.«

Er dankte ihr ungelenk für die Antwort.

Sven fiel auf, dass er außer dem Handy nichts dabeihatte, mit dem er hätte Notizen anfertigen können. Er drückte Jos Mail weg und aktivierte stattdessen den Aufnahmemodus der installierten Voice-Recorder-App.

»Sie haben Herrn Buskohl am Telefon erklärt, dass Miriams Tochter Ihr Patenkind ist. Wer ist der Vater des Kindes und wo ist das Kind jetzt?«

Irina sah aus dem Fenster und antwortete zunächst nicht.

Sven wartete.

Behäbig polterte der Zug über das Gleisbett, ein stumpfsinnig stimmendes Rattern.

»Mein Mann hat vor einem Jahr seine Arbeit verloren«, begann Irina bedächtig. Sie holte weit aus. »Er hat sich verändert. Trinkt zu viel. Er meint, sie haben ihn wegen mir entlassen.« Sie sah Sven kurz an und wischte sich eine Träne von der Wange. »Das is' aber Quatsch. Er hätte als Leiharbeiter seinen alten Job sogar wiederbekommen können. Er is' …« Sie brach ab und setzte neu an. »Vorher sind Miriam und Emma oft bei uns gewesen. Aber als Knut arbeitslos war, wollte er das nich' mehr. Er hat sie eines Tages rausgeschmissen und uns vor dem Kind …« Irina starrte weiter hinaus auf die vorbeihuschenden Häuser. »Hat uns als dreckige Nutten beschimpft«, sagte sie dann und ließ ihren Tränen geräuschlos freien Lauf. »Danach haben wir uns nur noch draußen oder in Cafés verabredet.«

Sven reichte Irina ein Taschentuch. Er ließ ihr einen Moment, dann präzisierte er seine Frage. »Könnten der Filsumer Pastor Visser oder der Schriftsteller Nikesch etwas mit der Vaterschaft von Miriams Tochter zu tun haben?«

Irina schnaubte. »Was denn für 'n Pastor?«

»Der Pastor der Gemeinde, in der Ihr Lovemobil gestanden hat«, antwortete Sven. »Die haben Ihnen doch damals so zugesetzt. Das Lovemobil beschmiert und son Zeug. Angeblich soll Miriam den Pastor in dessen Zuhause aufgesucht haben.«

Irinas Blick ging jetzt vollends in die Leere. »Warum sollte Miriam das getan haben?«, murmelte sie. »Miriam war nich' gläubig oder so.«

»Vielleicht, weil er der Kindsvater war?«

»Weiß nich'«, erwiderte sie merkwürdig unbeteiligt, war in Gedanken woanders, riss sich kurz darauf aber wieder zusammen. »Wussten Sie, dass man als Taufpate gar keine Rechte hat? Überhaupt keine Rechte. Miriam hätte eine Sorgeverfügung machen müssen.«

»Nein, wusste ich nicht«, antwortete Sven. Er setzte neu an. »Und der Schriftsteller? Kann der Schriftsteller der Vater sein?«

»Ich weiß wirklich nich', wer Emmas Vater ist. Das war ihr Geheimnis. Auch später. Miriam hat nur gelacht, wenn man zu neugierig wurde.«

Irina bat Sven um ein weiteres Taschentuch.

»Vielleicht war ja der Junge der Vater«, sagte sie dann.

»Welcher Junge?«

»Ronny. Der Junge, der verbrannt ist.«

Sven stutzte und griff nach dem Handy, das er sich aufs Knie gelegt hatte. »Augenblick, ich muss kurz …«

Jo hatte die Stichpunkte nach Wichtigkeit sortiert. Erst beim letzten Spiegelstrich kam der Detektiv auf das Feuer zu sprechen. »Toter Junge – Wie ins Wohnmobil?«, hatte Jo dort notiert.

»Zu dem Jungen komme ich gleich noch«, sagte Sven schließlich.

»Miriam und Ronny konnten gut miteinander …« Irina atmete schwer. Ihr Weinen war erheblich heftiger geworden. Für eine Sekunde verlor sie die Fassung. »Sone Dreckswelt!«, schrie sie und presste sich sogleich erschrocken eine Hand auf den Mund.

Sven wusste nicht, ob er weitermachen sollte.

Der Zug war in den Emder Hauptbahnhof eingefahren und hatte einen kurzen Aufenthalt. Abgesehen von ihrem Wimmern war es jetzt still im Abteil. Irinas bedauernswerter Zustand setzte ihm zu.

Jemand wollte ins Abteil, doch Sven wimmelte die Person ab.

Niemand sagte mehr ein Wort, bis der Zug wieder anfuhr.

»Wie hieß der Schriftsteller noch mal?«, fragte Irina.

»Nikesch«, antwortete Sven. »Der hat diesen Bestseller geschrieben. ›Das fünfte Wort des Bundes‹. Vielleicht haben Sie davon gehört?«

Sie sah Sven an. »Is' das der, der die Torte abge-kriegt hat?« Der Anflug eines Lächelns schlich über ihr gerötetes Gesicht.

»Genau den meine ich«, gab er zurück.

»Warum hat man den mit Torte beworfen?«

»Ich weiß nicht, warum«, sagte Sven.

Sie schwiegen wieder eine Weile.

»Is' Miriam tot?«, fragte sie plötzlich.

»Auch das weiß ich nicht«, erklärte er. »Die Leute, die sich mit ihrem Verschwinden befassen, rechnen wohl mit dem Schlimmsten.«

Sie nickte.

Sven hatte keine Lust mehr, sklavisch Punkt für Punkt Jos Skript abzuarbeiten. Er hatte entschieden, das Gespräch behutsam laufen zu lassen.

»Können Sie sich einen Grund vorstellen, warum Miriam dem Nikesch die Torte ins Gesicht geworfen hat?«

Irina sah ihn verständnislos an.

»Sie haben nicht gewusst, dass Miriam das war, oder? Kein Telefongespräch nach dem Treffen im Stadtpark? Eine Nachricht über WhatsApp oder so was?«

»Nein. Ich hab wirklich nichts mehr von ihr gehört. Warum sollte Miriam denn so was Blödes tun?«, sinnierte sie laut.

»Ich hatte gehofft, Sie wüssten die Antwort.«

Sven sah auf die Uhr. Die Zeit lief ihm davon.

»Miriam hat diesen Typen verehrt. Weil der Bücher schrieb. Sie wollte das auch unbedingt.«

»Sie hat ihn verehrt?« Sven horchte auf. »Also könn-te er doch der Vater ihres Kindes sein?«

Irina verzog das Gesicht. »Der? Mit diesen runter-hängenden Hamsterbacken und dem hässlichen Seemannsbart? Nee, nie! Da wäre Emma doch nich' so eine Süße geworden.«

Beide lachten verhalten.

»Wie hieß der noch mal vorn?«, überlegte sie.

»Nikesch?«

»Nee, vorne mein ich.«

»J. W. … Joachim soundso«, erinnerte sich Sven zumindest an den ersten der beiden Vornamen.

»Ja, genau. Joachim! ›Joachim sagt dies, Joachim sagt das.‹ So ging das damals die ganze Zeit«, sprudelte es nun aus Irina heraus. »Miriam wollte unbedingt selber schreiben und hatte sich in Leer zu 'nem Kursus in der Volkshochschule angemeldet. Sie las ja schon den ganzen Tag. Nun wollt sie selber Bücher schreiben! Der Nikesch hat das angeboten. Da hat sie dann auch Ronny kennengelernt. ›Der Scheißkerl, son Talent und macht nix draus‹, hat Miriam gesagt. Ronny hat ihr bei den ersten Geschichten geholfen. Am Anfang hat sie ja nur kurze Sachen geschrieben. Dafür hat Miriam den Ronny nachts im Camper schlafen lassen. Weil der doch kein richtiges Zuhause hatte.«

Sven musste sich zusammenreißen, den Jubel in seinem Innern nicht nach außen dringen zu lassen. Er konnte es gar nicht abwarten, Jo von den neuen, aufregenden Hinweisen zu berichten.

Irina kippte emotional plötzlich wieder um und begann erneut, arg zu weinen. »… die sind tot jetzt … tot!«, schluchzte sie kaum verständlich.

Der Lokführer verlangsamte die Fahrt. Bald würden sie Leer erreichen.

»Hat Miriam es denn geschafft?«, fragte Sven. »Hat sie irgendwann ein Buch geschrieben?«

Sven wollte Irina nicht so am Boden zerstört im Abteil zurücklassen. Mit der harmlosen Frage versuchte er, sie abzulenken und wieder etwas aufzurichten. Nach dem Stopp in Leer war Papenburg schon der nächste Halt und sie sah ziemlich angeschlagen aus.

»Ein Buch?« Irina wischte sich die Tränen aus dem Gesicht. »Sie hat nicht ein Buch geschrieben. Sie hat mehrere Bücher geschrieben! Man kann die unter *Mira B. Smith* bei Amazon bestellen. Sie hat auch einige Fans, die den nächsten Titel immer schon gleich vorbestellen!«

»Wow«, sagte Sven etwas ungläubig. »Das schau ich mir heute Abend auf jeden Fall an. Ich mag Fantasy«, schwindelte er.

»Bei jedem neuen Roman hat Miriam gehofft, dass sie endlich groß rauskommt«, erklärte Irina. Der Themenwechsel tat ihr gut.

»Ich muss jetzt gleich aussteigen«, sagte Sven, als der Zug in den Bahnhof einfuhr. Irina stand mit ihm zusammen auf und sie nahmen sich in den Arm.

»Bitte warten Sie noch«, sagte sie. Im Hintergrund hörte man das ruppige Aufschlagen der Türen. »Als wir im Stadtpark waren …«

»Ich muss wirklich raus«, unterbrach Sven mit sanfter Stimme und löste sich zögerlich aus ihrem Griff.

»… das letzte Mal, wo Miriam und ich uns gesehen haben. Miriam hat Andeutungen gemacht, hat gesagt, dass es nich' mehr lang dauert, bis sie zu Geld kommt. Zu richtig viel Geld kommt.«

Svens Puls beschleunigte sich augenblicklich.

»Ich hab doch gedacht, die spinnt wieder«, fuhr Irina fort, »quatscht wieder von ihrem nächsten Roman. Ich hab gar nich' gefragt, was sie damit meint, mit ›richtig viel Geld?‹ Woher?«

Auf dem Bahnsteig ertönte der Pfiff zur Weiterfahrt.

»Bestimmt is' Miriam in was reingeraten. Aber wie hätt ich denn wissen sollen, dass sie vielleicht sogar in Gefahr ist!«

Sven und Irina setzten sich wieder, diesmal nebeneinander. Sie nahm seine Hand und ließ ihn bis Papenburg nicht mehr los.

13.

Walter Hundertmark tastete sich auf allen vieren heran.

Der Vorhang der Umkleidekabine war zur Hälfte aufgezogen. Bizarr gekrümmt lag dahinter der leblose Körper auf weniger als anderthalb Quadratmetern Bodenfläche.

Hundertmark stoppte seine schon kaum noch wahrnehmbare Vorwärtsbewegung und sah über die Schulter zurück. Er versuchte, sich die Namen einiger Faulpelze einzuprägen, die er sonst selten zu Gesicht bekam. Jetzt standen sie in der ersten Reihe und grienten. Die Blicke der Mitarbeiter lasteten schwer auf ihm. Aus allen Abteilungen des Göttbergs war die Brut zusammengeeilt. Ein paar Kunden hatten sich außerdem im dicht gedrängten Halbkreis der Schaulustigen eingefunden.

Zeitlupenhaft setzte er sich wieder in Bewegung.

Die Augen der mageren Frau waren einen Spalt weit geöffnet. Sie waren auf einen imaginären Punkt an der verspiegelten Kabinendecke gerichtet. Hundertmark bemerkte, dass sich die Tote vor ihrem Ableben im Göttberg neu eingekleidet hatte. An Sweatshirt und Jogginghose baumelten die Etiketten seines Hauses.

Er verfluchte den Detektiv, der genau wie Polizei und Notarzt noch immer nicht eingetroffen war. Inständig hoffte Hundertmark auf den erlösenden Ruf: »Treten Sie beiseite! Lassen Sie die Profis ran!«

Nichts dergleichen geschah. Nur das unaufhörliche Murmeln der Angestellten. Gebannt verfolgten sie, was der Chef als Nächstes unternahm.

Der Vorhang ließ sich vom Boden aus nicht weiter aufziehen. Hundertmark kroch ein Stück weit in die Kabine und beugte sich über die Frau. Eine süßliche Ausdünstung von Schweiß, Parfüm und jeder Menge harten Alkohols umhüllte sie und verschlug ihm augenblicklich den Atem. Die abgelegte Kleidung hatte sie achtlos in eine Ecke geworfen. Er griff nach dem Bündel in der Hoffnung, darunter eine Handtasche mit Ausweispapieren zu finden. Doch lediglich ein Haarreif mit Rentiergeweih kam zum Vorschein. Die bunten Blinklichter im festlichen Kopfschmuck pulsierten nur noch schwach.

Das Gesicht der Frau glänzte. Hundertmarks Hand zitterte, als er sich überwand und ihr tapfer den Handrücken auf die Stirn legte. Es war der Moment, als Walter Hundertmark sich wieder einmal den Respekt seiner Mitarbeiter erwarb und verdutzt eins und eins zusammenzählte, derselbe Moment, als die Frau nach unruhiger Nacht wieder zu sich kam.

Sie benötigte nur Sekunden, um aufzuwachen und die missliche Lage, in der sie sich befand, zu peilen. Sie rastete völlig aus. Mit einem ohrenbetäubenden Kreischen sprang sie auf, katapultierte sich an Hundertmark vorbei und frontal in die zunächst undurchdringliche Wand aus Gaffern. Wie von Sinnen biss und kratzte sie, woraufhin auch die verblüffte Menge zu schreien begann, was rasch zu einem kakofonischen Chor in der Sportmodeabteilung anschwoll.

Im Tumult faltete die Fliehende ihre Hände wie zum Gebet, winkelte die Ärmchen zu einem spitzen Dreieck und durchbrach, einem fragilen Eisbrecher gleich, die konsternierte Menge. Sie rannte auf Wollsocken den breiten Gang hinunter, an Tennis-Outfits und Sportschuhen entlang, bis an dessen Ende Jo sie mit einem eher unbeabsichtigten Bodycheck zu Boden streckte und unter sich begrub.

Fall gelöst.

Kurz vor zwölf meldete sich Sven.

Aufgekratzt überschlug sich der Freund am Telefon. Sein Treffen mit Irina Busemann war ein voller Erfolg gewesen.

*

Wenn die stählerne Eingangstür der Detektei hinter ihm ins Schloss fiel, hatte Jo manchmal das Gefühl, eine Art Taucherglocke zu betreten. Es war dunkel, still, immer etwas zu warm. Er musste sich erst setzen, um durch das kleine, niedrige Fenster auf den Göttberg-Parkplatz hinaussehen zu können. Leute kamen an, Leute fuhren ab.

Nach dem Chaos am Vormittag genoss der Detektiv die Ruhe seiner scheinbaren Abgeschiedenheit.

Es war ihnen gelungen, eine Verbindung zwischen Miriam und Nikesch herzustellen. Unscharf stand der Verdacht im Raum, dass die Prostituierte den ehemaligen Lehrer und jetzigen Bestsellerautor hatte abzocken wollen. Das rückte erneut die Frage in den Vordergrund, die ihn seit Tagen quälte: Hatte er die mutmaßliche Erpresserin ans Messer geliefert, als er den Standort ihres letzten Lovemobils weitergegeben hatte?

Miriam allerdings hatte ihrerseits offensiv die Konfrontation mit dem Schriftsteller gesucht, als sie Nikesch im Göttberg-Café attackiert hatte. Vorstellbar war auch, dass eine später zwischen den beiden vereinbarte Geldübergabe einen für Miriam tödlichen Ausgang genommen hatte.

Der Detektiv grübelte und ging bis zum frühen Nachmittag wieder und wieder alle Fakten und Hypothesen durch.

Um kurz nach halb drei rief er Dretzke an.

»Möchten Sie eine Tote melden, drücken Sie bitte die Eins! Möchten Sie eine Auferstehung melden, drücken Sie bitte die Zwei …« Dretzke lachte aus vollem Hals.

Hundertmarks panischer Notruf war seit dem Vormittag der Brüller in der Polizeiinspektion und wurde als Audiodatei von Rechner zu Rechner weitergeschickt.

»So lustig war's auch nich'. Eher traurig«, entgegnete Jo genervt.

»Alles klar bei dir?«, fragte der Kommissar, dem Jos Ernsthaftigkeit sofort auffiel.

»Ich hab Neuigkeiten«, erklärte der Privatermittler.

»Ich auch!«, gab Dretzke triumphierend zurück und sprach einfach weiter, als Jo nicht sofort reagierte. »Nikesch ist gestern verhört worden! Seine Frau gibt ihm ein Alibi. Am 26. hatte er von 18 bis 19 Uhr eine Autogrammstunde in einem Oldenburger Einkaufszentrum. Danach war er mit seiner Gattin in Bad Zwischenahn essen und ist schließlich gegen halb zehn wieder in Leer eingetroffen. Anschließend hat er das Haus nicht mehr verlassen. Unsere Funkzellenabfrage bestätigt seine Aussage.«

»Als Thrillerautor dürfte ihm wohl klar sein, dass man nicht mit eingeschaltetem Handy zu 'nem Verbrechen fährt«, unterbrach Jo den Kommissar.

»Ja, schon«, gab Dretzke zu, »aber es kommt eben auch aufs Gesamtbild an. Ich hab die Kollegen nach dem Verhör abgefangen und bin mit denen einen Kaffee trinken gegangen. Nikesch hat einen Top-Eindruck hinterlassen. Der war völlig ruhig. Allen Fragen gegenüber offen. Aufgeschlossen. Der ist raus aus den Ermittlungen.«

»Abwarten«, erklärte Jo orakelhaft.

Dretzke holte tief Luft. »Mensch, Jo, ich dachte, du freust dich darüber!«

»Natürlich würde ich mich freuen, wenn Nikesch mit der Sache nichts zu tun hat. Es sieht für mich aber genau danach aus!« Jetzt war Jo dran mit Neuigkeiten. »Wir waren in der Zwischenzeit nämlich auch nich' untätig.« Zumindest dachte Jo, er hätte Neuigkeiten. »Wir haben die Verbindung zwischen Miriam und Nikesch gefunden!«

»Meinst du den Schreibkurs in der Volkshochschule?« Der Kommissar erstickte den Redeschwall des Detektivs bereits im Ansatz. »Das haben die in Vechta doch längst gewusst. Natürlich haben sie Nikesch dazu befragt. Aber der hat den Kurs fast zwanzig Jahre lang gegeben. Über 200 Teilnehmer, die er in dieser Zeit hatte. Er konnte sich an Miriam Brüggensmid nicht erinnern. Auch hat er sie bei ihrem Tortenwurf nicht wiedererkannt. Sie wusste, wer er war. Umgekehrt nicht!«

»Erst hieß es, irgendwann so im Laufe der Woche soll der Kerl endlich mal verhört werden. Und jetzt ist das alles schon gelaufen?«, motzte Jo los. Er merkte, wie der Ärger unaufhaltsam in ihm aufstieg. »Da hätte man doch mehr rausholen müssen!«

»Mann! Ich weiß nicht, was du dir vorstellst! Meinst du, wir haben hier son nackigen Kellerraum mit 'nem Tisch und zwei Stühlen drin und dann Strahler ins Gesicht, bis er gesteht?« Dretzkes anfängliche Heiterkeit war dahin. Schroff herrschte er Jo an. »Es liegt nichts vor gegen Nikesch. Kapier das endlich!«

»Wir hätten uns trotzdem vorher absprechen können!«

»Soll ich den Kollegen ernsthaft erzählen, ich kenn da noch 'en Nachwuchsdetektiv, der hat bestimmt auch zwei, drei Fragen, weil der dreht am Rad und glaubt nämlich, dass in Wahrheit ja er das Mädchen auf dem Gewissen hat …«

»Du bist ein Arsch!«, schnauzte Jo den Kommissar an. Immerhin, er hatte noch ein Ass im Ärmel.

»Ich sag nur, wie's ist!«, erwiderte Dretzke. »Das Buch vom Nikesch ist umstritten. Und da gibt es haufenweise Neider. Miriam Brüggensmid hat sich selber mit sehr begrenztem Erfolg als Autorin versucht. Sie hatte eine kleine Tochter. Sie wäre nicht die Einzige, die die Gewaltszenen gegen Kinder in Nikeschs Roman zum Kotzen findet. Diese Tortensache ist eine Sache, ihr Verschwinden ist eine andere.«

Dretzke war fertig.

Jo schwieg noch eine Weile, dann fragte er den Kommissar mit ruhiger, beherrschter Stimme: »Wussten deine Kollegen auch darüber Bescheid, dass der Junge, der 2012 im ersten Lovemobil verbrannt ist, im selben Nikesch-Schreibkurs war, in dem auch Miriam war?«

Jetzt schwieg Dretzke.

Jo hörte, dass er sich eine Zigarette anzündete.

»Nee, is', glaub ich, neu«, murmelte der Kommissar.

»Wir haben mit Irina Busemann gesprochen. Sie hat uns erzählt, dass Miriam kurz vor ihrem Verschwinden Andeutungen gemacht hat, demnächst zu sehr viel Geld zu kommen.« Jo ließ seine Worte in einer kleinen dramaturgischen Pause wirken. »Da ist uns Amateuren spontan das Wort ›Erpressung‹ in den Sinn gekommen!«

Dretzke schwieg noch immer. Jo hörte ihn an der Zigarette ziehen.

Wütend drückte der Detektiv das Gespräch weg und mailte dem Kommissar anschließend kommentarlos die Kontaktdaten Irina Busemanns.

*

Constanze zählte nur die Scheine. Die Münzen ließ sie in der geöffneten Kassenlade zurück. Wegen des englischen Dufflecoats, den sie am Vormittag verkauft hatte, fiel die Tageseinnahme nicht übel aus. Sie deponierte den Großteil des Geldes in einem verborgenen Fach unter dem Verkaufstresen, schulterte die Tasche mit den Sportsachen und löschte das Licht.

Ein kalter Wind trieb den Nieselregen scheinbar waagrecht durch die Fußgängerzone. Constanze prüfte noch einmal die Tür des Best Looks, bevor sie dem Mistwetter entschlossen entgegentrat. Ihr Step-Aerobic-Kurs in der Halle am Turnerweg begann um sieben. Sie hatte es nicht eilig.

An den Bier- und Wurstbuden hielten hier und da ein paar Unentwegte die Stellung. Die Betreiber der noch offenen Verkaufsstände hatten ihre Auslagen mit Folie gegen die Nässe gesichert. Es war nicht viel zu sehen vom üblichen Weihnachtsmarktzeug, den Kerzen, Holzschnitzereien, Seifen und Süßkram. Constanze verlor bald das Interesse. Sie musste schmunzeln, als sie an den morgendlichen Zwischenfall im Göttberg dachte. Haarklein hatte Jo ihr jedes Detail berichtet. Schließlich kam ihr Miriam Brüggensmid wieder in den Sinn. Es gab neue Hinweise. Auch darüber hatte der Detektiv sie ausführlich informiert.

Abwesend passierte Constanze Denkmalplatz und Kino-Center, versunken im Konstruieren beunruhigender Hypothesen.

Es war zunächst nur eine diffuse Ahnung, ein ungutes Gefühl gewesen. Als sie jedoch die Mühlenstraße hinter sich ließ und in die menschenleere Ledastraße einbog, war Constanze klar, dass ihr jemand folgte.

Unvermittelt blieb sie stehen und drehte sich um.

Fünf Meter hinter ihr stoppte der Verfolger ebenso abrupt. Obwohl dessen Gestalt illuminiert im Lichtschein eines Brillenladens zum Greifen nah erschien, war es ihr unmöglich, zu bestimmen, ob die Person jung, alt, Mann oder Frau war. Er oder sie hatte sich blitzschnell abgewandt, Constanze halb Seite, halb Rücken zugekehrt, stierte wie hingemeißelt in das Schaufenster des Optikers. Den Kopf unter einer weiten Kapuze verborgen. Die Kleidung von oben bis unten schwarz.

Constanze war längst mulmig zumute.

Sie wartete, ließ ein Auto vorbei und wechselte die Straßenseite. Sie erhöhte das Tempo.

Die Person blieb dran, weiter Richtung Ostersteg.

Constanze überflog gedanklich den verbleibenden Weg zur Sporthalle. Er führte direkt vor ihr über den von dichtem Gehölz umgebenen Parkplatz. An dessen Ende begann hinten links, in einer dunklen Ecke, der kümmerlich beleuchtete Seifensiederweg, der in den Turnerweg mündete. Die letzten, sie schätzte hundertzwanzig Meter, verliefen entlang eines hohen Gitterzauns. Dahinter der im Winter gesperrte Fußballplatz. Auf der anderen Seite des Pfads die stockfinstere Hundekackwiese.

Das Risiko war ihr definitiv zu hoch.

In einer Konfrontation von Angesicht zu Angesicht war Constanze kein ängstlicher Mensch. Dies hier jedoch war etwas anderes. Die aufgezwungene Rollenverteilung, Verfolgte, Verfolger, hatte sie ins Mark getroffen. Obwohl die Außentemperatur nur knapp über dem Gefrierpunkt lag, war ihr furchtbar heiß.

Constanze hatte Angst.

Sie blieb erneut stehen. Wieder drehte sie sich um.

Wieder hatte auch er gehalten.

Unveränderte Situation. Selbe Distanz. Sie überlegte. *Den Spieß umdrehen? Den Verfolger zur Rede stellen?* Sie nahm ihr Handy aus der Tasche und wählte Jos Nummer. *Verfluchte Mailbox!*

Hundert Meter voraus auf der anderen Straßenseite lud das Tai Shan mit gelben Laternen zur Einkehr ein. Constanze steckte das Handy betont umständlich und sehr langsam zurück in ihre Tasche.

Sie vergewisserte sich ein letztes Mal, dass die dunkle Gestalt hinter ihr kein Hirngespinst war. Dann nahm sie die Sporttasche von der Schulter in beide Arme und sprintete los.

Constanze erreichte das Restaurant in Rekordgeschwindigkeit. Sie riss die Tür auf. Wohlige Wärme und ein kräftiger Essensdunst umfingen sie augenblicklich. Sie hastete durch den winzigen Vorraum am Büfett vorbei und setzte sich schwer atmend an den Tresen. Von ihrem Platz aus konnte sie den Eingangsbereich im Auge behalten. Als sich einige Minuten später die Tür öffnete, aber nur ein Pärchen hereinkam, begann sich ihre Anspannung zu lösen.

Die junge Chinesin hinter der Theke sagte kein Wort. Sie lächelte aufmunternd und brachte Constanze einen Pflaumenwein mit Sekt.

*

Nach dem telefonischen Disput mit Dretzke war Jo zweieinhalb Stunden lustlos durch die Abteilungen gestreift. Hier und da hatte er sich nützlich machen können. Eine falsche Blondine von vielleicht sechzehn Jahren war ausfällig geworden, nachdem gleich zwei Verkäuferinnen sich geweigert hatten, einen verrauchten Pullover zurückzunehmen. Insgesamt war der restliche Nachmittag aber geradezu einschläfernd ruhig gewesen.

Gegen halb sechs hielt Jo seinen Hunger nicht mehr aus. Er zog in Erwägung, das hauseigene Café aufzusuchen. Die potenzielle Gefahr jedoch, dort möglicherweise ausgerechnet beim Kuchenmampfen vom Chef angetroffen zu werden, hielt ihn davon ab. Es war zweifellos klug, Constanzes Vater an diesem Tag keinen weiteren Anlass der Verärgerung zu bieten.

Der Jumpy stand seit Montagmorgen unten auf dem Kundenparkplatz. Jo beschloss, die günstige Gelegenheit zu nutzen und quer durch die Stadt zu gurken, um bei Ali eine Calzone nach Art des Hauses zu essen. Danach, so beabsichtigte es der Detektiv zumindest, wollte er gestärkt an Körper und Geist ins Göttberg zurückkehren und die Schicht bis Ladenschluss zu Ende bringen.

Als der Ermittler eine halbe Stunde später seine Pizza genoss, klingelte das Handy in der Jackentasche. Jo war der einzige Gast und überflog gerade einen Flyer auf dem Tisch, in dem Ali die Vorzüge hiesigen Jungbullenfleisches in der Dönerzubereitung anpries.

Das Display zeigte eine lange, ihm unbekannte Nummer an.

»Buskohl«, meldete er sich.

»Sind Sie der Detektiv?« Die Stimme der jungen Frau war klar und deutlich. Sie war ausgezeichnet zu verstehen, viel besser, als man angesichts der Entfernung hätte annehmen können.

Die Anruferin war Judith Visser. Sie rief aus Townsville, North Queensland, Australien an.

»Ja, das bin ich«, antwortet Jo und schob flapsig, aber freundlich aufgelegt hinterher: »Wer will das denn wissen?«

»Ich hab gehört, Sie waren bei meinen Eltern.«

Jo begriff noch nicht.

»Pastor Visser. In Filsum«, ergänzte sie.

Der Groschen fiel. »Oh, ja! Eine Sekunde bitte …«, stammelte er, schob den halb leeren Teller beiseite und kramte hastig Stift und Notizheft hervor. »Judith Visser«, rief Jo zur Bestätigung, dass er verstanden hatte, wer dran war, aufgeregt ins Telefon.

Der Tag hatte spektakulär begonnen. Er ging auch so zu Ende.

Der Detektiv klemmte sich das Handy zwischen Schulter und Ohr, um mit der freien Hand das aufgeschlagene Heft festhalten zu können, während er schrieb. Er notierte zunächst Name, Tag und Uhrzeit.

Er brauchte sie nicht lang zu bitten. Er brauchte nicht zu bohren und zu stochern wie bei ihrem Vater. Sie war aufgebracht. Immer noch ein bisschen betrunken. Sie hatte den Privatdetektiv angerufen und war entschlossen, ihm alles zu erzählen, was sie wusste.

Judith Visser war mit einer Freundin der Mangos wegen nach Townsville gekommen. Ihr Plan war gewesen, zwei bis drei Wochen bei der Ernte zu helfen, um wieder flüssig zu werden.

Es war anders gekommen. Der sogenannte Mango Rash hatte die junge Ostfriesin erwischt. Der hundsgemeine Ausschlag fiel bei ihr so außergewöhnlich böse aus, dass man sie am Nachmittag des dritten Tages sicherheitshalber von der Plantage zur Behandlung ins Hospital gefahren hatte. Sie hatte nicht dortbleiben müssen, aber ihre eiserne Reserve war nach der Verarztung nahezu vollständig aufgebraucht gewesen.

Am selben Abend hatte sie notgedrungen ihre Mutter angerufen. In Deutschland war es früher Nachmittag gewesen, keine zwei Stunden, nachdem das Schnüfflerpärchen im Pfarrhaus für Chaos und Entsetzen gesorgt hatte.

Das Gespräch mit den Eltern hatte Judith aufgewühlt und mit den Schmerzen war ohnehin nicht an Schlaf zu denken gewesen. Sie hatte sich das Fünfte Wort des Bundes aus dem Amazon-Shop heruntergeladen.

Sie durfte für einige Tage keinen Schritt vor die Tür, musste Sonnenlicht und körperliche Anstrengung strikt vermeiden. Sie hatte also Zeit gehabt und war mit dem E-Book schnell vorangekommen.

Nach anderthalb Tagen hatte sie den Thriller ausgelesen. Sie hatte auf den ärztlichen Rat geschissen, das Hostel verlassen, sich Bier geholt und angefangen zu trinken. Als die Freundin am Abend fix und fertig von der Arbeit zurückgekehrt war, hatte Judith tief und fest ihren Rausch ausgeschlafen. Gegen Mitternacht war sie wieder aufgewacht und hatte angefangen, im Internet zu Nikesch und seinem unglaublichen Erfolg zu recherchieren. Schließlich, es war früh am Morgen, hatte sie Jos Homepage gegoogelt, ihr Handy gegriffen und die Nummer des Detektivs gewählt. Judith war klar, dass sie das letzte Guthaben auf der Telefonkarte aufbrauchen würde.

»Ich hab das Drecksbuch gelesen«, brauste sie los.

Jo war schleierhaft, worauf sie hinauswollte.

»Das fünfte Wort des Bundes!«, überschlug Judith sich wütend. »Ist das wirklich so erfolgreich?«

»Auf dem Weg zum internationalen Bestseller«, erwiderte er. »Soll angeblich nächstes Jahr in Hollywood verfilmt werden.« Jo signalisierte Ali, das Radio auf der Theke leiser zu drehen.

»Das ist ein Schwindel!«, schäumte die Tochter des Pastors. »Betrug! Dieser verfluchte Scheißwichser hat die Geschichte geklaut!«

Jos Herz begann, wild zu pochen, als er das Wort »Schwindel« mittig auf das kleine Blatt Papier schrieb und es mehrfach einkreiste. Er musste aufpassen, nicht selbst aus dem Häuschen zu geraten. Die Teile des Puzzles begannen, sich ineinander zu fügen.

Judith Visser drehte am Telefon ab.

Jo versuchte, sie zu beruhigen und ihr Tempo zu drosseln. Er wartete und nutzte die nächste Pause, in der sie nach Luft rang. »Versteh ich das richtig«, fasste er zusammen. »Sie glauben, der Nikesch hat das Buch abgeschrieben?«

Wieder überschlug sie sich. »Nein! Nicht abgeschrieben. Er hat es geklaut! Das sag ich doch die ganze Zeit. Dass der das Buch geklaut hat!«

»Tut mir leid, aber ich versteh den Unterschied nicht«, gab Jo zu.

»Ich hatte einen Freund«, erklärte sie und ihre Stimme wurde plötzlich leise und brüchig. »Ronny Cayart.«

»Von Ronny habe ich gehört«, erwiderte Jo.

»Er ist tot.«

»Ja, ich weiß.«

»Ronny wollte Schriftsteller werden. Er hatte so ein vorsintflutliches IBM-Laptop. Da schrieb er jeden Tag drauf. Stundenlang. Ich hab ihm manchmal zugesehen.« Sie machte eine Pause. »Aber er hat nie was veröffentlicht, wo jemand anders von hätte abschreiben können.

Das meine ich. Dieser Nikesch hat die Geschichte geklaut!«

»Sie glauben wirklich, Ronny hat den Bestseller ›Das fünfte Wort des Bundes‹ geschrieben?« Jo war skeptisch. Vielleicht lag die Wahrheit irgendwo in der Mitte. »Wissen Sie, dass er beim Nikesch im Schreibkurs war?«

»Natürlich weiß ich das! Das Geld für die Volkshochschule hatte er ja von mir«, unterbrach Judith ungeduldig den Detektiv.

»Ja, okay«, sagte Jo, »aber könnte es nicht so gewesen sein, dass Ronny im Schreibkurs seine Ideen vorgestellt hat. Ich mein, das ist trotzdem 'ne miese Nummer, keine Frage. Aber vielleicht hat Nikesch nur die Grundidee zum Roman geklaut. Von einem ehemaligen Kursteilnehmer, von dem er wusste, dass der schon einige Jahre tot war.«

»Diese Szenen, in denen die Kinder gequält und vergewaltigt werden. Ronny hat mir das damals vorgelesen. Hat mir damit wahnsinnig Angst gemacht, der Idiot! Ich hab mich später oft gefragt, wie viel er davon selber erlebt hat. Oder ob das ganze kranke Zeug frei erfunden war. Auch der Einfall mit dem aufn Kopf gestellten vierten Gebot und dass Moses deswegen erpresst wird. Auch das hat mir Ronny damals schon zu lesen gegeben.«

»Wie muss ich mir das vorstellen?«, fragte Jo. »Gab es da ein vollständiges Manuskript?«

»Möglich, aber das hab ich nicht gesehen«, antwortete Judith. »Ronny hat nie was ausgedruckt. Er hat mir immer nur vorgelesen und selten hat er was gemailt. Der hat immer nur am Bildschirm gearbeitet.«

»Haben Sie denn etwas ausgedruckt? Oder existieren die Mails vielleicht noch? Auf einem alten Rechner, eingemottet auf dem Dachboden des Pfarrhauses oder so?«

»Nein. Ist mit Sicherheit alles weg. Leider«, seufzte sie. »Wenn ich mit einem Textmarker alle Passagen anstreichen würde, die ich damals schon bei Ronny gelesen habe, dann betrifft das mindestens ein Drittel des Nikesch-Buchs. Wahrscheinlich sogar mehr!«

Jo dachte nach. »Gibt es sonst noch jemanden, dem Ronny das damals gezeigt haben könnte?«

»Sicher nicht seinen Eltern«, platzte es aus Judith heraus. »Nein, Ronny hatte überhaupt keine Freunde. Er war ja auch eine Zeit lang weg gewesen. Wegen des Jugendamts. Die letzten zwei Wochen, bevor ich aufs Internat gewechselt bin, haben wir uns auch nicht mehr gesehen.«

»Ich dachte, Sie wären beste Freunde gewesen.«

»Eines Abends hat Ronny plötzlich mit einer Pistole rumgefuchtelt. Hat gemeint, ich soll mich ausziehen. Da war Schluss für mich. Auch wenn er sich noch hundert Mal dafür entschuldigt hätte.«

»Eine Pistole?«

»Ja. Keine Ahnung, wo er die herhatte und ob die echt war.«

»Uh, das is’ übel. Hat er sich denn entschuldigt?«

»Schon, aber da is’ was kaputt gegangen. Ab da hatte ich immer Angst vor ihm. Die ging einfach nich’ mehr weg.«

Sie schwiegen eine Weile.

»Mein Telefonguthaben müsste bald auf sein«, sagte sie dann.

»Okay, falls Sie plötzlich weg sind, weiß ich Bescheid. Ich bin Ihnen wirklich sehr dankbar, dass Sie angerufen haben«, erklärte Jo.

»Sie müssen zur Polizei gehen!«, sagte Judith Visser. »Das Schwein darf da nich' mit durchkommen!«

»Nein, wird er nicht«, versprach der Detektiv. »Sie müssen nämlich wissen, das ist alles noch viel komplizierter. Ich arbeite aber mit der Polizei zusammen und gebe meine Informationen natürlich weiter. Bestimmt wird die Kripo Sie bald kontaktieren.«

»Ja, is' gut. Ich lauf nich' weg.«

»Ihre Eltern sagten, Sie leben jetzt in Australien?«

»Son Quatsch. Im Sommer komme ich ja zurück.«

Plötzlich durchfuhr es Jo wie ein Blitz. Er hatte sie nicht nach Miriam befragt! Angesichts der haarsträubenden Enthüllungen zu Deutschlands Buch des Jahres war er völlig darüber hinweggekommen.

»Judith! Eine wichtige Frage habe ich noch …« Jo hatte das Gefühl, die junge Frau döste allmählich weg. »Da gab es zwei Prostituierte, die Ronny im Wohnmobil haben schlafen lassen. Wissen Sie was darüber? Die eine hieß Miriam Brüggensmid.«

»Ja, klar!«, berappelte sie sich noch einmal. »Das stimmt ja auch! Die könnten natürlich schon was wissen. Miriam ging doch auch in den Schreibkurs.«

»Sie haben Miriam kennengelernt?«

»Schon, aber auch nich' wirklich. Sie hat uns ab und zu mit Dope versorgt. Sie war keine Dealerin oder so, sie kam einfach besser ran als wir. Aber das ist es! Sie müssen Miriam finden! Die muss Ronnys Texte doch auch kennen. Vielleicht hat sie noch alte Unterlagen aus dem Kurs.«

Jo schluckte. »Miriam Brüggensmid ist …« Er horchte in die Leitung, aber Judith Visser war nicht mehr dran.

14.

Jo und Constanze waren spät dran, als sie durch die Abteilungen hinauf in den dritten Stock des Göttbergs eilten.

Sie waren verabredet.

Unterwegs hatte ein Wort das andere gegeben und am Ende hatten sie gestritten. Immer ungehaltener hatte der Detektiv der Freundin Vorhaltungen gemacht. Er war darüber empört gewesen, dass Constanze ihm erst am Morgen von ihrem Erlebnis mit dem Verfolger berichtet hatte.

Sie hatte versucht, es ihm zu erklären. Der Sport hatte ihr gutgetan und ihren müden Verstand am Ende des langen Arbeitstags noch einmal auf Trab gebracht. Schließlich war sie sich gar nicht mehr sicher gewesen. Hatte ihr tatsächlich jemand aufgelauert und sich an ihre Fersen geheftet? Konnte es nicht ebenso gut ein zufälliger, gemeinsamer Weg gewesen sein? Ihre Reaktion, die panische Flucht ins Restaurant, war ihr im Nachhinein kopflos erschienen und peinlich.

Jos anfängliche Sorge war zu schulmeisterlichem Gehabe mutiert. Er hatte sich im Ton vergriffen und Constanze wie ein Kind behandelt. Doch da war er schief gewickelt gewesen.

Schweigend erreichte das Paar sein Ziel.

Sven wartete bereits. Es war kurz vor halb zehn. Eine Gruppe Senioren frühstückte und hatte hinten im

offenen Bereich des Cafés mehrere Tische zusammen-
geschoben.

»Dretzke is' schon wieder weg«, begrüßte Sven achselzuckend die Freunde.

»Was soll denn der Scheiß?«, motzte Jo, der sich
nach der Auseinandersetzung mit Constanze noch nicht
wieder beruhigt hatte. »Wir sind höchstens fünf Minuten zu spät!«

»Hat da nix mit zu tun«, erwiderte Sven. »Dretzke ist
hier eben reingeschossen, hat kurz erklärt, er hätte vergessen, dass er nach Aurich muss. Bei 'ner Verhandlung
aussagen. Und genauso blitzartig ist er wieder abge-
rauscht. ›Schönen Gruß‹ soll ich aber ausrichten.« Sven
rückte auf, um für Constanze Platz zu machen. »Er hätt
euch eigentlich entgegenkommen müssen.«

Jo verzog frustriert das Gesicht und schüttelte den
Kopf. »Nee, is' er nich'.«

»Läuft momentan nich' so zwischen den beiden«, erklärte Constanze, rutschte zu Sven in die Bank und
grinste schadenfroh.

Jo nahm den beiden gegenüber Platz.

Der Detektiv kramte sein Notizheft hervor.

Nach dem Telefonat mit Vissers Tochter hatte er
noch vor Ort ein ausführliches Gesprächsprotokoll hin-
eingekritzelt. Ali hatte die Musik wieder aufgedreht und
das angekaute Stück Pizza eingeschachtelt. Anschließend war Jo nicht zurück ins Göttberg, sondern nach
Hause gefahren. Von dort aus hatte er im Laufe des
Abends Sven, Dretzke und Constanze erst auf den
neusten Stand gebracht und später, kurz vor Mitternacht, in umgekehrter Reihenfolge zu dem Treffen an
diesem Morgen eingeladen.

Die Bedienung kam und nahm mit schüchternem
Stimmchen ihre Bestellung auf.

»Ich bin echt angefressen wegen Dretzke«, eröffnete Jo gequält die Runde. »Wir sind der Kripo mindestens drei Schritte voraus. Mit Irina Busemann und Judith Visser haben wir wichtige Zeugen ausfindig gemacht. Auch was das Motiv angeht, haben wir jetzt eine ziemlich konkrete Vorstellung. Eigentlich wäre es dringend an der Zeit, den Nikesch endlich fett durch die Mangel zu drehen. Aber unser Kommissar hat ja was Besseres zu tun!«

»Ja, is' klar, wenn Jo Buskohl zu 'ner Lagebesprechung ruft, muss der seinen Gerichtstermin selbstverständlich sausen lassen«, kommentierte Constanze spöttisch.

»Ich bin nicht blöd!«, raunzte Jo die Freundin an. »Außerdem, in der Vergangenheit warst ja wohl du das, die immer viel von der Idee gehalten hat, die Cops zu rufen, wenn's schwierig wird.« Jo bereute seinen arschigen Vorwurf augenblicklich. Sachlich beendete er den Gedanken: »Unser Treffen hätte ja auch heute Mittag stattfinden können. Oder am Abend. Dretzke hätt nur was zu sagen brauchen. Einen Gerichtstermin am nächsten Morgen hat man doch aufm Schirm, wenn man dabei ist, sich den Wecker zu stellen und ins Bett zu gehen.«

»Du darfst nicht vergessen, das ist nicht sein Fall! Miriams Verschwinden wird noch nicht einmal hier in Leer bearbeitet«, gab Sven zu bedenken.

»Und das gibt ihm das Recht, uns wie dumme Jungs zu behandeln?«, maulte Jo gekränkt.

Constanze zog eine Schnute, ersparte sich aber einen Kommentar.

»Was hat er denn gestern Abend zu dir gesagt?«, erkundigte sich Sven.

»Ach …«, stöhnte der Detektiv, machte eine abweisende Handbewegung und gab den Inhalt des Telefonats stichwortartig wieder.

Die drei hakten das leidige Thema Dretzke nach einigen Minuten ab und wandten sich der Erpressungstheorie zu.

Sie rekapitulierten und diskutierten die einzelnen Zeugenaussagen. Jo machte neue Notizen und entwarf ein Pfeildiagramm. Die gesammelten Hinweise verdichteten sich immer wieder zu demselben stimmigen Gesamtbild.

Eine Gestalt näherte sich dem Tisch, massig und dennoch unbemerkt, bis der kräftige Bariton des Mannes sie unvermittelt unterbrach: »Einmal das große Frühstück für die kleinen drei Fragezeichen!«

Die Freunde sahen erschrocken auf.

Es war Hundertmark mit einer Kanne Kaffee in der einen und einer Karaffe Orangensaft in der anderen Hand. In seinem Schlepptau mühte sich die zierliche Bedienung, mit einem völlig überladenen Tablett nicht die Balance zu verlieren.

Constanze lachte. »Entweder ›Die kleinen Strolche‹ oder ›Die drei ???‹, aber bitte nicht beides zusammen in einem Satz.« Sie stand auf und umarmte ihren Vater.

»War doch nur Spaß!« Hundertmark klopfte Jo mit dem Handrücken gegen den Oberarm, fackelte nicht lang und quetschte sich, als Jo nicht schnell genug aufrückte, schwungvoll zum Freund seiner Tochter in die Bank. »Ich lad euch übrigens ein.«

Der Detektiv sah zu Sven rüber und deutete ein Kopfschütteln an. Solange der Geschäftsführer des Göttbergs mit am Tisch saß, hatte er nicht die Absicht, weiter über den Fall zu sprechen.

Jo drehte sich Hundertmark zu und versuchte, das Thema zu wechseln. »Conny hatte gestern Abend ein seltsames Erlebnis.«

Schlagartig rumorte es unter dem Tisch. Constanze rückte vor an die äußerste Kante der Sitzbank und stocherte mit der Stiefelspitze nach Jos Schienbein. Als sie fündig wurde, trat sie mit mittlerer Intensität zu. Sie streifte das Bein ihres Vaters, ein in Kauf zu nehmender Begleitschaden, der daraufhin übertrieben laut »Autsch« rief. Jo biss die Zähne zusammen und tat hingegen keinen Mucks.

»Was denn für ein Erlebnis?«, amüsierte sich Hundertmark, der das Ganze für eine Neckerei unter frisch Verliebten hielt.

»Ach, Blödsinn, nichts Besonderes. Da war jemand auf der Straße, nichts weiter«, berichtete Constanze und gab sich große Mühe, ihre Worte beiläufig klingen zu lassen. »War mir nicht sicher, ob ich den kenn. Lohnt sich gar nich' zu erzählen.«

Mehr noch als Jo würde sich erst recht ihr Vater sorgen, sollte er von der Sache am Vorabend erfahren. Das Detektivbüro war ihm von Beginn an ein Dorn im Auge gewesen. Er würde zwangsläufig ihrer Mutter Bericht erstatten. Eine unnötige, sich im Kreis drehende Diskussion, die früher oder später auch die Zukunft des Secondhandladens einbeziehen würde, stünde ihr bevor. *Dafür haben wir dir das Studium ermöglicht?* Constanze konnte hören, wie ihre Mutter das übliche Lamento Richtung Anklagebank schleuderte.

Sie warf Jo den sprichwörtlich tödlichen Blick zu. Der Detektiv reagierte mit einem zerknirschten Lächeln. Ihr Streit an diesem Morgen war ziemlich aus dem Ruder gelaufen.

Es behagte dem Ermittler überhaupt nicht, doch er gab sich einen Ruck und drehte sich dem Göttberg-Chef zu. »Wir glauben, dass Nikesch Miriam Brüggensmid umgebracht hat, weil er von ihr erpresst wurde. Mit ihrem Auftritt bei der Lesung hat sie ihren Forderungen vermutlich Nachdruck verleihen wollen. Denn mindestens zu großen Teilen hat Nikesch seinen Bestseller von einem Schüler geklaut, der vor fünf Jahren bei ihm im VHS-Schreibseminar war. Und jetzt kommt's! Dieser Junge, das ist ausgerechnet der, der damals beim Brand des ersten Lovemobils in Filsum umgekommen ist. Miriam verfügte offenbar über ausreichend Wissen oder sogar Beweise, um Nikesch hochgehen zu lassen. Also hat er sie vorher verschwinden lassen. Auch die Ursache des tödlichen Feuers müsste neu untersucht werden. War das wirklich nur ein Unglücksfall? Auf jeden Fall, die ganze Neuer-Stern-am-Literaturhimmel-Geschichte …« Jo lehnte sich zufrieden zurück. »Das basiert alles auf einem großen Schwindel! Ein Riesen-Skandal, wenn das ans Licht käme!«

Der Ermittler hatte befürchtet, Walter Hundertmark würde seine Ausführungen vergnügt ins Lächerliche ziehen. Doch Constanzes Vater sagte erst mal nichts. Er hörte gebannt weiter zu, als Sven das Wort ergriff, und begann, von seiner Befragung Irina Busemanns im Zug von Emden nach Leer zu erzählen. Constanze danach vom Zuhälter King berichtete, der sie auf den Filsumer Pastor aufmerksam gemacht hatte. Und Jo schlussendlich auf das Telefonat mit Australien zu sprechen kam.

Sie setzten das Puzzle noch einmal zusammen, unterbrochen hier und da von wenigen knappen Verständnisfragen Hundertmarks.

»Was habt ihr jetzt vor?«, brachte der Kaufhauskapitän die Diskussion wieder zurück an den Punkt, den sie bereits erreicht hatten, als er mit dem Gratis-Frühstück zu ihnen gestoßen war.

»Um das zu klären, haben wir uns hier getroffen«, antwortete Sven.

»Wir haben einen Kontaktmann bei der Kripo. Aber der hat uns heute Morgen blöderweise versetzt«, beschrieb Constanze ihrem Vater das Dilemma.

Jo erläuterte: »Der Fall wird nich' in Leer bearbeitet, sondern in Vechta. Die waren zwar hier und haben Nikesch befragt. Als der aber ein Alibi für die Tatnacht hatte, da war's das auch von denen. Dretzke wär sicher in der Lage, die Kollegen dazu zu bringen, sich den Nikesch ein zweites Mal zur Brust zu nehmen. Angesichts unserer Enthüllungen könnte der vielleicht doch einknicken. Streng genommen aber können wir ihm - also schwarz auf weiß - noch nicht einmal den Diebstahl des geistigen Eigentums nachweisen. Geschweige denn einen Mord. Das ist im Moment ein schmaler Grat zwischen mutmaßlicher Schuld und strafrechtlich relevanter Verleumdung, auf dem wir uns bewegen.«

»Dieser Dretzke ist euer Kontaktmann bei der Polizei?«, fragte Hundertmark.

Constanze nickte.

»Wenn ihr dem die Sache so erklärt wie mir jetzt eben, kann der euch doch gar nicht abspeisen!« Hundertmark konnte ein Unheil erkennen, wenn es durch die Tür kam. Gleichzeitig fühlte er sich geschmeichelt, von den jungen Leuten ins Vertrauen gezogen zu werden.

»Wir könnten versuchen herauszufinden, wer die anderen Teilnehmer im Schreibseminar waren«, schlug Sven einen alternativen nächsten Schritt vor.

»Hab ich auch schon drüber nachgedacht«, erwiderte Jo. »Vielleicht hätten wir sogar Glück und finden jemanden, dessen Aussage unsere Theorie zum Mordmotiv erhärten könnte. Das wird aber noch mal Tage dauern, vielleicht länger, und neue Erkenntnisse erwarte ich da eher nich'. Währenddessen trägt der Nikesch unbehelligt weiter seinen Lorbeerkranz spazieren.«

»Für den Nikesch steht sein Lebenswerk auf dem Spiel!«, stellte Constanze unvermittelt einen Gedanken in den Raum.

»Ich kann euch nur eindringlich raten, die Sache der Polizei zu überlassen«, wiederholte Hundertmark seinen Vorschlag und schnitt dabei ein neues Brötchen auf.

»Was schätzt ihr, wie viele Teilnehmer hat so ein Schreibseminar?«, fragte Sven die anderen. »Ich mein, Nikesch konnte es nicht riskieren, den Thriller herauszubringen, wenn da gleich ein ganzer Trupp Hobbyautoren Bescheid weiß, dass eigentlich dieser Donnie das Buch geschrieben hat. Das Schreibseminar mag also auch eine Sackgasse sein.«

»Ronny!«, verbesserte Jo den Freund und griff dessen Überlegung auf. »Vermutlich hast du recht. Es ist wahrscheinlicher, dass Ronnys Manuskript nur sehr wenigen Leuten bekannt war. Nikesch natürlich, von dem sich der Junge die Unterstützung eines professionellen Autors versprach, und zumindest in Fragmenten den beiden Freundinnen. Miriam und Judith.«

Am Tisch der Senioren ging laut klirrend etwas zu Bruch. Sie unterbrachen für einen Moment und schauten hinüber.

»Was ist, wenn wir Miriams Erpressung weiter durchziehen?«

Hundertmark verschluckte sich am Kaffee und hustete. Sven hielt verblüfft die Luft an.

Jo blickte seiner Freundin dagegen nachdenklich ins Gesicht.

»Du machst doch einen Scherz!«, fuhr Hundertmark die Tochter an. »Bei dir piept's ja wohl!«

»Nein, ganz im Ernst«, verteidigte sich Constanze. »Wenn Nikesch getötet hat, um seine Existenz zu schützen, dann kann er da jetzt nich' mehr raus. Die Sache ist verfahren für ihn. Er muss wieder reagieren, sollte die Erpressung weitergehen. Ich mein, Miriam könnte ja eine Mitwisserin gehabt haben. Wer weiß das schon?«

Hundertmark schnaubte wütend.

»Ich glaub nich', dass das legal wäre«, kommentierte Sven. »Mal abgesehen davon, dass mir das 'n bisschen sehr riskant erscheint.«

»Man müsste die Erpressung ja nur andeuten«, flüsterte Jo, eher an sich selbst als an die anderen gerichtet. Der Detektiv war hoch konzentriert.

Constanze lächelte ihm zu. »Natürlich geht das nicht mit einem Brief im Stil von ›zahlen Sie 100.000 Euro in kleinen Scheinen‹. Das muss schon subtiler ablaufen«, erklärte sie. »Nikesch muss erfahren, da draußen, da gibt es noch jemanden, der die Wahrheit kennt. Und das kann er nicht auf sich beruhen lassen. Er muss herausfinden, wer ist das und wie viel weiß der.«

Jo spürte, dass er euphorisch wurde. Er genoss das Gefühl. Er überschlug sich fast, als er seinen Gedanken endlich freien Lauf ließ: »Wir bluffen nur! Und dieser Bluff, der muss so funktionieren, dass wir uns notfalls rausreden können, falls alles schiefläuft. Unsere Botschaft an Nikesch muss so verborgen, so verschlüsselt sein, dass nur er allein verstehen kann, was gemeint ist. In dem unwahrscheinlichen Fall, dass wir danebenliegen - oder schlimmer, Nikesch der Täter ist, er am Ende aber nicht überführt werden kann – dann darf unsere ausgelegte Schlinge uns natürlich nicht selber in Schwierigkeiten bringen. Nicht wegen Verleumdung und erst recht nicht wegen versuchter Erpressung!«

Sven hatte Mühe, dem Brainstorming zu folgen, ließ sich das aber nicht anmerken. »Und wie stellt ihr euch das vor?«

Jo grinste. »Miriam hat im Selbstverlag einige Fantasyromane veröffentlicht. Sie könnte doch den Stoff vom vermeintlich ehrwürdigen, hoch angesehenen Lehrer, der in Wahrheit seinen talentierten Schüler bestiehlt, in einem ihrer Romane verarbeitet haben.«

»Ernsthaft? Du willst jetzt erst noch diesen Feen-und-Elfen-Schmalz lesen?« Sven stand offenkundig auf dem Schlauch und erntete am Tisch dafür prompt mitleidige Blicke.

»Nein! Viel, viel besser!« Jo prustete voller Freude über seine fabelhafte Idee. »Wir schreiben das Buch selber!«, rief er dem Freund enthusiastisch zu.

Hundertmark, der Minuten zuvor die *Kinder* vor Leichtsinnigkeiten hatte bewahren wollen, schnaubte Brötchen kauend: »Eine Inhaltsangabe reicht ja schon. Nikesch muss nur glauben, dass so ein Buch existiert.«

Constanze kicherte angesichts des väterlichen Sinneswandels.

»Darf ich die Damen und Herren um etwas Ruhe bitten!«, witzelte Jo, setzte dann aber tatsächlich ein ernstes Gesicht auf.

»Okay, hab's kapiert«, stammelte Sven.

Constanze räusperte sich. »Ich denke, ich könnte so eine Inhaltsangabe schreiben. Die Frage ist aber doch, wie kommt der Köder zum Fisch.«

»Wir bräuchten jemand, der sich mit dem Hochladen von selbst verfassten Büchern bei Amazon auskennt«, überlegte Jo. »Wir nehmen einen von Miriams alten Romanen, geben dem einen anderen Titel, ändern das Cover und den Klappentext …«

Walter Hundertmark unterbrach den Detektiv. »Das ist erstens viel zu kompliziert und zweitens habt ihr das Wichtigste vergessen. Ihr braucht trotzdem einen Lockvogel! Ihr wollt sehen, wie Nikesch reagiert? Wie soll das gehen, wenn er zu Haus vorm Computer sitzt? Nein, ihr müsst ihn hervorlocken! Er muss das Haus verlassen, zu einem verabredeten Treffpunkt kommen und sich da …« Hundertmark brach mitten im Satz ab. Grüblerisch massierte sich der Kaufhaus-Chef mit einer Hand das Kinn.

»Einen Lockvogel?«, wiederholte Jo, aber Hundertmark machte eine Handbewegung, der Detektiv solle schweigen.

»Man kann das nicht aufziehen, ohne dass jemand ein viel zu großes Risiko eingeht«, reflektierte Constanzes Vater. Seine Stimme klang besorgt. »Was passiert denn, wenn Nikesch anbeißt? Zu was ist der Mann tatsächlich fähig?« Hundertmark sah in die Runde. »Wenn überhaupt, dann müsste man ihn konsequent auf Distanz halten. Nikesch herausfordern? Ja, muss sein. Aber trotzdem ihn nicht an sich heranlassen. Die Sache müsste komplett aus der Ferne laufen. Ohne dass man sich persönlich begegnet. Sonst, da liegt Sven sicher nicht falsch, begibt man sich in eine unkalkulierbare Gefahr.«

Vor der Gravitationskraft der Hundertmarkschen Vernunft gab es kein Entkommen. Jo fühlte, wie sich seine Euphorie angesichts dieser eindringlichen Warnung verabschiedete.

Plötzlich und unerwartet aber strahlte der Zampano de Couture.

»Was ist los?«, drängte Constanze ihren Vater wei-
terzusprechen.

»Mir ist soeben eingefallen, welcher kleine Vogel in
Leer den Mumm hat, den Nikesch in so eine Falle zu lo-
cken!«

*

Er fluchte im Halbdunkel, als etwas, das aussah wie eine
Hacke, umfiel und der lange Stiel in einer Kettenreakti-
on weiteres Zeug mit sich riss.

Er war auf der Suche nach einer speziellen Schere
zum Bäumebeschneiden.

Nikesch kam selten in die kleine Blockhütte. Im
Sommer bezahlte er einen Russen, die anfallenden Arbeiten zu erledigen, und im Winter betrat er den Garten
ohnehin nicht. Normalerweise.

Jede Art Gartenarbeit widerte Nikesch an. Die fein-
gliedrigen Hände, die er väterlicherseits geerbt hatte, waren ihm in der Jugend schon als für das Wühlen im
Schoße von Mutter Erde gänzlich ungeeignet erschienen.

Beim Ausheben des Nuttengrabs hatte er Blasen da-
vongetragen. Wenige Minuten der ungewohnten Arbeit
hatten dazu ausgereicht. Die Haut war aufgeplatzt, hatte
genässt und schmerzhaft gebrannt. Doch er hatte es
durchgestanden.

Seine Handinnenflächen waren fast verheilt. Probleme bereitete nach wie vor der Kratzer. Rike trug täglich
zweimal eine Heilsalbe auf, dennoch hatte sich der erb-
sengroße Leberfleck in seinem Nacken entzündet. Er
hatte ihren Widerstand brechen müssen und sie hatte
ihm das Muttermal dabei fast aus dem Fleisch gerissen.

Rike und er hatten diskutiert, nach Hannover oder
Hamburg zu fahren, um in einem Internetcafé anonym

zu recherchieren. Aber hätten sie nicht ein seltsames Paar abgegeben? Wären möglicherweise von einer Überwachungskamera gefilmt worden?

Er hatte sich an einen Artikel erinnert, den er kürzlich erst gelesen hatte. Ein Mord in den USA. Ein Student hatte im Internat Rat gesucht, wo er die Leiche seines Mitbewohners entsorgen sollte. Sumpf, Müllkippe, Regenrückhaltebecken. Alles zumindest praktikabel. Eisengießerei. Letzteres eher praxisfern. Anhand der glücklosen Onlinerecherche war der einfältige Idiot bald überführt gewesen. Weltweiter Hohn und Spott die Folge.

Google nie einen Mordplan! Google nicht, wie du eine Leiche entsorgst! Google nicht, wie lang Täter-DNA unter den Fingernägeln des Opfers verwertbar ist!

Was also tun ohne World Wide Web?

Die Situation entbehrte nicht einer gewissen Ironie. Stets hatte er den Einzug der digitalen Technik in den allgemeinen Schulalltag aus Überzeugung abgelehnt. Nach seiner Pensionierung jedoch hatte es nur wenige Wochen gedauert, bis der Autor Google, Wikipedia und Co. als unentbehrliche Hilfsmittel wertzuschätzen gelernt hatte.

Auf einem Regalbrett, halb verborgen unter einem Verlängerungskabel, fand Nikesch das gesuchte Schneidwerkzeug.

Das Entfernen der Fingerspitzen war eine unerfreuliche Notwendigkeit. Auch ohne Suchmaschine war er in der Lage, ein Versäumnis zu erkennen. Das Brennen im Nacken hatte ihn Tag und Nacht erinnert … *google nicht, wie lang Täter-DNA unter den …*

Ursprünglich hatte er keine Bedenken gehabt, dass man ihre Leiche jemals finden würde. Rike aber hatte ihn verunsichert. Zu guter Letzt hatten sie sich doch für das Wiederausgraben entschieden.

Es waren noch zwei Stunden bis zur Dämmerung. Rike trank sich im Haus mit Cognac Mut an.

Nikesch war froh, sie eingeweiht zu haben, war froh, dass sie von sich aus erklärt hatte, diesmal ihn begleiten zu wollen.

*

Petra Gerjets war im Marigold auf sich allein gestellt. Engagiert bemühte sich die Buchhändlerin kurz vor Feierabend um eine Kundin. Die Frau hatte das neue Buch des Physikers-der-im-Rollstuhl-sitzt kaufen wollen. Da der Titel noch nicht erschienen war, schwankte sie nun zwischen Gutschein und einem anderen schönen Buch mit Anspruch.

Jo und Constanze warteten in einer Ecke vor der Regalwand, die mit Reclams Universal-Bibliothek überschrieben war. Zum Zeitvertreib suchten sie ein paar der gelben Hefte heraus, die sie früher im Unterricht hatten lesen müssen.

»King hat vorhin zurückgerufen«, sagte Jo beiläufig. Constanze hielt inne. »Und?«

»Erst hat er natürlich rumgeeiert. Als ich ihm erklärt hab, wieso ich danach frag, hat er dann wilde Geschichten erzählt.«

»Du hast ihm von Nikesch erzählt?«, fragte Constanze erstaunt.

»Nee, nicht namentlich, nur son bisschen. Ganz ohne Hintergrundinfos ging das nich'. Jedenfalls hat er dann ziemlich schnell zugegeben, dass damals im Wohnmobil eine Waffe versteckt war. Nach dem Feuer ist die im Fahrzeugwrack nicht mehr aufgetaucht, worüber er nicht besonders traurig war.«

Constanze verzog den Mund. »Kann ich mir denken.«

»Seine Waffe wär das ja eigentlich gar nich' gewesen. King konnte nicht mal sagen, ob das Ding funktionsfähig war. Das war eine aufgebohrte Schreckschusspistole. Patronen waren auch dabei. In einer Kondomverpackung! Er hätte die Wumme aber kein einziges Mal abgefeuert. Hat gemeint, er hätte Schiss gehabt, dass ihm das Ding in der Hand auseinanderfliegt.«

»Solche Schreckpistolen kann man einfach so aufbohren?«

»Nee, eigentlich nich'. Jedenfalls nicht mehr bei heutigen deutschen Modellen. Hab ich zumindest mal gelesen.« Jo musste leise lachen. »King hat dann erzählt, dass die Pistole früher jemandem von der RAF gehörte.«

Constanze rollte mit den Augen. »Kann das sein, dass dein neuer Kumpel völlig ballaballa ist?«

»Immer hackst du auf meinen Freunden rum!«, flüsterte Jo ihr zu und zwinkerte.

Die Kundin hatte die Buchhandlung verlassen und Petra Gerjets war zu ihnen herübergekommen.

»Du bist also Walters Tochter!« Die Buchhändlerin begrüßte die beiden Ermittler mit einem Händedruck. »Es freut mich, euch kennenzulernen.«

»Ich war früher öfter hier im Laden«, verriet Constanze. »Ich wusste aber nicht, dass Sie eine Freundin meines Vaters sind.«

»Na, Freundin wär wohl zu viel gesagt. Aber dein Vater war in seiner Jugend nicht gerade ein unbeschriebenes Blatt!«

Constanze flachste: »Hat er Ihnen den Hof gemacht?«

Petra Gerjets wiegelte ab, erzählte aber doch zwei Anekdoten, in denen Constanzes Vater auf eine freundliche Weise als ein ziemlicher Schwerenöter rüberkam.

Jo wurde ungeduldig. »Walter hat bereits mit Ihnen gesprochen?«

»Ja, wir haben lang telefoniert«, antwortete die Buchhändlerin, »aber ich habe trotzdem noch viele Fragen.« Sie sah auf die Uhr. »Kurz vor sechs, da kommt wahrscheinlich keiner mehr. Gehen wir nach drüben.«

»Müssen Sie nicht abschließen?« Jo deutete zur Ladentür.

»Ach was. Wir hören ja, wenn was ist.«

Das Zimmer nebenan unterschied sich kaum von den Verkaufsräumen der Buchhandlung. An allen Innenwänden standen voll bestückte Bücherregale. Ein Teil des Raums war verstellt mit drei Reihen abgewetzter Stapelstühle. Es gab einen modernen Tisch mit einigen Bastelutensilien und einen antiken Schreibtisch mit EDV-Arbeitsplatz. Drei schmale, hohe Fenster sorgten am Tage für Licht.

Jo sah hinaus. Schemenhaft konnte er unter sich einen stockfinsteren Gang erkennen, der zu einer Hintertür des Geschäftshauses führte. In der Dunkelheit glommen dort die Lichter der Klingelknöpfe, die offenbar zu den Wohnungen in den oberen Stockwerken gehörten.

»Ich habe in meiner Mittagspause was geschrieben.« Constanze überreichte Gerjets den zweiseitigen Ausdruck ihres Textentwurfs.

Sie setzten sich an den Basteltisch.

»Das ist eine Inhaltsangabe zu einem Roman, den es gar nicht gibt. Es geht um einen alten Magier, der in einer Burg oberhalb eines Dorfes lebt. Der Magier wird von den Dorfbewohnern verehrt, weil er seine Energie stets für das Gute eingesetzt hat. Insgeheim aber leidet er. Er spürt, dass seine Kräfte unaufhörlich schwinden. Als ein junger Zauberer in den Ort kommt, ist dem Reisenden der Ruf vorausgeeilt, dass er der talentierte Verfasser eines neuen, mächtigen Zauberbuchs ist. Der Alte wittert seine Chance. Er lässt den Nachwuchsmagier glauben, er würde ihn an seiner Weisheit teilhaben lassen. Stattdessen aber tötet er ihn hinterrücks und stiehlt das Buch. Er zündet Zelt und Wagen an und der Junge verbrennt darin. Niemand schöpft Verdacht. Alle glauben an ein Unglück. Doch der junge Zauberer hatte sich nach seiner Ankunft in ein Mädchen aus dem Dorf verliebt. Weil das Mädchen an seiner Aufrichtigkeit gezweifelt hat, hat er ihr ein ganz besonderes Geschenk gemacht. Einen Zauberspruch, mit dem sie einen jeden zwingen kann, die Wahrheit zu sagen. Im Showdown offenbart sie das Verbrechen und rächt den Jungen.«

Constanze sah Jo und Gerjets erwartungsvoll an.

»Das ist echt super. Richtig gut!« Jo hatte das verschlüsselte Umsetzen ihrer Mordtheorie in eine fiktive Geschichte als erste größere Hürde in ihrem Plan betrachtet. Der Detektiv war begeistert.

Gerjets sah weniger zuversichtlich aus. »Und damit melde ich mich bei Nikesch und versuche ihm weiszumachen, dass ich diesen Roman, den es eigentlich nicht gibt, verlegen will. Und ich bitte ihn hierfür um seine fachliche Einschätzung. Richtig?«

»Ganz genau«, bestätigte Jo.

Die Buchhändlerin wackelte bedächtig mit dem Kopf. »Ich bringe im Jahr drei oder vier Kinderbücher heraus. Er wird mir das nicht abkaufen. Außerdem, seitdem er berühmt ist, habe ich gar keinen Kontakt mehr zu ihm. Sogar seine Telefonnummer hat er gewechselt.«

»Wir schicken ihm dein Anschreiben und Constanzes Inhaltsangabe mit einem befreundeten Fahrradkurier. Damit können wir den Zeitpunkt genau bestimmen, ab wann wir ihn observieren müssen«, beschrieb Jo diesen Teil ihres Vorhabens.

»Könnten wir ihm nicht Honig um den Mund schmieren und schreiben, dass der Erfolg mit seinem Bibel-Thriller der Grund dafür ist, dass Sie jetzt …«

Gerjets unterbrach Jos Freundin. »Wir können uns doch duzen!«

»Gern«, freute sich Constanze und fuhr fort: »Also, dass sein Riesenerfolg der Grund dafür ist, dass du mit deinem Verlag jetzt mal etwas Neues ausprobieren willst. Was er denn davon hält?«

»Das wird dafür aber nicht reichen.« Gerjets wedelte mit den beiden Blättern in ihrer Hand. »Da muss ein professionelles Exposé her. Dazu noch zwei oder drei Kapitel als Textprobe. Sonst wird Nikesch das nicht ernst nehmen.«

Die Ermittler kuckten die Buchhändlerin belämmert an.

»Heute ist Mittwoch …«, spann Gerjets den Faden weiter und veranschlagte kurz den Zeitbedarf. »Ich kenne jemanden. Die schreibt uns das bis zum Ende der Woche. Es muss ja nicht perfekt werden.«

Jo schnaufte erleichtert. »Das hört sich gleich wieder anders an«. Er rechnete ebenfalls. »Dann könnten wir das am Montag Nikesch zukommen lassen. Das wäre der Zwölfte und wir hätten bis zu den Feiertagen ausreichend Luft.«

»Noch habe ich nicht gesagt, dass ich da mitmache!«, intervenierte Gerjets. »Wenn der Nikesch unschuldig ist, stehe ich blöd da. Das macht mir nichts.

Aber wenn er tatsächlich ein Mörder ist, dreht er vielleicht durch und hat's als Nächstes auf mich abgesehen!«

»Der Plan sieht ein Aufeinandertreffen ja gar nicht vor«, erläuterte Constanze. »Möglicherweise reagiert Nikesch nicht einmal. Wir hoffen aber, dass ihm sofort klar ist, dass unser vermeintlicher Roman von Miriam beziehungsweise aus ihrem direkten Umfeld kommen muss. Und dass er dann natürlich in Erfahrung bringen will, wer hinter dem Pseudonym steckt.«

»Wenn er anbeißt«, sagte Jo zu Gerjets, »dann wird er versuchen, dich auszufragen, wer mit dem Manuskript an dich herangetreten ist. Du zierst dich, von wegen Pseudonym und so, gibst Nikesch dann aber doch in scheinbar guter Absicht die Telefonnummer der Autorin. Ab da übernehmen wir und du bist auch schon wieder raus aus der Sache.«

»Und was soll anschließend passieren?«, fragte Gerjets. Vollends überzeugt von dem gemeinsamen Vorhaben war sie keineswegs. Doch die Aussicht darauf, Nikesch als Mörder und Betrüger zu entlarven, reizte die Buchhändlerin ungemein.

»Erst mal sehen, ob er überhaupt anruft und was er zu sagen hat«, antwortete Jo. Der Detektiv wusste, dass ihr Plan derzeit noch ein Ende hatte, so offen wie ein Scheunentor. Er hatte es nicht ausgesprochen, prinzipiell aber setzte er für das Finale nach dem »Was-passiert-dann-Experiment« weiterhin auf seinen Kripofreund Dretzke.

»In unserem Anschreiben an Nikesch notieren wir eine Mailadresse und eine Handynummer.« Constanze ging über in die Details. »Beides richten wir extra für diese Sache neu ein. Mailt er nicht, sondern ruft an, gehst du beim ersten Anruf noch nicht ans Telefon. Wir kommen dann und warten gemeinsam, bis er es erneut probiert.«

»Es geht zunächst einmal darum, festzustellen, ob wir überhaupt eine Reaktion provozieren. Wenn ja, werden wir Nikesch im nächsten Schritt unter Druck setzen. Vielleicht machte er einen Fehler. Oder er knickt ein und stellt sich der Polizei«, erklärte Jo. Er hatte ein gutes Gefühl, was ihren Lockvogel anging. Hundertmark hatte sich nicht getäuscht.

»Gleichzeitig werden wir Nikesch rund um die Uhr observieren«, ergänzte Constanze, um Gerjets die letzten Zweifel zu nehmen. »Wir werden zu jeder Zeit wissen, wo er ist.«

»So ist es«, sagte Jo und konkretisierte: »Das ist nicht ganz legal und muss darum unter uns bleiben, aber wir werden seine Fahrzeuge mit GPS-Trackern ausstatten. Außerdem habe ich die Termine auf seiner Homepage gecheckt. Er hat nächste Woche drei Lesungen außerhalb Leers. Das sind Phasen, in denen wir ausruhen können. Sven hat ab nächster Woche Urlaub. Wir können Nikesch also im Schichtwechsel überwachen. Kurzum, wir sind bestens aufgestellt!«

15.

Walter Hundertmark stand vor einem Fenster seines Büros und war auf hundertachtzig.

»Ich war ja nicht bei Trost! Das ist eine durch und durch bekloppte Idee, das mit der Falle«, krakeelte das Göttbergoberhaupt. »Gib mir wenigstens dein Wort, Constanze rauszuhalten!«

Es war Montagvormittag.

Jo hatte Hundertmark aufgesucht, um ihn auf den neusten Stand zu bringen und daran zu erinnern, dass er neben der Observation nicht gleichzeitig die Woche über im Modetempel Dienst tun konnte. Hundertmarks hasenfüßiger Wankelmut nervte den Ermittler. Schließlich sollte es am Nachmittag losgehen.

Geduldig ertrug Jo das Gezeter, hörte aber bald mit nur noch einem Ohr hin. Er versuchte, aus etwa drei Meter Entfernung die Schlagzeile der OZ zu entziffern. Hingeworfen und offenbar noch ungelesen lag die Zeitung auf Hundertmarks Schreibtisch. Aus der Perspektive des Detektivs standen die Buchstaben kopf. Außerdem hatte Constanzes Vater seinen versifften Weihnachtsmarktbecher auf dem Blatt abgestellt. Jo runzelte die Stirn, als sich ihm die zweizeilige Überschrift erschloss. Siefken hatte die Aufgabe seiner Bürgermeisterkandidatur bekannt gegeben. Jos Interesse an der Politik war gering. Dennoch war ihm klar, dass diese Nachricht für viele Leute in der Stadt eine herbe Enttäuschung sein musste.

Er sah von der Zeitung auf, als Hundertmark innehielt und bedenklich um Atem rang. »Meinst du nicht, dass Conny selber entscheiden kann, ob sie in unserem Team mitmacht oder nicht?«, fragte er ihren Vater, dessen Gesicht sich sogleich weiter verfinsterte.

»Ich ruf jetzt den Nikesch an und erzähl ihm, was ihr da vorhabt!«, blaffte ihn Hundertmark vom Fenster her lautstark an, stampfte rüber an seinen Schreibtisch, griff nach dem feudalen Chefsessel und ließ sich schnaufend in den Sitz fallen.

Jo sagte kein Wort. Er wusste, dass die Drohung nicht ernst gemeint war.

Constanzes Vater stöhnte. »Ich hab Agnes doch versprochen, euch die Sache wieder auszureden.«

»Bestimmt wäre es zukünftig sinnvoll, auch mal was für sich zu behalten. Und nicht brühwarm jeden Kram zu Hause zu erzählen«, kommentierte Jo ein wenig selbstgefällig.

»Sei du erst mal verheiratet und hab Kinder, dann sprechen wir uns wieder«, brummelte Hundertmark gequält und ergänzte: »Agnes macht sich große Sorgen.«

»Das muss sie aber nich'. Wir passen schon auf«, erwiderte Jo und grinste verlegen. Was konnte er mehr dazu sagen?

Sven hatte das Wochenende genutzt und den Citroën vorbereitet. Er hatte die hintere Sitzbank ausgebaut und durch einen der alten Sessel aus dem Probenraum ersetzt. Einen von Habbos Schlagzeugteppichen hatte er zuvor auf dem Boden ausgebreitet, die Scheiben im hinteren Teil des Citroëns mit Superdark-Tönungsfolie beklebt und dabei einige Sichtschlitze ausgespart. Eine ausgeliehene, zentnerschwere Solarbatterie versorgte die Technik mit Energie.

Nikesch besaß einen Volkswagen Sharan und einen Kleinstwagen Smart Fortwo. Die Sonnabendnacht angebrachten Sender konnten sie von zu Hause aus, von Jos Büro aus und natürlich aus dem Jumpy heraus verfolgen.

Gegen vierzehn Uhr stellte Sven den modifizierten Bandbus auf dem Randstreifen der Allee ab. Den Platz schräg gegenüber der Nikesch-Villa hatten sie während des Wochenendes mit einem der städtischen Laubsammelkörbe blockiert. Zeitgleich traf Jo mit dem Fahrrad ein. Auf dem Gepäckträger einen Porta-Potti-Plastik-Lokus.

Das stattliche Haus des ehemaligen Studienrats lag hinter einer efeubewachsenen Mauer aus Gabionen und hohem, wintergrünem Gesträuch weitgehend verborgen. Von ihrem Posten aus waren nur ein Teil des Giebels und ein Dachausbau zu sehen. Sie konzentrierten ihr Augenmerk auf die offene Auffahrt.

Pünktlich auf die Minute fuhr der Fahrradkurier um vierzehn Uhr dreißig den Kiesweg zu Nikeschs Anwesen hinauf.

»Nu geiht dat los«, plattdeutschte Sven fröhlich und kramte aus einer mit Kabeln und Kleinwerkzeugen vollgestopften Sporttasche eine Thermoskanne hervor. Wölkchen von Wasserdampf stiegen im Wageninneren auf, als er ihre Becher mit Kaffee füllte.

Sie trugen dicke Wintersachen, trotzdem war ihnen kalt.

Der Zustellsklave tauchte wieder auf und radelte zurück Richtung Innenstadt. Zehn Minuten später rief ihr früherer Mitschüler Schwalbe an. Der Inhaber des Kurierdienstes informierte sie, dass sein Fahrer die beauftragte Lieferung Nikesch persönlich ausgehändigt hatte.

Jo beabsichtigte, dem Freund bis achtzehn Uhr Gesellschaft zu leisten. Anschließend wollte er ein paar Stunden vorschlafen. Wachablösung war um Mitternacht. Gegen fünf Uhr dreißig sollte Constanze mit frischem Proviant zu ihm stoßen. Um halb zehn sollte Sven wieder übernehmen und solang im Jumpy Posten schieben, bis Nikesch die Stadt verlassen würde. Der Autor hatte am Dienstagabend einen Auftritt in Hamburg. Sie rechneten nicht damit, dass Nikesch noch in der Nacht zurückkehren würde. Mit dem Zug war das unmöglich. Falls er jedoch selber fuhr, konnten sie die Bewegung seines Wagens gelassen von zu Hause aus verfolgen.

Es war kurz nach drei, genau fünfunddreißig Minuten nach Umschlag-Übergabe, als Jos Handy klingelte.

Petra Gerjets war dran. Sie bemühte sich, gelassen zu klingen. »Er hat's gerade probiert!«

»Im Ernst?«, entfuhr es Jo ungläubig. Sein Herz schlug augenblicklich bis zum Hals hinauf.

»Ja, gerade eben, vor einer Minute.«

»Du bist aber nich' rangegangen?«

»Nein, hatten wir ja so besprochen.«

»Ich mach mich sofort auf den Weg. Ich bin gleich da.«

»Und wenn er die Nummer der Buchhandlung wählt?«, fragte Gerjets kiebig. »Warum soll er nur die Handynummer anrufen? Warum nicht direkt im Marigold? Er weiß doch, dass ich die meiste Zeit allein im Geschäft bin.«

»Okay, ja«, stotterte Jo und spürte, wie er innerlich verkrampfte.

Sven sah den Ermittler fragend an.

»Gerjets«, flüsterte Jo.

»Ich kann nicht die ganze Woche nicht ans Telefon gehen«, brauste die Buchhändlerin kurz auf. »Jetzt mitten im Weihnachtsgeschäft!«

»Kriegt sie kalte Füße?«, fragte Sven leise, bekam jedoch keine Antwort.

»Ich bin gleich da und übernehme das andere Telefon.« Jo versuchte, Gerjets zu beruhigen. »Und für morgen, da finden wir jemanden, der im Laden rangehen kann.«

»Ist das nicht egal, über welches Telefon ich mit ihm sprech? Ich soll ihm doch sowieso nur eure Nummer geben und fertig aus die Maus.« Zögerlich gab Gerjets zu: »Ich bin jetzt doch ein klein wenig zittrig.«

»Alles gut, kein Problem«, erwiderte Jo. Es fiel ihm schwer, einen klaren Gedanken zu fassen. Wieso geriet die Sache schon an diesem frühen Punkt plötzlich so konfus? »Ich denk drüber nach wegen der Telefone«, sagte er. »Aber bis dahin gehst du bitte einfach überhaupt nirgendwo mehr ran. In ein paar Minuten bin ich da.«

Der Detektiv beendete das Gespräch, setzte Sven kurz und bündig ins Bild und brach umgehend auf.

*

Nikesch stellte den Smart am frühen Dienstagnachmittag im Parkhaus neben dem Leeraner Bahnhof ab und nahm die Verbindung um vierzehn Uhr einundvierzig. Am Mittwoch um dreizehn Uhr vierzehn kehrte er mit dem Intercity aus Hamburg zurück. Er kaufte ein Nachrichtenmagazin, ging zu seinem Wagen und fuhr auf direktem Weg in seine Villa.

Am Abend entschied sich Nikesch für den größeren VW Sharan und machte sich rechtzeitig auf den Weg zu seiner Lesung ins Greetsieler Haus der Begegnung. Von dort kehrte er kurz vor Mitternacht nach Leer zurück.

Petra Gerjets hatte er nicht wieder angerufen. Nicht auf dem Handy und auch nicht in ihrem Laden.

*

Die Woche war zur Hälfte um. Während ihrem Mordverdächtigen in Greetsiel die gewohnten Lobpreisungen zuteilwurden, gaben sich Jo, Sven und Constanze in der Detektei hinterm Göttberg Mühe, die Köpfe nicht hängen zu lassen. Der Köder war ausgebracht, doch die anfängliche Aufgeregtheit war in Frustration umgeschlagen. Es ging nicht mehr voran.

Damit keine Abgase ins Büro hereinwehten, hatte Jo den Außenwandofen auf Stufe null gedreht. Ein Verlängerungskabel führte von hinter seinem Schreibtisch zum draußen abgestellten Jumpy. Svens Kaventsmann von Akku hatte sich als altersschwaches Exemplar erwiesen. Trotz aller Sparbemühungen hatte die Batterie nach drei Tagen kaum noch Kapazität und musste ans Ladegerät.

Es war frostig im Büro. Nicht nur wegen des offenen Fensters.

»Was sollte das denn überhaupt für einen Sinn haben mit ›beim ersten Klingeln nich' rangehen‹?«, maulte Sven über den Rand seines Dosenbiers hinweg.

Nikesch hatte am Montagnachmittag nicht wieder angerufen. Das hatte zunächst keinen im Team bekümmert. Die Stimmung war in den Keller gerauscht, als der Dienstag ereignislos verstrichen war und schließlich auch der Mittwoch. Warum hatte er nur eine halbe Stunde nach Empfang der Unterlagen zum Hörer gegriffen, die nächsten drei Tage aber keinen weiteren Versuch der Kontaktaufnahme mehr unternommen?

»Ich weiß auch nich'«, gab Jo müde zurück. »Das war so eine Intuition, dass man die zusätzliche Zeit vielleicht gebrauchen könnte. Er hätt uns ja auch auf dem falschen Fuß erwischen können. Spätabends oder so. Ich wollt einfach eine gewisse Vorwarnzeit.«

»Aber was sollte das denn bringen, dass du dabei bist, wenn Gerjets mit Nikesch spricht? Ihre Aufgabe ist doch nur, ihn weiterzulotsen. Ob du daneben stehst oder nich', is' doch schnurzpiepe.« Während der Warterei im Auto hatte sich bei Sven einige Kritik aufgestaut.

»Fangt bloß nicht an zu streiten!«, mahnte Constanze die Männer.

Jo sah verdrossen auf den Bildschirm des Rechners. Seit anderthalb Stunden hatte sich der kleine Punkt, der Nikeschs Wagen auf der Landkarte markierte, nicht mehr bewegt.

»Vielleicht wollte Nikesch Gerjets nur mitteilen, dass sie ihn mit ihrem Mist in Ruhe lassen soll und er das Exposé gerade ungelesen in den Müll geschmissen hat«, spekulierte Constanze und auch bei ihr war die Resignation in der Stimme nicht zu überhören.

Jo brachte eine andere Deutung der Umstände ins Spiel. »Möglicherweise haben wir ihn nicht so ins Mark getroffen, wie wir uns das erhofft haben. Vielleicht war er im ersten Moment angeknockt, jetzt aber hält er bewusst die Füße still und wartet ab, was weiter passiert. Ob überhaupt noch was passiert.«

Oder er is' es einfach nich' gewesen, ging es Sven durch den Kopf. Der Bassist mochte nicht länger Salz in die Wunde streuen und fragte stattdessen: »Was denkt ihr, wie spät Nikesch aus Greetsiel zurückkommt?«

Jo schaute auf die Uhr unten rechts in der Bildschirmecke. »Frühestens in einer Stunde, schätze ich.« Er sah Constanze an. »Ab elf sollten wir wieder vor Ort sein.«

Die Freundin antwortete stumm mit einem Nicken.

»Ich lös euch dann um fünf ab.« Sven raffte sich zu einem Lächeln auf. »Ihr könnt immerhin Händchen halten.« Er stand auf und zog sich seine Jacke über. »Ich geh mal los und hau mich hin.«

Constanze traute sich schließlich. Unausgesprochen hatte die Frage im Raum gestanden. »Wenn sich Nikesch weiterhin nicht mehr meldet, wie lange ziehen wir seine Überwachung dann noch durch?«

Sven stand bereits an der Tür.

Jo setzte zur Antwort an, druckste herum, brach ab und schwieg. Die Anspannung war ihm ins Gesicht geschrieben. Die Blicke der Freunde lasteten erwartungsvoll auf dem Detektiv.

»Nikesch muss morgen nach Berlin«, begann Jo im zweiten Anlauf. »Zu einem Krimifestival. Das ist sein letzter Termin dieses Jahr. Das heißt, wir haben noch eine größere Pause, bevor das mit der Observation am Wochenende wieder heftig wird. Was nächste Woche angeht …« Jo zögerte einen Augenblick. »Ich … ich weiß es wirklich noch nicht. Sicher stehen die Nachtschichten vorm Haus als Erstes zur Diskussion. Wir haben ja immer noch die Sender an seinen Autos.« Er zuckte unsicher mit den Schultern. »Oder?«

»Seh ich genauso«, brummelte Sven kühl und knapp, hob die Hand zu einem Abschiedsgruß, öffnete die Tür und verschwand im Dunkel der Dezembernacht.

»Willst du nicht doch noch mal Dretzke anrufen?«, fragte Constanze ihren Partner. Sie litt mit dem Detektiv. »Vielleicht ist die Kripo inzwischen einen Schritt weiter?«

Jo sah sie mit versteinertem Blick an. »Er hat mir am Nachmittag gemailt. Judith hat die Nase voll von Australien und kommt Ende Januar zurück. Sie soll dann aussagen. Die Info, dass sie zurückkommt, haben sie von ihren Eltern. Mit ihr selbst haben sie noch immer nich' gesprochen. Reife Leistung, oder?«

»Alles gut mit dir?« Constanze war besorgt.

»Dein Vater hat noch versucht, mir die Sache wieder auszureden«, erwiderte Jo. »Wär vielleicht …«

»Pah!«, schnaubte Constanze. »Ist doch Quatsch! Den Versuch war's auf jeden Fall wert. Und jetzt warten wir mal den Rest der Woche ab.«

*

Unter den Gästen der ausverkauften Lesung in Berlin-Charlottenburg erkannte er, bescheiden in der zweiten Reihe sitzend, die emsländisch-ostfriesische Bundestagsabgeordnete. Im Anschluss an das offizielle Programm nahm sie ihn beiseite. Aus zuverlässiger Quelle hatte sie erfahren, dass in der niedersächsischen Staatskanzlei der Vorschlag eingegangen war, den Autor für seine langjährigen Verdienste um Erhalt und Förderung der regionalen Literatur mit dem Bundesverdienstkreuz zu ehren. Ein heftiger Schwindel hatte Nikesch daraufhin übermannt. Man hatte ihn auf einen Stuhl gesetzt, wo er jedoch bald wieder zu Kräften gekommen war.

Am darauf folgenden Mittag war er mit einem Welt-am-Sonntag-Redakteur verabredet gewesen. Im Restaurant hatten sie Hälfte-Hälfte über die Pläne zur Verfilmung des Thrillers und über das Künstlerleben in der Provinz gesprochen. Dann hatte der Mann ihn zum Bahnhof gebracht.

In Hannover war er umgestiegen.

Um siebzehn Uhr vierzehn lief sein Zug auf Gleis vier ein.

Nikesch verstaute das wenige Gepäck auf dem Beifahrersitz des Smarts. Vom Parkhaus fuhr er über die

Nesse-Halbinsel hinein in die Leeraner Altstadt mit ihren schmalen, markanten Gassen.

Die Angelegenheit duldete keinen Aufschub mehr.

Er parkte am Hafen schräg gegenüber dem Rathaus und nahm die Waffe aus dem nachgerüsteten Handschuhfach. Zu Fuß eilte er über das holprige Kopfsteinpflaster des Waageplatzes. Er passierte die Holzbüdchen des historischen Weihnachtsmarktes, der nur sonntags geöffnet war, stieg die Stufen vom Museumshafen zur Doktor-vom-Bruch-Brücke hinauf und stand schließlich an der Mündung der Rathausstraße. An Sommertagen tummelten sich hier die Touristen. Jetzt, kurz vor Feierabend, lag die verkehrsberuhigte Flaniermeile wie ausgestorben da.

Bis zu Petra Gerjets` Buchhandlung waren es keine zehn Minuten mehr.

*

Sven hatte am Vormittag die möglichen Ankunftszeiten der Zielperson auf einem briefmarkengroßen Stück Papier notiert. Den Schnipsel hatte er mit Tesa an den Rand seines Monitors geklebt. Als sich Nikeschs Smart um halb sechs endlich in Bewegung setzte, griff er zum Telefon und wählte Jos Nummer. Der Berlinreisende war zurück.

Der Detektiv nahm sofort ab.

Sven sparte sich die Begrüßung. »Du musst los. Er ist vor ein paar Minuten angekommen.«

Jo knurrte: »Seh's mir gerade an.«

»Du bist am Rechner?«

»Wollt ihn eben runterfahren.«

»Sieht nich' so aus, als ob er direkt nach Hause will«, kommentierte Sven das Geschehen auf dem Bildschirm. »Er fährt Richtung Ostfriesland-Center.«

Jo schwieg.

»Fährt denn son berühmter Dichterfatzke überhaupt noch in 'ne Shopping-Mall oder hat der da Bedienstete für?«, scherzte Sven.

»Mann, was weiß denn ich!«, fuhr Jo ihn unerwartet heftig an.

Sven überging den misslichen Tonfall. »Er biegt ab.«

»Er fährt über die Nessel«, rief Jo.

Tsunamiartig überrollte den Ermittler ein fettes Unbehagen. Er starrte alarmiert auf den Monitor und verfolgte Nikeschs Fahrt durch die Stadt.

Sven realisierte die Gefahr nicht. »Was will der Wichser auf der Nesse? Außer den Mongolen gibt's da nichts. Meinst du, er ist verabredet?«

»Ich glaub, er nimmt die Abkürzung in die Altstadt«, krächzte Jo. Es hatte ihm die Stimme verschlagen.

»Heilige Scheiße! Der will zu Gerjets in die Buchhandlung!«, brüllte Sven, was dem Detektiv längst klar war.

*

Während ihre eigene Aushilfe ganztägig den Secondhandladen schmiss, machte sich Constanze erneut seit dem Morgen in Gerjets` Buchhandlung nützlich. Sie nahm inzwischen nicht nur alle Anrufe entgegen, sondern half auch beim Auffinden gesuchter Titel, orderte online im Großhandel und kassierte ab.

In der Buchhandlung gab es acht Tage vor Heiligabend derart viel zu tun, dass Constanze rätselte, wie Gerjets die Arbeit ohne ihre Hilfe bewältigt hätte.

Neben der Ladenkasse wartete das Nikesch-Handy auf seinen Einsatz. Seit Dienstag hatte Constanze jeden Morgen zur Kontrolle die dem Autor zugespielte Nummer gewählt. Das alte Nokia tat, was es sollte, klingelte nicht schön, aber laut. Kein Fehler. Kein Defekt. Alles war einwandfrei.

Am Abend um halb sechs rief Sven an. Jos Freundin fischte ihr privates Handy aus ihrer Handtasche unter dem Verkaufstresen, sah aufs Display und ging ran.

Auch diesmal sparte sich Sven jegliche Begrüßung und fiel mit der Tür ins Haus. »Nikesch kommt gleich in die Buchhandlung!« Als Constanze nicht sofort reagierte, sprach er weiter: »Jo ist auf dem Weg zu euch. Allerdings …« Er räusperte sich. »Nikesch wird vor ihm da sein.«

Svens Worte echoten in ihrem Kopf. Constanze versuchte, auf eine gleichmäßige Atmung zu achten. *Den Druck gar nicht erst zulassen.*

»Was sollen wir tun?«, presste sie hervor.

»Das muss jetzt wirklich schnell gehen«, antwortete Sven. »Sprich mit Gerjets. Wenn du den Eindruck hast, die schafft das nicht, dann schließt ihr den Laden ab und verschwindet nach hinten.«

»Okay, is' klar«, stammelte Constanze.

»Wenn du aber meinst, die Gerjets kriegt das hin«, fuhr Sven hastig fort, »dann soll sie mit Nikesch sprechen. Impf ihr ein, sie muss sich ahnungslos stellen, was Herkunft und Autor unseres Romans angeht. Sie gibt ihm einfach die Telefonnummer. Nichts weiter. Ganz wie gehabt. So, wie es auch am Telefon hätte laufen sollen.«

»Da ist ein Kunde bei Gerjets«, wandte Constanze ein.

»Abwimmeln«, schimpfte Sven. »Ihr habt nur wenige Minuten! Wenn überhaupt! Nikesch ist schon auf halbem Weg die Rathausstraße runter!«

»Bleibst du dran?«

»Ja, klar bleib ich dran. Und noch was …«, rief Sven, der nun seinerseits Mühe hatte, Ruhe zu bewahren. »Jo hat gesagt, es gibt da ein Hinterzimmer im Marigold. Da sind Fenster zu einem Innenhof oder einem Gang oder so was. Mach eins auf, damit er notfalls von hinten durchs Fenster zu euch reinkann.«

»Gute Idee«, erwiderte Constanze und stürzte bereits mit dem Telefon in der Hand durch die Buchhandlung.

»Wird schon alles hinhauen«, versuchte Sven, sie aufzumuntern.

Vorübergehend war es still am Telefon.

Unklare Hintergrundgeräusche.

»Ich bin jetzt bei Petra«, meldete sich Constanze zurück. »Die Kundin ist weg. Warte kurz …«

Constanze unterhielt sich mit Gerjets. Keine der Frauen flippte aus. Sie sprachen eindringlich aufeinander ein. Trotzdem konnte Sven nicht heraushören, ob und vor allem, worauf sie sich einigten.

Er hielt den Atem an, lauschte angestrengt und schluckte, als die Verbindung plötzlich unterbrochen war.

*

Dreißig Meter vor dem griechischen Restaurant kam Jo nicht mehr weiter. Ein protziger BMW blockierte die Fahrbahn.

Am Ende der Straße lag Petra Gerjets` Buchhandlung zum Greifen nah.

Jo hupte energisch.

Gönnerhaft winkte ein älterer Herr dem Detektiv zu und widmete sich anschließend seelenruhig wieder dem Versuch, den Fahrer des Wagens rückwärts in die letzte Parklücke einzuweisen. Vom Bürgersteig aus kommentierten die Ehefrauen der Männer das aussichtslose Unterfangen.

Jo sprang aus dem Jumpy, zeigte auf den Citroën und schrie: »Schlüssel steckt!« Dann sprintete er los.

Er bewältigte die rund hundertfünfzig Meter in weniger als einer halben Minute.

Die altmodischen Schaufenster des Marigolds waren mit mannshohen Rückwänden zugebaut und boten keinen Einblick ins Geschäft. Jo pirschte sich vor und erreichte den trapezförmigen, überdachten Eingangsbereich. Das Glas der Ladentür war mit einem ausladenden Art-déco-Ornament beklebt. Er kniete sich nieder, um unter der Grafik hindurch in den Verkaufsraum zu spähen.

Es war nichts zu hören. Auf Anhieb konnte er zudem niemanden ausmachen. Der Ermittler änderte Position und Blickwinkel.

Er entdeckte Nikesch und Gerjets im hinteren Teil der ansonsten menschenleeren Buchhandlung. Sie standen sich dicht gegenüber und redeten. Beide gestikulierten mit den Händen.

Die Situation erschien ihm keineswegs brenzlig.

Jo fragte sich, wo Constanze war.

Auf allen vieren kroch der Detektiv zurück bis auf den Bürgersteig, stand auf und wandte sich dem Durchgang rechts neben Gerjets` Laden zu. Das gusseiserne Tor ließ sich mit einem leisen Knarzen problemlos öffnen. Der schmale Pfad vor ihm war stockfinster. Erst weiter hinten drang in etwa zwei Metern Höhe aus den dortigen Fenstern ein fahles Licht.

Jo blickte sich um. Die Alten parkten noch immer zu viert den BMW ein und hinterm Jumpy wartete schon der Fahrer des nächsten Wagens.

Langsam tastete sich der Detektiv voran. Als er die beleuchteten Fenster erreichte, trat er gegen einen am Boden liegenden Gegenstand. Er bückte sich. Es war ein Stuhl. Zwei Schritte weiter stolperte er fast. Noch ein Stuhl. Jo dachte an einen Kampf, aber das passte nicht dazu, dass Nikesch und Gerjets vorn im Geschäft friedlich miteinander sprachen.

Eines der Fenster war nur angelehnt.

»Conny?«

»Bin hier!«, wisperte sie über ihm. Vorsichtig drückte sie die Flügel des morschen Holzfensters auf.

»Was ist passiert?«

»Ich weiß nich'. Nikesch ist im Laden und spricht mit Gerjets.«

»Und die Stühle hier unten?«

»Die hab ich rausgeworfen. Konnt mir nicht vorstellen, dass du 'ne Leiter mitbringst.«

Grinsend sammelte Jo die insgesamt drei Stühle ein und stellte sie ineinander. Er kletterte den kippeligen Stapel hinauf und bekam den Fenstersims zu fassen. Es gelang ihm, sich die restliche Distanz hinaufzuziehen. Kopfüber glitt er in den Nebenraum der Buchhandlung.

»Alles gut bei dir?«, fragte er flüsternd.

Constanze nickte. Sie reichte ihm die Hand und half ihm auf die Beine.

Sie umarmten sich. Er spürte ihr Herzklopfen.

»Ich hab Dretzke angerufen. Er kommt her«, sagte sie.

Jo sah ihr ins Gesicht.

Sie rechnete damit, dass er sauer sein würde.

»Besser is' das«, erwiderte er.

Constanze hob den Zeigefinger vor die Lippen, die Geste, dass sie leise sein mussten. Sie löste sich aus seinen Armen. Auf Zehenspitzen schlich sie zur Tür, die sie von dem dahinter liegenden Verkaufsraum trennte.

Die Holzdielen knirschten, als Jo ihr folgte.

Constanze drehte den Kopf zur Seite, legte behutsam ein Ohr aufs Holz. Ihr unzufriedener Gesichtsausdruck war nicht schwer zu interpretieren. Sie konnte nichts verstehen.

Behutsam drückte Jo die Klinke herunter. Die Tür stand unter Spannung und sprang ächzend und mit einem leisen Knacken auf.

Der Detektiv lugte diskret durch den fingerbreiten Spalt.

Gerjets stand keine drei Meter entfernt mit dem Rücken zu ihrem Versteck. Nikesch ihr dicht gegenüber. Sein gerötetes, verzerrtes Gesicht glänzte im grellen Licht eines Deckenstrahlers.

*

Das Marigold war ihm zuwider geworden. Klein, staubig und, wie er fand, viel zu rustikal. Petra Gerjets Buchhandlung, das war sein Gestern. Das waren mit einem Taschengeld honorierte Lesungen vor einer Handvoll Zuhörern, von denen ein oder zwei stets rührige Streber aus dem Deutsch-Leistungskurs gewesen waren.

Dass man ihn gezwungen hatte, diese bedeutungslose Scheißvergangenheit noch einmal betreten zu müssen, hatte das Ausmaß seiner Wut weiter gesteigert.

Nikesch zweifelte nicht eine Sekunde daran, dass Gerjets ihn zu täuschen versuchte. Sie wusste mehr, als sie zugab. Viel mehr. Vielleicht nicht alles. Ihre Ausflüchte und die Geschichte von der anonymen Autorin waren Schwachsinn. Das war ihm klar.

Seit seinem Eintreffen hatte Gerjets ihn von oben herab behandelt. Die mühevoll in Zaun gehaltene Ungeduld brach sich unaufhaltsam Bahn.

Schweißperlen rannen Nikesch von der Stirn in die Augen. Was hatte Gerjets mit der Sache zu tun? Er ließ sich nicht abspeisen. Er war kein dummer Junge. »Verflucht! Ich will Namen und Anschrift«, schrie er plötzlich los.

Gerjets fuhr angesichts der schlagartigen Eskalation zusammen.

»Wem gehört die verfluchte Telefonnummer?«

Huckepack an seinen Worten flogen Speicheltropfen ihr ins Gesicht. Die Buchhändlerin versuchte, einen Schritt zurückzutreten, doch Nikesch griff nach ihrem Arm und hielt sie fest.

Das Wissen, dass sie nicht allein im Geschäft und die Polizei unterwegs war, verhinderte, dass Gerjets in diesem Moment in Panik geriet.

Er riss und zerrte an ihr, schüttelte sie hin und her. »Steckst du mit denen unter einer Decke?«, brüllte er.

Unverhofft gelang es ihr, sich loszureißen.

Die Situation kam ihr unwirklich vor. Bis zuletzt hatte sie es für möglich, sogar für wahrscheinlich gehalten, dass die Anschuldigungen Nikesch gegenüber auf Missverständnissen und Fehlinterpretationen beruhten. *Nikesch ein Mörder?* Das war, verdammt noch mal, weit hergeholt gewesen.

»Steckst du mit denen unter einer Decke?«, wiederholte er wie von Sinnen und sein donnerndes Organ dröhnte in ihrem Kopf.

Gerjets war sich nicht sicher. Wen meinte Nikesch? Wusste er von Jo und Constanze?

Sie wich seinem neuerlichen Versuch, ihren Arm zu packen, erfolgreich aus.

»Hast du die Frau umgebracht?«, schrie Gerjets zurück. »Hast du …« Sie sah an Nikesch vorbei und verstummte.

Ein etwa zehnjähriges Mädchen stand im Eingang und steckte zaghaft den Kopf durch die geöffnete Ladentür.

Nikesch drehte sich um und blaffte das Mädchen mit kalter Stimme an: »Schon zu!«

Es schloss die Tür und es war still im Marigold.

Punkt sechs Uhr.

Nikesch und Gerjets starrten sich in die verzerrten Gesichter.

»Sie war die Mutter eines kleinen Mädchens«, flüsterte sie nach einer quälend langen Minute und schluchzte auf. Tränen liefen ihr über die Wangen.

Nikesch antwortete nicht. Er atmete schwer.

»Und den Jungen? Der das Buch geschrieben hat?« Gerjets sprach abgehackt mit matter, tonloser Stimme.

Unweit des Marigolds im Turm des alten Rathauses hatte das Glockenspiel begonnen. Leise drang das Geklimper durch die Buchhandlung, bis Nikeschs Keuchen heftiger wurde und die honigsüße Melodie übertönte.

Der Autor löste sich als Erster aus der Erstarrung. »Halt's Maul, Fotze!« Er hob seine Hände und schnellte vor.

Gerjets wich nicht mehr aus. Nikesch umfasste sie am Hals. Unerbittlich würgte er sie. Die Buchhändlerin wimmerte und schlug mit den Händen um sich. In ihrer Todesangst versagten die Beine. Sie sank zu Boden. Die Intensität ihrer kurzen Gegenwehr nahm abrupt ab.

Nikesch ließ sein Opfer nicht mehr los. Plump ließ er sich mit den Knien auf Gerjets fallen. Er fasst nach, um die Daumen präzise über ihrem Kehlkopf zu platzieren.

»Aufhören!«

Wie in Trance starrte Nikesch auf die kleine Frau unter sich. Er konnte seinen Blick nicht von ihr wenden. Ihr Röcheln erstarb.

»Aufhören!«, schrie die wütende Stimme zum zweiten Mal.

Er benötigte Zeit, um sich zu orientieren. Einen Moment der Besinnung. Zeit, um sich darüber klar zu werden, dass Petra Gerjets nicht mehr in der Lage war, irgendein Wort hervorzubringen. Ungläubig hob er den Kopf, registrierte die beiden jungen Leute, die offene Tür zum Hinterzimmer, das Gebrüll, das Näherkommen.

Er verstand noch immer nicht.

Jos Knie traf Nikesch aus vollem Lauf im Gesicht. Ein Schlag, der einem großen Huftier zu Ehren gereichte und dem Autor die Nase brach.

Nikesch heulte auf, kugelte mehrere Meter den Gang entlang, bis der Thementisch »Weihnachtliches Ostfriesland« ihn stoppte.

Ein Stoß Bildbände regnete auf den Autor herab.

Jo trat einen Schritt zurück und belauerte den Gegner aus der Distanz.

Petra Gerjets kam zu sich und hustete. Constanze kniete neben ihr.

Nikesch richte schwerfällig den Oberkörper auf. Halb aufrecht lehnte er mit dem Rücken gegen den Büchertisch. Blut floss aus der Nase in den geöffneten Mund, drang am zuckenden Mundwinkel abermals hervor und tropfte über das Kinn zu Boden.

Jo setzte nach.

Nikesch griff eines der eingebundenen Bücher und schleuderte es dem heranstürmenden Detektiv mit beiden Händen entgegen. Jo riss die Arme hoch. Das rotierende Papiergeschoss traf ihn dennoch dicht neben dem Auge. Der Ermittler wich einem weiteren Buch aus. Zwei Schritte später hatte er Nikesch erreicht. Jo beugte sich herab, packte den Autor an den Hosenbeinen und schleifte den wie am Spieß brüllenden, wild sich hin und her werfenden Nikesch über den Boden.

Jos Ziel war der sechs Meter entfernte Eingangsbereich. Er musste mit dem durchgeknallten Studienrat weg von den Frauen. Darüber hinaus gab es vorn im Laden mehr freie Fläche, um Nikesch in einem Kampf endgültig zu überwältigen. Notfalls konnte er ihn von dort zumindest aus dem Laden werfen.

Als dem Ermittler auffiel, dass Nikesch sich plötzlich widerstandslos über den Boden ziehen ließ, war es bereits zu spät.

»Loslassen!«

Um seinen Weg abzuschätzen und um nicht zu stolpern, hatte Jo beim Rückwärtsgehen über die Schulter Richtung Ladentür geblickt.

Er drehte den Kopf vor und schaute auf Nikesch herab.

»Loslassen! Sofort!«, krächzte der auf dem Rücken Liegende heiser.

Beidhändig hielt Nikesch den Revolver umklammert. Wie betäubt fokussierte Jo die auf ihn gerichtete Waffe und ließ die Beine des Autors langsam zu Boden sinken.

Von ihrer Position aus konnte Constanze nicht erkennen, was auf dem Fußboden vorn im Laden vor sich ging. Die urplötzliche Stille war auf jeden Fall kein gutes Zeichen. Sie rief: »Jo?«

»Alles okay«, antwortete der Freund emotionslos.

In Zeitlupengeschwindigkeit rutschte Nikesch ein Stück weg von dem Detektiv. Er nahm die Pistole in die rechte Hand und stützte sich mit der anderen ab. Er rappelte sich hoch auf die Knie, suchte und fand Halt an einer Bücherwand und zog sich langsam in die Höhe. Als er stand, schwankte er.

Nikesch wischte sich mit dem Ärmel seines Mantels das Blut aus dem Gesicht. Ungelenk fuchtelte er anschließend mit der Waffe und gab Jo zu verstehen, den Weg frei zu machen.

Der Detektiv trat widerwillig beiseite.

Nikesch taumelte mit einer Drehbewegung an Jo vorbei. Er war vorsichtig und hielt die Waffe jetzt dicht am Körper. Als er rückwärts gegen das Glas der Ladentür prallte, tastete er nach der altmodischen Klinke, krallte sich daran fest und verschnaufte.

Wortlos hob der Autor die Waffe wieder höher und zielte in Jos Gesicht. Der ausgestreckte Arm wog auf und ab wie ein Holz im sanften Wellengang.

»Jo?«, rief Constanze wieder. Gerjets war inzwischen auf den Beinen, musste jedoch gestützt werden. Die Frauen wagten nicht, näher zu kommen.

Abwechselnd fixierte Nikesch den Detektiv vor ihm und Constanze und Gerjets im Hintergrund. Er fühlte sich längst nicht mehr in der Lage, einen klaren Gedanken zu fassen. Er trat zwei Schritte vor, zog hinter dem Rücken die Tür auf, drehte sich um und stolperte aus dem Marigold.

Jo atmete erleichtert auf. »Alles gut«, rief er den Frauen zu. »Er ist weg!«

Gerjets schluchzte.

Draußen brüllte jemand Nikeschs Namen. Jo erkannte die Stimme sofort.

Ein Schuss hallte durch die Gassen der Altstadt. Zeitgleich drang ein Geräusch herein, das Jo zum ersten Mal in seinem Leben hörte. Dennoch wusste er, dass dies der Aufprall eines Menschen war, der ungebremst aufs Pflaster fiel.

Dann begannen die Schreie.

16.

Dreißig Minuten später hielt Sven es nicht mehr aus.

Nach dem jähen Ende des Telefonats hatte er Constanzes Nummer sofort neu gewählt. Jos Freundin war nicht wieder rangegangen. Er hatte nachgedacht mit dem Ergebnis, dass ihm nichts anderes übrig blieb, als die nächsten Minuten abzuwarten.

Sven hatte sich daraufhin den Ablauf der Begegnung mit Nikesch wieder und wieder bis ins letzte Detail vorgestellt. Er hatte den Zeitbedarf für jeden noch so kleinen Handlungsschritt penibel kalkuliert: *sieben Minuten für Nikeschs Weg vom Hafen zur Buchhandlung, eine halbe Minute Bedenkzeit vor Betreten des Geschäfts, eine Minute Begrüßung durch Gerjets, zwei Minuten Small-Talk-Geplänkel, bis man zur Sache kommt, vier Minuten Gerjets Erläuterungen, vier Minuten Nikeschs vergebliches Nachbohren, am Ende zwei Minuten Verabschiedung und Abgang aus dem Laden.* In dieser brenzligen Phase konnte er natürlich weder Jo noch Constanze anrufen. Möglicherweise hatten die beiden sogar vergessen, ihre Telefone auf stumm zu stellen.

Während Sven sich das Hirn zermarterte, stierte er unverwandt ins grelle Licht des Monitors. Mit ausreichend Puffer vorn und hinten war ihm eine Dreiviertelstunde Wartefrist anfangs angemessen erschienen. Inzwischen kam ihm das viel zu lang vor.

Nach einer halben Stunde wie auf Kohlen wählte er zum ersten Mal erfolglos Jos Nummer. Sven legte das Smartphone nicht wieder aus der Hand. Jede weitere

Minute, sobald die Uhr am Rechner umsprang, tippte er Jos Kurzwahlbutton.

Beim sechsten Versuch war der Ermittler endlich dran. Gleichzeitig poppte auf dem Bildschirm ein Hinweiskasten auf und ein Warnsignal ertönte. Der Punkt, der Nikeschs Auto war, bewegte sich wieder.

»Jo, was ist los bei euch?«, rief Sven ins Telefon.

Der Detektiv schnaufte schwer. »Wart eben! Ich muss den Jumpy wegfahren.« Jo fluchte und schimpfte, während er das Fahrzeug startete.

Sven erkannte an der schlechten Übertragung, dass der Detektiv das Handy zur Seite gelegt hatte.

»Dretzke ist angeschossen! Wir warten auf den Notarzt«. Jo gab sich Mühe, laut und verständlich zu sprechen. »Nikesch ist weg, nachdem er hier Amok gelaufen is'!«

»Nikesch fährt stadtauswärts. Richtung Südring«, rief Sven ebenso lautstark ins Telefon. »Was ist mit Dretzke? Wie schlimm ist es?«

»Er ist ansprechbar. Liegt vorm Marigold auf der Straße. Eine Ärztin, die auf dem Weg ins Borro war, kümmert sich um ihn.« Der Ermittler begann erneut zu fluchen und hupte lang anhaltend.

Sven wartete.

Auf einmal wurde es ruhiger. Der Detektiv hatte den Motor abgestellt und war nun deutlich zu verstehen. »Nikesch ist durchgedreht und hat versucht, Gerjets umzubringen. Constanze und ich sind dazwischen-gegangen. Ich hab mit ihm gekämpft, aber dann hat er eine Pistole vorgeholt. Als er raus ausm Laden is', is' er Dretzke genau in die Arme gelaufen. Der hat gleich gesehen, dass was nich' stimmt. Nikesch hat im Gesicht geblutet wie Sau. Also hat Dretzke ihn angesprochen und peng! Das Schwein hat ihm in den Bauch geschossen.«

»Wie ist Dretzke denn da hingekommen?« Sven war schockiert.

»Conny hat ihn angerufen, weil du ihr vorhin eine Scheißangst gemacht hast.« Jo überlegte einen Moment. »Hör zu! Du musst die Polizei anrufen und denen laufend Nikeschs Position durchgeben«.

Sven war alles andere als einverstanden. »Jo, das mach ich nich'. Das geht auch nich'. Denk mal an die GPS-Tracker! Außerdem stammt die halbe Ausrüstung aus der Firma. Wenn das rauskommt, kriegen wir 'ne Anzeige und ich kann mir zusätzlich einen neuen Job suchen.«

»Wohin fährt er jetzt?«, knurrte Jo unzufrieden.

Sven verfolgte den Punkt auf dem Bildschirm. »Jedenfalls nich' nach Hause.«

»Hast du eine bessere Idee?«, fragte der Detektiv.

»Ist die Bullerei schon da?«

»Nein.«

»Ich könnt euch zu ihm lotsen. Ihr holt ihn ein und sobald ihr wenigstens halbwegs an ihm dran seid, ruft ihr die Cops selber an«, schlug Sven vor. »Ihr sagt denen, ihr habt Nikesch die ganze Zeit von der Buchhandlung aus verfolgt. Und das mit dem GPS bleibt unter uns.« Sven wartete ungeduldig. »Biste noch dran?«

»Okay! Wir machen das, wie du sagst. Ich hol Constanze. Bleib dran, sie meldet sich gleich bei dir.«

Sven holte sich eine Cola aus dem Kühlschrank.

Zurück am Computer ließ er den langsam über den Bildschirm gleitenden Punkt nicht mehr aus dem Auge. Er fragte sich, wohin Nikeschs Flucht führen würde.

*

Hinter Groningen war ein Lieferwagen zu ihm aufgefahren, hatte sich nach kurzer Zeit jedoch wieder zurückfallen lassen.

Er war hundertdreißig Stundenkilometer gefahren. Der kräftige Wind hatte an dem winzigen Auto gezerrt. Der Lärm im Innenraum hatte ihm obendrein zugesetzt. Nikesch hatte das anfänglich hohe Tempo schließlich reduziert.

Ein weiteres Mal war der Lieferwagen näher gekommen.

Er hatte seine Geschwindigkeit auf achtzig und später auf nur noch sechzig gedrosselt. Es herrschte wenig Verkehr. Nur sporadisch wurde er überholt. Der Lieferwagen aber überholte ihn nicht, sondern hielt nun konstanten Abstand.

Die monotone Reise durch die Nacht half ihm, runterzukommen. Sicher, es war sinnlos, doch das Fahren half ihm, sich zu sammeln.

Ihm war klar, dass der hinter ihm ein Verfolger war. Auch, dass der Kassensturz, der ihn erwartete, verheerend ausfallen würde.

Der Gedanke ans Gefängnis schreckte ihn nicht besonders. Wie viele Jahre blieben ihm überhaupt? Die Ahnung jedoch davon, wie man weltweit über diesen Betrug berichten und hämisch ihn auf seine Ergüsse vor dem Fünften Wort reduzieren würde, speiste in Nikesch eine gefährliche, weil abgrundtiefe Traurigkeit. Sich solcher Zukunft preiszugeben war eine Option, die ihm nach und nach als nicht begehbar erschien, bis er sie vollends ausschloss. Im Anschluss von eineinhalb Stunden Grübeln vermied er strikt, seine Vorstellungskraft noch einmal für einen Gedanken dieser Richtung zu verschwenden.

Um halb neun erreichten sie Heerenveen. Kurz darauf entschied er sich, Amsterdam aufzugeben, abzufahren und der Route rauf an die Küste zu folgen. Sein Verfolger blieb dran.

Fünfundvierzig Minuten später erreichte er den Abschlussdeich, mit dem die Niederländer ein paar Jahre vor dem Zweiten Weltkrieg die feindseligen Fluten der Südersee gebändigt hatten. In der Dunkelheit konnte er die Weite des Wassers nur erahnen. In Fahrtrichtung links von ihm lag das Ijsselmeer, rechts die Nordsee.

Nikesch schlich mit fünfzig Kilometern pro Stunde über die Autobahn. Vierzig. Fünfunddreißig. Es war lächerlich. Ein kindischer Versuch, die Zeit aufzuhalten.

Die Tanknadel des Smart stand kurz vor null.

Niemand überholte ihn mehr.

Sein Weg führte ihn noch vier Kilometer über den Damm. Auf Kornwerdersand, der ehemaligen Arbeitsinsel, erwarteten ihn die holländischen Polizisten. Er erkannte die grell erleuchtete Straßensperre von Weitem. Hinter ihm tauchten die Blaulichter der Behördenfahrzeuge auf. Der Lieferwagen, der ihn treu begleitet hatte, war verschwunden.

Nikesch steuerte im Schritttempo durch das Spalier aus Lichtern und bewaffneten Polizisten. Er fuhr auf einen geräumigen Parkplatz und stellte den Motor ab. Das Handy in seiner Manteltasche klingelte. Zehn Meter voraus trat einer der niederländischen Beamten ins Scheinwerferlicht des Smarts. Er wies mit der einen Hand auf das Telefon in der anderen, hielt sich das Handy kurz ans Ohr und wiederholte die Geste zweimal. Nikesch wollte nicht mit ihm sprechen.

Er hatte der Nutte erlaubt, sich von ihrer Tochter zu verabschieden. Ein kurzer Anruf. Eine verschlafene Kinderstimme. Ein dramatischer Akt der Gnade, den er großzügig gewährt hatte. *Lächerlich und sinnlos.* Trotzdem hätte auch er liebend gern jetzt telefoniert. Nicht mit der Polizei, die ohnehin jedes Wort mithören würde. Mit Rike!

Nikesch wusste, seine Frau war gescheit genug, um glimpflich aus der Sache herauszukommen. Mit den Morden hatte sie nicht viel zu tun. Doch wenn er sie jetzt anrief, gut möglich, sie würde sich um Kopf und Kragen reden. Das hatte Rike nicht verdient.

Nikesch hatte sie nach der Erpressung eingeweiht und sie hatte nicht gezögert, ihm beizustehen. Dann hatte auch sie sich ihrem Mann gegenüber offenbart. Tatsächlich hatte Rike nicht eine Minute geglaubt, dass er der Verfasser des Fünften Wort des Bundes sei. Das hatte gesessen.

Er lächelte. Bis zu jenem Tag hatte sie nicht den Hauch einer Andeutung gemacht.

Der kleine Wagen kühlte schnell aus.

Ein Sonnenaufgang am Meer wäre schön, dachte Nikesch. Doch die Männer und Frauen auf dem Parkplatz hatten ganz sicher nicht die Absicht, heute Nacht durchzuarbeiten.

Noch hielten sie Abstand. Bauten weiter Scheinwerfer auf. Glotzten.

Er glaubte, in einiger Entfernung die Angreifer aus Gerjets` Buchhandlung zu erkennen, war sich aber nicht sicher.

Wahrscheinlich würde es gegen Morgen frieren.

Er wärmte den Lauf der Waffe mit beiden Händen, etwa zehn Minuten, steckte sich das Metall in den Mund und drückte ab.

Drei Monate später …

Dretzke hatte Weihnachten nicht in Mulligan's Pub den Kummer ersoffen, sondern die Feiertage im Bett verbracht. Noch am Abend seines Bauchschusses hatte man den Kommissar per Hubschrauber ins Krankenhaus der Bundeswehr nach Westerstede verlegt. Die Mediziner sprachen von einem »überschaubaren« Schaden, den das mittlere Kaliber angerichtet hatte. Nach der OP hatte man ihn mit Antibiotika abgefüllt und die folgenden Tage war er die meiste Zeit weggetreten gewesen. Die in vergleichbaren Fällen zuverlässig eintretende Entzündung des Bauchraums war ihm immerhin erspart geblieben.

Die Kollegen in der Georgstraße hatten zusammengeschmissen. Der großformatige Bildband »SHOT: 101 Survivors of Gun Violence« war ein Geschenk nach seinem Geschmack. Dretzke dankte dem Herrn, dass die Narbe, die er auf dem Bauch zurückbehielt, keine Ähnlichkeit aufwies mit den wie aufgetackerte Wiener Würstchen aussehenden Scheußlichkeiten in jenem Buch.

Jo hatte versucht, den Kommissar im Krankenhaus und später in der Reha zu besuchen. Dretzke aber weigerte sich, den Detektiv zu empfangen. Dabei wusste Dretzke sehr wohl, dass er selbst wenig professionell vorgegangen war, als er Nikesch hatte mit der Waffe aus dem Buchladen stürmen sehen. Wer konnte denn mit so einer Scheiße rechnen?

Die Leiche Miriam Brüggensmids blieb trotz der weiträumigen Suche an verschiedenen Orten mit Hundertschaften der Polizei, freiwilligen Helfern und top ausgebildeten Spürhunden unauffindbar.

Ein Kölner Fernsehsender hatte angekündigt, den Nikesch-Stoff ab dem Sommer an den Originalschauplätzen zu verfilmen. Den Drehbuchautoren ging es dem Vernehmen nach nicht um die Umsetzung des »Fünften Wort des Bundes«, sondern um den spektakulären Kriminalfall hinter dem Roman - von dessen Entstehung bis zum wenig rühmlichen Ende des hochstapelnden Nicht-Verfassers.

Der Verlag hatte nach dem Suizid des Goldesels eine stattliche letzte Auflage drucken lassen, die sich schnell und gewinnbringend abverkauft hatte. Einen verschmerzbaren Teil des Gewinns spendete man an die Kindernothilfe. Im Hintergrund liefen längst Pläne, mittelfristig eine kommentierte Neuauflage herauszugeben. Nikeschs Witwe hatte sich einverstanden erklärt, nach der Freigabe durch die Kriminalpolizei den Rechner, sämtliche Speichermedien und die wenigen schriftlichen Unterlagen ihres Mannes der Forschung zu überlassen. Ronny Cayarts Urfassung des Textes war in verschiedenen Dateien vollständig erhalten. Das Interesse der namhaften Fakultäten hielt sich allerdings in Grenzen und der Verlag zögerte, mit einem großzügigen Scheck den dünkelhaften Literaturwissenschaftlern die Sache schmackhaft zu machen.

Mitte März waren die Tage wieder so lang, dass es noch hell war, wenn Constanze nach Geschäftsschluss und Kasse das Best Look verließ. Jos Freundin rüttelte prüfend an der Ladentür.

Es waren ungewöhnlich warme, fast frühsommerliche Tage.

Sie entschied sich gegen die leere Fußgängerzone und für den stimmungsvollen Heimweg entlang des Freizeithafens. Constanze war aufgekratzt. Seit Jahren träumte sie von einem Skandinavien-Urlaub und am Nachmittag hatte Jo angerufen, um ihr euphorisch zu berichten, dass die Band für ein Festival in Norwegen gebucht worden war. Sie würde die Jungs im August begleiten und anschließend mit ihrem Schatz mindestens noch eine Woche anhängen.

Die Band trat weiterhin in der alten Besetzung auf.

Sven hatte zum letzten Konzert in 2016 jene Journalistin eingeladen, mit der er seit Mitte November einige Male um die Häuser gezogen war. Diese Verabredungen waren über zwei Knutschereien mittlerer Intensität nicht hinausgekommen. Die Blues-Matinee an Heiligabend hatte der Bassist für einen letzten Versuch nutzen wollen, bei der einnehmenden Niederländerin zu landen. Es war anders gekommen. Ungläubig hatte Sven mit ansehen müssen, wie die ab Mittag angesäuselte Blondine während der After-Show-Party den verschwitzten Habbo angemacht hatte. Der Schlagzeuger, rückblickend musste man es eine schicksalhafte Fügung nennen, hatte ausgerechnet an diesem Tag seine übliche nervtötende Weinerlichkeit daheim gelassen. Das folgende Techtelmechtel, eine hemmungslose Sexbeziehung, hatte Ende Januar zwar ein frühzeitiges und nicht berichtenswertes Ende gefunden, hatte Habbo aber so weit zurück in die Spur gebracht, dass das Thema Bandausstieg vom Tisch gewesen war.

»Coitus Therapeutikus«, wie ein nachtragender Sven später im Proberaum süffisant bemerkte.

Versonnen machte Constanze einer älteren Dame mit rumpelndem Hackenporsche Platz und heftete ihren Blick anschließend erneut an zwei Möwen, die pfeilschnell über das Wasser und unter der Nessebrücke hindurchsegelten. Erst im letzten Moment bemerkte sie die Gestalt im abgewetzten Ledermantel direkt vor ihr.

»Hunder' Mack«, sprach der dunkelhäutige Mann und versperrte ihr den Weg.

»Ja?«, antwortete Constanze verdutzt. Sie schätzte ihn auf Anfang dreißig. Er hatte trotz der immer noch angenehmen Temperatur einen Schal umgebunden. Sie erkannte, dass er ein Tattoo am Hals verdeckte.

»Was soll das …« Constanze versuchte, auszuweichen, doch ein wuchtiger Abwärtsstoß mit dem Stiefel traf sie am Schienbein und ließ sie vor Schmerz mit dem Oberkörper vornüberklappen. Der Unbekannte riss sie an den Schultern herum und schleuderte sie gegen das Geländer der Promenade. Bevor sie sich umdrehen konnte, war er wieder bei ihr. Er packte sie mit einer Hand am rückseitigen Hosenbund, während seine andere Hand sie unterhalb des Pos im Schritt fasste. Constanze schrie um Hilfe. Mühelos hob er sie an. Sie klammerte sich vergebens an die eiserne Balustrade. Von ihren energischen Tritten traf nur ein einziger und blieb dabei wirkungslos.

Mit einem Überschlag klatschte Constanze ins Hafenbecken. Das hüfthohe Wasser war brutal kalt. Sie kam schnell wieder auf die Beine, strich die angeklatschten Haare aus dem Gesicht und sah nach oben.

Ein martialisch brüllender Kerl kam die Promenade heraufgerannt und schlug ihren Angreifer augenblicklich in die Flucht. Ohne eine Sekunde zu zögern, zog ihr muskulöser Beistand seine Jacke aus, kletterte über die Brüstung und ging außen am Geländer in die Hocke. Er hielt sich an einem der Pfosten fest und lehnte sich weit über das Wasser. Lächelnd reichte er ihr die Hand und zog sie herauf.

Die OZ hatte einen Tag später von dem Vorfall am Hafen berichtet, brachte am Samstag jedoch einen zweiten Artikel. Ausführlich porträtierte die Zeitung Constanzes smarten Retter in der Not, der auf einem Bild zusammen mit dem Leiter der Wasserschutzpolizei und Bürgermeister Drees posierte. Die Beteiligten lobten die Zivilcourage des Mannes in den höchsten Tönen. In einem Kasten neben dem Artikel druckten sie ein Phantombild des mutmaßlichen Räubers ab.

Constanze hatte den Fototermin abgesagt, da sie seit dem spontanen Bad in der Hafenplörre mit einer fiebrigen Erkältung das Bett hütete. Jo bemühte sich rührend um sie und ihre Mutter hatte es sich nicht nehmen lassen, einen Topf stärkender Hühnersuppe vorbeizubringen.

Ihr war trotzdem beschissen zumute.

Zu Wochenbeginn fühlte sich Constanze weiterhin wacklig auf den Beinen. Jo riet ihr, mindestens noch den Montag zu Hause zu bleiben. Sie ahnte aber, dass der Angriff auf sie zu einem mentalen Problem würde, wenn sie nicht bald auf andere Gedanken käme. Sie wollte ins Geschäft, arbeiten und so schnell wie möglich zurück zur Tagesordnung.

Von dem Dunkelhäutigen im Ledermantel fehlte nach wie vor jede Spur.

Kurz vor Mittag betrat Ricky Lüders den Secondhandladen. Constanze kannte den Herausgeber der Sonntagszeitung vom Foto über der allwöchentlichen Kolumne. Sie war eine begeisterte Leserin seiner Beiträge, in denen er mit spitzer Feder das Geschehen in der Stadt aufs Korn zu nehmen pflegte. Persönlich hatte sie bis zu diesem Tag noch nicht mit Lüders zu tun gehabt. Der Zeitungsmacher wirkte fahrig auf sie. Er sprach leise und abgehackt. Dann überschlug er sich, nur um gleich darauf nachdenkend zu verharren. Er war schwer zu verstehen. Constanze rätselte, ob dies dessen übliches Auftreten war. Es kursierten schließlich so einige Anekdoten über Lüders.

Wenige Minuten später war er wieder zur Tür hinaus. Verdattert sah Constanze ihm hinterher. In einer Zickzacklinie wie ein Betrunkener hastete er die Fußgängerzone hinunter. Sie konnte sich keinen Reim auf das eben Erlebte machen. Nein, nach Alkohol hatte Lüders nicht gerochen. Es fiel ihr schwer, seine konfusen Andeutungen zu sortieren. Unnachgiebig hatte er sie aufgefordert, zusammen mit dem Detektiv am Abend Punkt zweiundzwanzig Uhr in der Redaktion des Sonntags-Gerichts zu erscheinen. Es hatte außerordentlich konspirativ geklungen und dann begriff sie, dass Lüders Angst hatte.

*

Es passte zu Lüders, dass er mit dem Sonntags-Gericht in der Innenstadt in einer heruntergekommenen Gründerzeitvilla residierte. Redaktion, Anzeigenverkauf und Buchhaltung waren hier untergebracht. Gedruckt wurde das Blatt aus Kostengründen in Oldenburg.

Hundertmark zog hinter Jo und Constanze den Kopf ein und grinste verlegen, als der Herausgeber des Blatts die Tür öffnete und ihn trotzdem sogleich entdeckte. Lüders und er waren Klassenfeinde. Der linke Journalist verharrte einen Moment in der geöffneten Tür und beäugte den Göttberg-Chef misstrauisch.

»Was macht der hier?«, fragte er Constanze und nickte in Richtung Hundertmarks.

»Das is’ mein Vater«, erwiderte sie.

»Ich weiß, wer das ist!«, zischte Lüders. »Aber was will der hier?« Er ließ Constanze keine Zeit zu antworten, sondern ergriff Jo am Oberarm, zog ihn in den Hausflur hinein und gab den beiden anderen hektisch Zeichen, dem Detektiv zu folgen. »Herr Bürgermeister«, raunte er verächtlich Hundertmark zu, als der seinen runden Leib an ihm vorbeizwängte. Lüders schloss wieder ab und prüfte mehrfach, dass sich die Tür nicht mehr öffnen ließ. Dann forderte er die Gäste auf, ihm zu folgen. Sein Büro war im ersten Stock.

»Was sollte das denn? ›Herr Bürgermeister‹?«, wandte sich Constanze auf der Treppe im Flüsterton an ihren Vater.

»Die Liberalen haben deinen alten Herrn gefragt, ob er für sie antreten will«, kommentierte Lüders einige Stufen über ihr. Der Zeitungsmann verfügte offensichtlich über ein ausgezeichnetes Gehör.

»Was?«, entfuhr es Constanze und ihre Stimme hallte durch das kalte Gemäuer.

»Das is’ nur sone Überlegung. Völlig unverbindlich«, nuschelte Hundertmark betreten.

»Weiß Mama davon?«, hakte Constanze amüsiert nach.

Lüders mischte sich aufs Neue ein und ersparte Hundertmark den Fortgang des peinlichen Verhörs. »Vielleicht ist das nicht mal sone ganz miese Idee. Das mit dem gemeinsamen Kandidaten aller Parteien hat sich ja endgültig zerschlagen. Siefken fährt angeblich auf Kuba Taxi.« Lüders lachte auf, ein unsicheres, schrilles Lachen, das abrupt endete. »Jetzt stellt jeder seinen eigenen Hanswurst auf und irgendeiner kommt am Ende hoffentlich in die Stichwahl. Wenn dann Einigkeit herrscht und sich die Verlierer zu einer gemeinsamen Wahlempfehlung durchringen, dann mag es am Ende doch noch reichen, um Drees zum Teufel zu jagen.« Sie erreichten ihr Ziel im oberen Flur, umständlich fingerte Lüders mit dem Schlüsselbund herum. »Keine Sorge, dein Paps wird sicher nicht Leers nächster Bürgermeister.« Spöttisch blickte er Hundertmark ins Gesicht, bevor er die Tür zum Büro weit aufstieß.

Warmer, dunstiger Mief schlug ihnen entgegen. Der große Raum war überheizt. Der Unterschied zum zugigen Treppenhaus hatte kaum krasser ausfallen können. Es roch intensiv nach Tabakqualm.

Constanze hielt kurz die Luft an. Sie und ihr Vater machten es sich schließlich auf der Couch bequem, während Jo zunächst die Bilder und Plakate an den Wänden studierte. Lüders huschte rüber ans Fenster, zündete sich eine Zigarette an und rauchte.

Jo trat zu ihm. »Du hast heute Mittag angedeutet, du hättest Informationen für uns zum Überfall auf Constanze.«

Abwesend starrte der früher so streitlustige Mann runter auf die Straße. Mit zittrigen gelben Fingern zog er an seiner Kippe. Offenkundig war er ziemlich durch den Wind.

»Darum bin ich mitgekommen. Wenn es um meine Tochter geht, da …« Constanze sah ihren Vater streng an und Hundertmark brach den Satz ab.

Gebannt warteten sie auf eine Reaktion von Lüders.

Hinter dem wuchtigen Schreibtisch hing die bekannte Traxler-Karikatur mit den in langen Mänteln zum Gruppenbild aufgestellten Elchen. Der Journalist schlappte schweigend darauf zu, nahm das gerahmte Plakat von der Wand und ein Safe kam zum Vorschein.

»Ich will euch was zeigen«, erklärte er. Lüders vertippte sich auf dem engen Ziffernfeld und fluchte. Beim zweiten Versuch stimmte die Kombination und die massive Stahltür ließ sich aufziehen. Eine Fotoausrüstung und einige aufrecht stehende Aktenordner kamen zum Vorschein. Lüders nahm den mit »Netzwerk D.« beschrifteten Ordner heraus und brachte ihn rüber zum Sofa.

»Blätter mal durch, ob du jemanden erkennst«, forderte er Constanze auf.

Jo quetschte sich zu den beiden Hundertmarks in die Couch. In der Mitte zwischen den Männern klappte Constanze den Deckel der schweren Dokumentensammlung auf.

»Das geht nach Prominenz«, erläuterte der vor ihnen stehende Lüders und schob sich den nächsten Glimmstängel zwischen die schmalen Lippen. »Vorn die Honoratioren, hinten das stupide Fußvolk.«

Auf einen Bogen Karton geheftet, prangte ihnen ein grimmiges Porträtfoto von Erik Drees entgegen. Es folgten Zeitungsausschnitte, Texte, Tabellen, chronologisch sortierte Vermerke und weitere Fotos, die den Bürgermeister mit anderen Personen zeigten. Constanze blätterte durch die ersten rund vierzig Seiten. Abwechselnd lasen sie und Jo stichprobenartig kurze Passagen vor. Ein Informant, den Lüders »G. E.« abgekürzt hatte, wurde als Quelle dafür zitiert, dass Drees sich vor Top-Leuten aus der Verwaltung menschenverachtend über eine seiner Mitarbeiterinnen geäußert hatte. Die junge türkischstämmige Frau hatte sich Tage zuvor aus Liebeskummer vom Rathausturm gestürzt. Von diversen Spenden an den Bürgermeister, teils in fünfstelliger Höhe, hatte ein »O. H.« berichtet. Es gab Kopien von E-Mails, in denen Drees Mitarbeiter anwies, Flüchtlingen gegenüber schikanöse Maßnahmen zu ergreifen. In diesem Stil ging es Schlag auf Schlag weiter. Zur Person des Bürgermeisters bot der Ordner fast zweihundert

Seiten Material. Dubiose Transaktionen, Drohungen, verbale Entgleisungen. Lüders hatte jahrelang recherchiert und zusammengetragen.

Nach dem Kapitel »Drees« folgte ein Trennstreifen und erneut ein Bogen Karton mit dem Foto eines Mannes, den Constanze nicht kannte. Ihr Vater klärte sie und Jo auf. Es handelte sich um einen vermögenden Leeraner Unternehmer. Angeblich Großneffe einer Nazigröße, deren Name zu Lüders' Enttäuschung aber keinem seiner Gäste bekannt war. Hundertmark identifizierte auf den folgenden Steckbriefen eine Notarin und den Abgeordneten einer Partei, die offiziell Drees im Stadtrat vehement bekämpfte. Jo tippte beim Weiterblättern auf das Bild seines ehemaligen Geschichtslehrers.

Als Constanze das letzte Drittel des Ordners erreichte, erkannte auch sie eine Person. Es war der Polizist, der Siefken verhaftet hatte in der Nacht, als Drees` Carport abgebrannt war.

Die Informationen zu den einzelnen Personen füllten auf den letzten Seiten meist nicht mehr als ein halbes Blatt. Die Qualität der Fotos, wenn überhaupt vorhanden, war schlechter als vorn. Oft handelte es sich um unscharfe Ausschnittsvergrößerungen.

Sprachlos schlug Constanze zuletzt das Foto des Mannes auf, der bei der Attacke am Hafen eingeschritten war und ihren Angreifer vertrieben hatte. Die Offenlegung ihrer Täuschung war auf einer anderen Ebene nicht weniger schmerzvoll als der Überfall selbst. Tränen liefen ihr über die Wange. »Dieses miese Schwein«, flüsterte sie.

»Der ist neu in der Stadt«, begann Lüders, der Constanzes Mimik genau verfolgt hatte. »Ist vor zwei Monaten aus dem Kreis Northeim hergezogen. Hat eine passable Karriere in verschiedenen Gruppierungen hinter sich. Offiziell lebt er von Hartz IV. Ich fürchte aber, Drees hat ihn schon mit Hinblick auf die Wahl gezielt angefordert und er steht in Wahrheit auf dessen Gehaltsliste.«

»Und der Kerl, der Conny ins Wasser geworfen hat? Der Schwarze?«, mischte sich ihr Vater wutschnaubend ein.

»Zu dem gibt's nichts. Ich glaub nicht, dass der gewusst hat, was gespielt wird. Wahrscheinlich haben sie ihn hergeholt, weiß der Geier woher, und für den Übergriff auf deine Tochter bezahlt. Nach der Sache ist der wieder seiner Wege gegangen. Darum kennt den niemand.« Lüders sah Hundertmark böse an und murrte: »Um den geht's doch hier gar nicht!«

»Warum sind wir jetzt eigentlich hier und schauen uns diese Verbrecherkartei an?«, fragte Jo nachdenklich. »Warum hast du uns spätabends dafür herbestellt?«

»Hast du nicht das Foto in der OZ am Wochenende gesehen?«, antwortete Lüders ungehalten mit einer Gegenfrage. »Drees zusammen mit dem hier?« Er tippte ruppig auf das aufgeschlagene Bild auf Constanzes Schoß. »Hast du denn nicht verstanden, um was es eigentlich geht? Sie muss doch wissen …« Lüders beugte sich zu Constanze herab. »Du musst doch wissen, wer dir das angetan hat!«

»Ich könnte kotzen«, schimpfte Hundertmark und sprang vom Sofa auf. »Diese Arschkrampen! Die sonnen sich auch noch im Licht ihrer angeblichen Heldentat!«

»Jo, ich möchte, dass du den Ordner nimmst. Ihr werdet ein paar Tage brauchen, aber ihr müsst das Material durcharbeiten. Mach dir Kopien. Auch wir müssen ein Netzwerk schaffen! Ein Netzwerk der Anständigen!

Sonst gewinnt Drees wieder!« Lüders' Stimme schrillte jetzt. »Das darf nicht noch einmal passieren!«

Der Chef des Sonntags-Gerichts hatte dicke Schweißperlen auf der Stirn. Wie angestochen eilte er zurück ans Fenster. Wieder zündete er sich eine Zigarette an und schaute die nächsten Minuten still herunter. Scheinbar ausgestorben lag die Straße da. Nur einmal ratterte ein Fahrzeug über das Kopfsteinpflaster.

Jo, Constanze und Hundertmark besprachen sich leise. Mit Lüders` Dokumenten konnten sie zurückzuschlagen. Drees vernichten. Den inszenierten Angriff am Hafen vergelten. Sie hatten tausend spontane Ideen. Gleichzeitig schien der Mann am Fenster kurz davor, den Verstand zu verlieren.

Sie brauchten Zeit.

*

Am Morgen gegen halb vier Uhr ereignete sich eine Explosion in der Bergmannstraße. Die Wucht der Verpuffung im ersten Stock der Villa sprengte Fenster und Balkontüren. Die Redaktionsräume des Sonntags-Gerichts brannten vollständig aus.

Die Experten der Kriminaltechnik zweifelten nicht eine Sekunde, dass das Feuer gelegt worden war. Zu plump hatten sich der oder die Täter an ihr Werk gemacht. Personen waren nicht zu Schaden gekommen. Der Verleger und Chefredakteur des Anzeigenblatts war für eine Befragung weder in der Nacht noch am darauffolgenden Tag erreichbar.

Das Sonntags-Gericht erschien am Wochenende in einer dünnen Notausgabe. Unter der Schlagzeile »NACH ANSCHLAG VERMISST« hatten die Mitarbeiter ein

Foto ihres Chefs veröffentlicht, das Lüders in vergangenen, besseren Tagen zeigte.

Jo trennte den Mantelbogen vom Rest der Zeitung, faltete das dünne Papier und heftete es obenauf in den Ordner. Er legte die Akte in einen ausrangierten Gitarrenkoffer, schloss den Deckel ab und schob das Case weit unters Bett.

»Ob Drees davon weiß?« Constanze stand in der offenen Tür, einen Finger bereits auf dem Lichtschalter. Mit der anderen Hand zeigte sie unters Bett.

»Wenn nicht, dann wird er bald davon erfahren«, antwortete der Detektiv und gab ihr beim Hinausgehen einen Kuss.